有爱的青春陪伴者

何知河·著

撞见盛夏

江苏凤凰文艺出版社

图书在版编目（CIP）数据

撞见盛夏 / 何知河著. -- 南京：江苏凤凰文艺出版社, 2024.5
ISBN 978-7-5594-8048-4

Ⅰ. ①撞… Ⅱ. ①何… Ⅲ. ①长篇小说 - 中国 - 当代 Ⅳ. ①I247.5

中国国家版本馆CIP数据核字(2023)第194112号

撞见盛夏

何知河 著

责任编辑	王昕宁
特约编辑	周丽萍
责任校对	言　一
出版发行	江苏凤凰文艺出版社
	南京市中央路165号，邮编：210009
网　　址	http://www.jswenyi.com
印　　刷	长沙鸿发印务实业有限公司
开　　本	880mm×1230mm　1/32
印　　张	9
字　　数	268千字
版　　次	2024年5月第1版
印　　次	2024年5月第1次印刷
书　　号	ISBN 978-7-5594-8048-4
定　　价	42.80元

江苏凤凰文艺版图书凡印刷、装订错误，可向出版社调换，联系电话025-83280257

目录 /contents

001　第一章 · 八月夏…

018　第二章 · 加微信…

034　第三章 · 旧海报…

051　第四章 · 别瞎猜…

066　第五章 · 过生日…

082　第六章 · 窝里横…

099　第七章 · 占便宜…

115　第八章 · 想行贿…

132　第九章 · 论般配…

148　第十章 · 你值得…

目录/contents

162　第十一章 · 真心话...

179　第十二章 · 养了猫...

197　第十三章 · 辞旧岁...

215　第十四章 · 喜欢你...

235　第十五章 · 他的001...

249　番外一 · 夏天不落幕...

257　番外二 · 想牵你的手...

266　番外三 · 迟来的凭证...

276　番外四 · 遇良人...

281　后记 · 剩下的盛夏...

第一章
八月夏

八月底,烈日当空,暑热难消。

云熹收拾好自己所有的东西等在巷子口,说是"所有",其实一个行李箱就能装下。

她本来就没什么可带走的。

"嘀——"

大约五分钟后,前方传来一声响亮的鸣笛,云熹下意识地朝前看去。

巷口拐角停了辆商务车,陆云枫从上面下来,朝她招手道:"不好意思,临时开了个会,叔叔来晚了。"

黑色西装外套尚未来得及脱下,看得出确实是来得匆忙,但举手投足间难掩成熟稳重之感。

"没关系的。"她轻摇了摇头。

陆叔叔会在百忙之中抽空亲自来接,已经大为出乎她的意料。

毕竟,有人愿意看在母亲往日的情分上出手帮忙,接下她这么一个"烂摊子",本身就是很难得的一件事了。

上车后,云熹不经意地往窗外瞥了眼,只一眼,巷尾上了年头的筒子楼,牛皮癣似的小广告,还有那参差不齐的电线杆就一股脑地涌入她眼底。

浓墨重彩般,像要留下什么印记。

可她眼神很淡,心里更是生不出丝毫眷恋情绪,反倒觉得离开是种解脱。

听见前边传来的问询与宽慰,"以后要是想他们了,可以随时回来",云熹愣了下才反应过来,陆叔叔指的是她的舅舅舅妈。

下意识地,脑海里闪过这段时日里朝夕相对的两张脸,喋喋不休的念叨仿佛透过那扇紧闭的门,一路延伸向外,直直落回她耳边。

是熟悉得无须过分回忆的语调——"有的人心眼多着呢，净知道花自个亲舅舅的辛苦钱，养不熟的白眼狼！""他们家的好我是半点没捞着，倒白白捡了个小拖油瓶"……

"熹熹？"

从舅舅脸上那副总是欲言又止、有苦难言的神色里回神，云熹天生上扬的嘴角慢慢往下落，她应了声好，而后不着痕迹地将话题揭了过去。

路上，两人聊起其他，三言两语的寒暄，让车内气氛不至于太过沉闷。

云熹话少，却是个合格的倾听者，总能在上一个话题将要结束时递上新的话引，让人有分享欲的同时，又不会觉得自己的隐私正在被窥探。

陆云枫不由得望了眼身旁坐着的女孩，后视镜里云熹模样安然，坐姿挺拔。眉眼漂亮又内敛，浑身散发出一种温柔又平静的气息，跟同龄人很不一样。

陆云枫忽然想起什么似的说道："叔叔听说你以前还拍过戏，很多导演都夸你有灵气。"

闻言，云熹放在膝盖上的手倏地攥紧，摇头轻声说了句："很久没拍了。"

她现在的生活离那两个字委实遥远，从前的日子模糊得像场经年旧梦。

陆云枫自然听出了她话语中的那点抵触，之后的一路就没再提，只说让她以后在陆家不必太拘束，就当住在自己家。

车子抵达陆宅后，云熹跟在陆云枫后边，没让人帮忙，自己拎着行李往里走，纤瘦身形被夕阳镀上层浅淡的光晕。

见她这副安静乖巧的模样，陆云枫不免想起自己那整天就知道跟他唱反调的儿子。

四处望了眼，结果还是不见人影，陆云枫皱着眉拨了个电话过去，边打边吩咐一旁做家政的王阿姨："你带着熹熹去看下房间。"

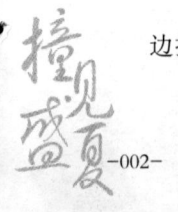

说完，陆云枫转身往一旁走去。

他没说自己去做什么，但云熹隐约听见他打电话时的严厉话语。

——"陆祉年，你人在哪儿？"

云熹踏进陆家大门时，最初听见的就是这么个名字。

是陆叔叔的儿子吗？罕见地，她心里生出那么点隐秘的好奇。

南川新开的私人影厅里，一帮十七八岁的少年分散坐在四周卡座里。

银幕上放映着随手挑的片子，反正也没什么人看，大多数人的注意力集中在牌桌上。

"齐盛出牌啊，你磨叽个什么劲啊？"

"你急什么，我这不得看仔细了再出？"被点名的男生吐了嘴里的瓜子壳，视线在已出的扑克牌上游移。

大家被他这小心谨慎的样子给逗乐了，纷纷调侃："玩个牌而已，至于吗？"

"反正最后也是咱陆哥赢，你这早出晚出的有什么区别？"

一听这话，齐盛顷刻间泄了气，只是嘴里不住叨叨："陆哥手气就跟开了挂似的，这谁玩得过啊？"

"咚咚！"

最里边传出两声清脆声响，指节与茶几相叩，落在现场每个人的心上。

顺着干净冷白的指节往上望去，是张轮廓凌厉的脸，线条锋利明晰，在半明半昧的光影下，仍显出几分桀骜不驯。

许是等得太久，陆祉年眉眼现出几分不耐烦："出牌。"

齐盛哪敢再说半个"不"字，乖乖地出了手中的牌，然后果不其然被陆祉年一对王炸给送走。

"你们玩。"一局结束，陆祉年摆下手中的牌，散漫地出声。

他意兴阑珊地半靠在主位上，虽半闭着眼，但存在感仍是不容忽视的强烈。

"陆哥这是玩累了？要不看个电影休息休息？"旁边有人忙不迭地问道。

话音刚落，正在放着的电影画面中闪过一张清丽面容。

——滂沱大雨中，身着素衣的青涩少女，约莫十三四岁，笑容温软而坚定："待来日归期，我自当与诸君共饮。"

陆祉年抬眼望去，淡漠的视线落在白色幕布上。

原先玩牌的那几个人见他不玩了，也纷纷失了兴趣。

他们不爱看电影，围坐在一块儿，嘴里忍不住闲扯道："咱学校那个校花叫郑什么来着，最近总跟我打听陆哥的事情！"

"喂，校花的名字你都记不住，郑薇薇！"

"她就喜欢往陆哥身边凑，但陆哥看不上。"

有人干笑两声，壮着胆子调侃道："陆哥你喜欢什么样的啊？"

…………

这个问题陆祉年已经被问过不下十遍，他实在懒得费心思搭理。

只是见众人眼巴巴望着，像是非要得出个答案似的，他轻哂了声，手指随意地往银幕上一点，嗓音疏懒："至少得长成这个样子吧。"

饶是能将人五官放大数倍的大银幕上，少女的三庭五眼也挑不出丝毫的瑕疵来，标致得像幅古代的仕女画。

众人一下没了声音，心里想的不外乎是"你这要求也太高了点吧"。

陆祉年对他们的反应丝毫不在意，挑起外套就往外走去。

他向来这样，觉得无趣了就退场，谁也拦不住。

大厦外边，人流如织，夜色将城市温柔笼罩。

十字路口的斑马线旁，陆祉年被簇拥在人群中间，低垂着眼，一副好像对什么都提不起兴趣的样子。

恍然间，放在外套里的手机倏然响了声。

陆祉年漫不经心地看了眼来电备注，没等手机再响第二下就给挂了。

陆云枫找他能有什么事？

他嘴角挑起不明显的讥讽弧度。

可不过两秒，手机铃声就再度响起。被吵得不耐烦了，陆祉年寻了个僻静地方，摁了接听键。

"家里来了客人，我不管你平时怎么样，今天必须给我回来。"

陆云枫沉稳有力的说话声透过听筒传来。

客人？

陆祉年挑了挑眉，倏而想起前些日子在陆云枫的书房见过的合照，以及那句"你许阿姨不幸离世，过几天我会将她的女儿接来照顾，你记得和人家好好相处"。

如果他没记错的话，那张合照上面是二十来岁的陆云枫和一个长得很漂亮的女人。

年轻时候的陆云枫风流多情，看见那张照片，陆祉年反正是不会相信两人只是简单的故友。

他对着手机轻嘲了声："陆云枫，你不是带回来了个私生女吧？"

电话那头立即响起暴跳如雷的痛骂声，陆祉年却跟没事人似的点了挂断键，顺带揉了揉耳朵。

原本不打算回去的，陆云枫这通电话打过来后，陆祉年又改变了主意。

就当是回去看看陆云枫领回来的"私生女"长什么样子。

陆祉年单手把玩着手机，嘴角漠然地向下压，随手朝那群人道了个别后，直接叫了辆车回陆宅。

齐盛为了借他的无人机，觍着脸也跟在他后头上了车。

十五分钟后，两人一前一后下了车。

陆祉年插着兜走在前边，脸上看不出什么情绪。

旁边的齐盛猛然开口："我天，陆哥！你看那女生长得像不像你喜欢的人？"

陆祉年没什么表情地瞟了他一眼，那眼神齐盛看得很清楚，是他要是不把话说清楚，别说无人机，现在就可以打道回府的意思。

可眼下，齐盛却顾不得这许多，激动地往前方一指："就、就那个穿浅蓝色格子裙的女生。"

他眼尖，一下就透过陆家的玻璃望见窗户边上坐着的女生，且女生的那张脸立即就和他方才在电影里见过的对上了。

顺着齐盛指的方向，陆祉年仰起头随意地望了过去，目光冷淡，透着股不好糊弄的劲。

恰逢屋内的人似有所感地抬起头，两人隔着小半个花坛的距离，在模糊夜色里对上视线。

瞧不太清，但凭着直觉看，确实很像，从周身气质到五官轮廓。

这么巧的吗？

陆祉年狭长的眼里无端浮起层晦色。

"陆哥，原来你们早就认识？"

相比于他面上的无动于衷，齐盛则完全陷入震惊的状态，喋喋不休地抛出问题。

陆祉年不动声色地挪开视线，漠然地纠正道："不认识。"

他冷着脸推开家门，漆黑锐利的眼压在黑色的鸭舌帽下，脚步未停，看架势像是要直接上楼回房间里去。

"陆祉年——"

背后却忽地传来陆云枫的叫唤："站住，先跟熹熹打个招呼再上去。"

客厅里，坐在窗边的云熹悄然抬头，不着痕迹地往楼梯那边望了过去。

视线里，那人个子很高，明明是夏天，却跟不怕热似的，外边套了件挺括的黑色夹克，只手腕处露了截冷白色的皮肤。

看上去，克制又冷淡。

她忽然就好奇这样一个人生了怎样一张脸。

或者说，怎样一张脸容得下他这周身的冷淡气场。

"来，熹熹。"

没等云熹多想，陆云枫就领着她往那边走了几步，介绍道："这是我儿子，比你大一岁。"

"陆祉年，跟人打个招呼。"

不同于和云熹说话时的轻声细语，陆云枫对着他语气严厉了不少。

"急什么？"

云熹却听见了一声很明显的嗤笑，少年清越的声音回荡在整个客厅："急着介绍我和她认识？"

下一秒，陆祉年转过身来，几步就走下楼梯。他个高腿长，单是

走起路来就给人一种不明显的压迫感。

他没再往前,就近倚靠在了楼梯口那架施坦威钢琴旁,对着父亲散漫地开口道:"那你觉得她叫我什么合适?"

父子俩针尖对麦芒很多年,但饶是如此,陆云枫还是轻易地就被陆祉年这副不着调的敷衍样子给气到了。

他自然是没忘记这个混账儿子在电话里说过的那句混账话:"陆云枫,你不是带回来了个私生女吧?"

"我今天非得——"

陆云枫气得顺手抄起了一旁的球棍。

眼看陆叔叔的脾气就要发作,云熹下意识地出言解围,对着陆祉年喊了声"哥"。

声音清脆,模样乖巧,挑不出丝毫的差错。

可叫完,她又忐忑起来,眼神不由自主地往人脸上看去。

少年头上那顶黑色鸭舌帽不知何时被摘了下来,凌厉五官在光下暴露无遗,微微下压着的嘴角生生透出骨子里散发出的桀骜。

且他的目光因她那声"哥",漫不经心地挪了过来,如有实质般在她身上停留着。

经他这么一望,云熹觉得心像是被扯去最后的遮掩,一切呈半透明状,让人无所遁形。

这样的对视莫名让她生出些轻微的紧张。

正当云熹忍不住想要出声打破这一僵持局面时,陆祉年率先移开了视线。

出乎意料地,他什么也没说,冷淡地点了点头后就别过脸去,只是浑身上下仍然散发着股"生人勿近"的气息。

等二楼传来"砰"的一声门响时,云熹才反应过来,他已经走了。

而从头到尾,除了那声"哥",他们之间没说过一句话。

"熹熹你不用管他,他对谁都这样。"陆云枫开口安慰道。

云熹点了点头,敛干净眼底情绪,回了房间。

她其实本就不太在意别人如何看她,风言冷语的,她从前拍戏时听得太多。

陆祉年如果不喜欢她……

她略微想了下，纤浓的睫毛在光下轻颤。

不喜欢也不是什么大事，井水不犯河水的道理她还是懂。

一连三天，云熹都没在陆家见过陆祉年，明明他们生活在同一屋檐下，却像是陌生人。

对此，她并不在意，甚至希望这样的生活状态能够持续久一点，再久一点，直到她念完书离开这里。

只是……云熹摆弄着草药的手倏地停了下来，她望着手中散发着淡淡药香的香囊，脸上露出些犹豫神色。

南川的夏天漫长而又高温，且位于多雨地带，每逢七八月，如何防蚊虫叮咬是一大难题。

妈妈还在的时候，曾教给她一种特别有效的配方，拿几味草药混合在一起，做成香囊放在身上，能一整个夏天都不被蚊虫沾染上。

所以，她该给陆祉年也送一个吗？

云熹垂眼，稍微回想了下那天客厅里的场景，她向来心思细腻，自然能感知到陆叔叔和陆祉年之间，似乎因为她的到来变得更加不愉快了。

拉开窗帘，强烈日光瞬间透过玻璃洒进房间，也照在床上零散放着的香囊上，数量大约有七八个，连按时来给他们做饭的王阿姨都有份。

云熹叹了口气，最终决定趁陆祉年不在的时候，偷偷放一个在他房间里。

这样既不用碰面，又聊表了心意。

第二天上午十一点，云熹攥着香囊站在陆祉年房门前，礼节性地敲了两下门。房间内静悄悄的，什么动静也没有。

估计是被人约出去玩了。

她下意识地屏住呼吸，打开门，没敢多看，直接就将香囊放在了离门最近的储物柜上。

飞快放好后，她松了口气，握住门把手，就准备离开。

"你怎么在这里？"

房间内却冷不丁传来陆祉年的声音，似乎是没睡醒，犹带有一股

浅浅的鼻音，沙哑声线有别于寻常时候。

云熹怔在原地，大脑闪过短暂的空白，下意识地反问道："那你怎么在这里？"

她在别人的房间问人家你怎么在这儿……

话一说出口，云熹就后悔了，只觉空气里都涌起了丝丝尴尬。

果不其然，陆祉年的声音再度响起："我不在这儿，该在哪儿？"

他说得极慢，无端让人觉出种嘲讽的味道。

云熹躺平任嘲，低下头道歉："不好意思，我现在就出去。"

"等下。"

她正转身，却又被陆祉年叫住。

云熹回头，眼里冒出星星点点的困惑，她抬眼望向陆祉年。

他身上松垮地套了件T恤，才睡醒，脸上还有几分惺忪神色，比之平日，瞧上去没那么冷漠。

可仍旧是酷酷的。

云熹看见陆祉年冲储物柜的方向扬了扬下巴，没什么情绪地问了句："你刚刚放了什么在那上面？"

"香囊，驱蚊的。"云熹如实说道。

闻言，陆祉年没说话，只目光在她身上扫了两眼，倏而极轻极淡地扯了下嘴角："别装了，我不需要。"

装什么？

云熹想了下，旋即明白过来他的意思。他觉得她是在讨好他？

"没装。"短暂愣怔后，云熹语调平缓地开口，"你不喜欢，我现在拿走就是。"

她果然还是多此一举了。

"放下。"

香囊最后还是被留在了储物柜上。

陆祉年从床上起来，经过储物柜时，脚步倏而停了下来。

他食指钩着这个精致小巧的香囊，轻嗅了下，淡淡药香转瞬间朝他涌来。

熨帖又好闻，像燥热夏日里走街串巷的穿堂风，还像……

陆祉年不知怎的忽然就想起了，方才出现在他面前的那张脸，眉眼标致，鼻梁左侧还有颗小小的美人痣。

笑容平静坦荡，不像作假。

视线落回手上的香囊，陆祉年将其收起，脸上神情在晦暗的光线下瞧不太清楚。

在陆家住了快一周，却因为人生地不熟的，云熹几乎没出过门。

陆云枫怕她待在家里闷坏了身体，终于在一个傍晚劝道："熹熹，你要不要出去走走？"

不太好辜负陆叔叔这一番好意，云熹最后应了下来。

只是才出去一小会儿，她就后悔了。

陆家位于青广别墅区，开发商建房子的时候，为了统一风格，每个园区的样式都非常接近，瞧不出什么差别。

夕阳霞光里，云熹站在喷水池旁，耳边池水"哗啦"流淌，她心头忽地划过丝不太好的预感。

她方向感并不是很好，然而，更不好的是，她出门过于随意，竟连手机也忘在了房间。

既来之则安之。

云熹叹完气，认命地随机挑了条路走，寄希望于运气与玄学带她绕回去。

走了大概七八分钟，忽然听见不远处传来一阵打球的喧哗声。

运气仿佛从天而降，像是抓住求生的稻草般，她快步往前走去，然后就瞧见五六个男生在打篮球。

正运球的那个她还恰好认识。

——少年额头上绑着根纯黑的发带，动作利落地抬手，瞄准篮筐投了个三分球。

是陆祉年。

"稻草"居然是陆祉年，运气一时说不上好还是不好。

云熹停在原地，犹豫着要不要上前。

仲夏末的晚风适时吹过，微乱的碎发绕在她脸上，平添了几分凌乱美感。

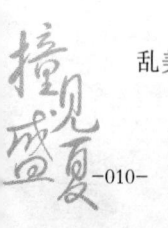

另一边，球场上很快就有男生注意到了云熹，朝她不大正经地吹了声口哨："美女你找谁啊？"

一瞬间，所有人的目光都集中在了她身上。

包括那个才投完篮的人。

望着陆祉年那漆黑锐利的眼睛，云熹试探性地朝他喊了声："哥？"

众人的视线一下子在他们两人之间来回睃着，像是发现了什么了不起的大秘密似的。

陆祉年没说话，正当云熹以为他不准备搭理自己的时候，耳边却又传来了一声淡淡的"嗯"。

"陆哥，这真是你妹妹啊？"

"我们怎么从来没见过？"

旁边围着的几个人接连发出惊叹。

还有个特别不着调的男生吊儿郎当地调侃道："陆哥，这是你哪个妹妹啊？"

云熹愣怔着抬头，不知道该说什么。

这样的打趣，真要正经严肃地反驳，反倒落了下风。

她微张了张唇，目光下意识地看向了陆祉年，她此时此刻，唯一认识那么一点点，至少知道个名字的人。

陆祉年却没看她，一眼都没有，他整个人气质疏离，不说话时尤其，看起来也不像是喜欢多管闲事的人。

云熹的心随着视线的收回一点一点地沉了下去。

她转身，准备往回走，然而身后忽而响起声极轻的嗤笑："怎么，你们今天不仅是手欠，嘴也欠？"

脚步随之顿住，云熹不受控地回头看。

陆祉年说话时，冷淡视线依次落在在场的另外几个人身上，寡淡嗓音里有听得出来的威胁意味，于是几乎没人敢再反驳什么。

起哄的那个男生也迅速反应过来，跟云熹道歉："不好意思啊美女，我嘴一下就抽了。"

云熹点头，表示算了。

陆祉年的视线才不急不缓地收了回来。

"走。"他嘴里吐出个单字。

云熹没明白过来他这话的意思，仍旧愣在原地。

很少有话能让陆祉年说第二遍。

他眉眼隐约浮现出不耐烦，但还是重复道："不打了，走。"

只是最后，想喊云熹名字的时候，说话的声音忽地顿住了。

他和云熹并没有真正地互相自我介绍过。

在球场众人的注视下，陆祉年望着云熹脸上的茫然，沉默半晌，才好不容易说道："熹熹，走。"

他只记得这个。

陆云枫曾这么喊过她。

以至于明明喊的是具有亲密意味的小名，偏偏语调平直，不含半点感情。

云熹慢慢"哦"了声，听话地跟在他身后。

夏季傍晚的天空总是分外好看，熏紫色的云霞氤氲成模糊却又温柔的形状。

"你叫什么名字？"走了一段路后，云熹听见陆祉年不咸不淡地问道。

"云、云熹……"

她下意识地回道，气没喘匀，声音听上去微微有些抖。

他果然不知道自己的名字。

不然怎么可能当众喊出那么亲密的称呼。

漫天霞光里，云熹亦步亦趋地跟在陆祉年后边。少年个高腿长，走得比寻常人要快，她跟在后边难免有些吃力。

听了她的回答后，前方高瘦挺拔的身影倏地顿住。

云熹也跟着停下，小声问道："怎么了吗？"

陆祉年回头，往后瞥了眼，清楚瞧见女孩光洁的额头上覆了层薄薄的汗。

这副模样的她竟也不显狼狈，精致的眉眼在暗淡光线下，白得简直要发光。

"没怎么。"

他错开眼，却不自觉地放慢了脚步。

可这次身后却没传来女孩颇有节奏感的脚步声。

她没跟上来。

陆祉年再次回头，目光松松散散地落在她身上，语气也没什么温度："不打算走？"

"我们这是去哪儿？"

云熹抬头望了眼周围看不出方向的建筑物，心头没什么安全感地问了句。

像是看出她心中所想，陆祉年视线在她身上转了圈，突然改变了主意，往她怀里扔了部手机："自己打电话，叫王阿姨来接你。"

"那你呢？"

回答她的是陆祉年变了个方向，突然往左岔路口走的背影。

风里传来少年的嗓音，夹杂的不知道是讥讽还是笑意，低低徐徐地拂过云熹耳边："管那么多干什么？"

他没说去哪儿，态度称不上热络，但好在给她留了部手机。

云熹试探性地点开手机，发现里边什么也没有，屏幕页面和出厂设置没差别，干净到连解锁都不需要。

没再多看，她直接划拉到通讯录里王阿姨的名字，拨了个电话过去。二十分钟后，她被顺利地领回了陆家。

回房间后，云熹找到了自己被遗落在床头柜上的手机，才点开就发现上面有两个未接来电，来电显示备注的是"舅舅"。

她眼神倏地暗了下来，握住手机的手指因为过于用力而泛出青白色。

良久，窗外最后一丝云霞也被黑暗吞噬掉，天际线处半分光亮也没有了。云熹直起身子，面无表情地将手摁在备注上，回拨了过去。

她没开口，安静地等对面先说话。

那头很快响起两声干笑："熹熹，最近过得怎么样？开学了没有？"

流水似的寒暄里，偏透着股中年人特有的油滑怠懒。

"你舅妈前天经过西华巷，说你好像不在那儿了，你去哪儿了，怎么也不和舅舅说一声？"

云熹实在疲于应对这些弯弯绕绕，直接明了地问："找我有什么事吗？"

"哎，你这孩子……"

那头的干笑声愈加明显，且旁边似乎还传来了些催促的话语，隐隐约约在说着"许丘山你要是开不了口，就把电话给我"。

云熹平静地开着免提，像是早有预料般，又重复了句："舅舅你直说吧。"

过了好半晌，那头的人像是下定决心，终于说道："熹熹，咳，咱家现在确实有点困难，那个老宅的房产证你看能不能先拿出来？"

"就当是舅舅找你借的，以后肯定还给你。"

三言两语，像哄小孩子般，却是想把她妈妈唯一留给她的东西给拿走。

"不行。"

望了眼外头暮色四合的光景，云熹心底泛起浓浓的厌倦："如果没有别的事的话，我先挂了。"

说完，她将手机稍稍拿远，却又毫不意外地听见那边的催促声迅速转为咒骂。

明明是些模糊语句，她却轻易辨认了出来："吃里爬外的小白眼狼""没良心，你们老许家没一个好东西"……

大概是因为那些话她已听过太多遍，从最初的面红耳赤到现在的波澜不惊，丝毫情绪也调动不起。

云熹微合上眼，抱着膝盖独自坐在沙发里。她没开灯，客厅里只残存些窗外路灯透进来的惨白光线。

王阿姨晚上不住这儿，她此刻连个说话的人也没有，偌大客厅空空寂寂，半点声音也无。

正因此，负面情绪蔓延得很快，如同台风过境，不留情面地席卷她周身每一个角落，也像溺水的人坠入万丈深海里，连呼喊都不会有人听见。

"咔嗒！"

玄关处传来道细微的声音，转瞬间，整个客厅都亮了起来。

云熹茫然地抬头，形状漂亮的眼睛下意识地往声源处望了过去，猝不及防地瞧见不远处站着个高瘦挺拔的身影。

是陆祉年，他回来了。

方才的低落情绪忽地就抽离而去，云熹张了张嘴，只是不知该说些什么。

"怎么不开灯？"倒是陆祉年摁亮了全部的开关后，随口问了句。

吊灯散发出的强烈光线下，云熹忽然发现对面站着的这人额头上破了点皮，胳膊上还带了些血迹，乌紫的伤痕在冷白色的皮肤上分外明显。

顾不得自己那点家长里短、陈芝麻烂谷子的旧事，她小声问了句："你、你还好吗？"

当事人浑不在意地点了下头，没有要过多解释的意思。

黑曜石般的眼睛里冰冷锐利，像是什么也不在乎，也从不需要关心，旋即毫不留情地下达着逐客令："你可以走了。"

云熹盯着陆祉年看了会儿，愣是没从他那双眼里瞧出半点动摇之意。

她没再说话，转身上楼。

客厅里亮堂如白昼，黑衣黑裤的陆祉年站在其中，反倒显得格格不入起来，尤其是他脸上的伤口，映出几分恐怖。

明明该处理下的，他却闭着眼松散地倚靠在墙上，压根儿就没有想动弹的欲望。

直到他手心倏地传来冰凉的触感。

——有人往他手里塞了团浸着酒精的棉花。

陆祉年骤然睁眼，就看见云熹不声不响地站在了他跟前，杏眼温软，隐隐带着点犹豫不定，但更多的是一层清润的光。

"不是让你走？"他拧着眉，哑然说道。

那句"还来干什么"却怎么也说不出口，他的掌心里已经有了答案。

云熹没敢与他过多对视，匆忙低下头，只说道："你受伤了。"她指了指一旁的医药箱，好言相劝，"处理一下吧。"

她从小对疼痛的感受就比常人更强烈,小时候稍稍磕着碰着了,就痛得"哇哇"大哭。

所以即使知道别人对痛感的敏锐程度和自己不一样,云熹也很容易感同身受。

但陆祉年没动,狭长的眼睛一瞬不移地盯着她,像是想从她身上看出些什么东西似的。

好半晌,他鬼使神差地吐出一句:"不大会。"

云熹琢磨了一下才明白过来他说的是"不大会处理伤口"的意思。

她犹豫了一会儿,目光在他胳膊上游移,望见仍在往外冒的血珠时,试探性地问道:"那我帮你?"

"你会?"

"会一点。"

"你能先把袖子挽起来吗?"云熹轻声说道。

陆祉年没动,视线不着痕迹地往她脸上看去,忽然发觉她和自己说话时总是带着点不易察觉的疏远,像是在刻意保持某种距离。

见陆祉年不说话,又怕他再误会些什么,云熹强调道:"你借我手机的回礼而已。"

她睁大眼睛,话说得坦荡又直白。

陆祉年收回视线,轻描淡写地"嗯"了声,按她说的将袖子挽了起来。

前后花了大约半个小时,等最后一点药也涂抹上去的时候,云熹不自觉地松了口气。

她实在不适应在如此近的距离下帮人上药,头顶那道若有似无的目光存在感太过强烈,让人稍不注意就会分了神。

"处理好了。"

云熹起身,不等陆祉年反应,径自收起医药箱往楼上走去。

客厅里顿时只剩下陆祉年一个人,他若有所思地把玩着云熹方才还回来的手机,神情不复平日里的冷漠。

"嘀嘀——"

短促的手机铃声响起。

陆祉年低头望了眼，却不是他的，而是来自沙发上的另一部手机。

铃声强烈得简直让人无法忽视，他拾起银白色的手机，准备去找它的主人。

好在下一瞬，云熹就踩着楼梯小跑了过来。

在陆祉年的眼神示意下，她接过手机，却在看到来电备注时，心底强压下的情绪再度卷土重来。

在接听键上一摁，电话接通的同一时间，大嗓门的一声"云熹，我是舅妈"就响彻了整个陆家客厅。

"你舅舅的情况你也知道，好歹你和你妈没地方去的时候，我们也收留过你们几天，你要是还有点良心，现在就多少拿出点钱帮衬下！"

语气泼辣，性格强势，是市井里常见的中年妇女。

云熹下意识地朝陆祉年瞥了眼，察觉到他能听见时，僵硬感在一瞬间传遍全身。

她倏然就反应过来，其实自己压根儿就没有练就成所谓的"百毒不侵"，还是会尴尬，还是会被别人一句话给击倒。

一旁的陆祉年往后退了两步，此时此刻他同平日并无二致的寡淡表情反倒让人觉得安心。

"你不用顾忌我。"他说。

云熹平复着呼吸，缓了口气才回电话那边的舅妈："我说过了，我没钱，房产证也不可能给。"

这话像点燃了炸弹的引线，电话那边的舅妈一下就炸了："你个败家玩意儿什么意思，我好好跟你说话，你还真把自己当回事了吧……"

层出不穷的咒骂一连串地向她砸来，难听的词汇仿佛可以穷尽人的想象。

听着那些话，让人仿佛置身在城市的下水道里，不见天日地溃败。云熹很难想明白为什么在钱面前，人可以歇斯底里成这个样子。

可她连挂掉电话的力气也没有，只是眼睛突如其来的酸涩。

然而，有双手忽然夺过正在通话中的手机，接着捂住了她的耳朵。

世界一瞬间安静下来。

第二章
加微信...

耳畔处的温度不似幻觉，少年的指腹微有些薄茧，捂在她耳朵上的动作却不重，虚虚拢着。

只是那温热呼吸在提醒着云熹此刻的不同寻常，她愣怔地抬起头，像是还没回过神来，张了张嘴，却说不出一句话。

"挂了？"还是耳边的冷然嗓音将她唤醒。

陆祉年小幅度地晃了下从她手里拿走的手机，递了个眼神给她，像是在征询她的意见。

修长冷白的手指悬在红色的挂断键上，在云熹无意识点头的同一时刻，干脆利落地挂了电话。

像是终于反应过来，云熹匆忙地道了句谢。

闻言，陆祉年眼尾懒懒地撩起，上下打量了她一眼，淡漠的眼神在她稍显慌乱的脸上停留了片刻才移开。

云熹拿不准他的意思，站在原地小声问："我说错什么了吗？"

"没。"

陆祉年原想将手机直接扔她怀里的动作顿了下，改变主意般用修长手指夹起银白色的手机，往她口袋里塞去。

凑近的瞬间，他却又慢条斯理地咬着字句："只不过，你不是都叫哥的吗？"

疏冷的嗓音里听不出什么别的情绪，仿佛只是单纯地问一下，却像根羽毛，轻飘飘地往人心上恶劣地挠了下。

云熹恍然间抬头，可当她想看清他脸上表情时，陆祉年已经插着兜往房间走去了。

独她停留在原地，因他一句话反反复复地思来想去。

他这是简单地想让她叫他"哥"，还是对她以前叫他的称呼耿

耿于怀？

云熹微合着眼，因他这个不算玩笑的玩笑，心头那些因舅舅舅妈来电积聚而来的乌云散了个干净。

"嘟——"

兜里的手机突然振动了下，她摸了出来，才发现绿色软件上边有条新的验证消息，是好友添加提示。

黑色的头像框，昵称是一个小黑点，简略敷衍到不行。

没说是谁，但是验证消息的一行字让她很快就反应了过来。

还站那儿，不打算睡觉？

云熹一怔，瞥了眼二楼陆衹年房间紧闭的门。

那门关得严丝合缝，他是怎么料到她还站在原地的？

云熹摇头，转身往自己房间走去。

距离南川一中正式开学还有两天，云熹终日待在家里，日常过分简单，除了在房间温习功课就是下楼吃饭。

唯一的插曲大概是，她会在傍晚时候把陆衹年伤口需要换的药放在他房间门口。

特别的准时准点，准到陆衹年能掐着时间判断门外什么时候会响起轻微的脚步声。

五点五十七分、五点五十八分、五点五十九分……

他懒洋洋地倚靠在门上，听到脚步的下一瞬，拉开了房门。

六点整，不偏不倚。

陆衹年挑眉望着门外站着的人，冷不丁地说了句："你对谁都这么好？"

接连三天给他送药，送药还不留名。

云熹"啊"了声，瓷白的脸上现出淡淡的茫然。

她手上的医药包还没来得及放下，就猝不及防地对上陆衹年那双细长微眯的眼睛。

黑曜石一样的瞳孔像蒙了层薄雾，叫人看不太清里头情绪。

见她久没言语,陆祉年冲她手里的药扬了扬下巴,问得直白:"为什么给我送这个?"

"我觉得你可能不会记得这样的琐事。"云熹说得委婉。

一个连伤口都懒得处理的人怎么可能会记得每天准时准点地给自己再擦遍药。

"如果你觉得被打扰了的话,那我明天就不送了。"

反正,经过这几天的擦抹,他的伤应该好得差不多了。

陆祉年敷衍地点了下头,没说好也没说不好。他唇线拉直,神色淡淡地道了个谢。

房门合上的那一刻,云熹松了口气,脚步轻快了不少。

于她而言,陆祉年这种不冷不热的态度就已经足够,够她安稳地在陆家住下去。

而房间内,陆祉年正给齐盛发消息。

他低敛着眉目,薄薄的一层灯光打在身上,瞧上去没平时那股桀骜的劲在,倒显得清冷。

就是发出去的消息内容不是这么一回事——有人频繁跟你示好,什么意思?

短短两秒,手机频繁振动,很快,长串消息占满整个屏幕。就是说的与他问的毫不相干,除了八卦还是八卦。

他是疯了,才会问齐盛这种问题。

. :你可以闭嘴了

多给齐盛打一个句号陆祉年都觉得浪费。

见状,齐盛没敢再扯些有的没的,说话也直接起来:陆哥你就说又是咱学校哪个女生给你送东西了。

陆祉年看见齐盛发来的消息,却是一阵无语。他动动手指,敲了两个字上去:不是。

齐那个盛:别啊陆哥,让我给你分析分析!

齐那个盛:跟你示好还能是为了什么,为了博取你的好感。

齐那个盛:不如你跟我说说是谁呗?

…………

陆祉年没什么表情地瞥了眼齐盛后面发来的消息，然后利落地退出聊天框，摁熄屏幕。

这都说的什么。

他不觉得云熹的做法和齐盛说的企图吻合。

也是昨天，陆祉年才知道，她上次送他的东西，不光帮忙做饭的王阿姨有一个，连司机张叔都有。

可要不是……

陆祉年不疾不徐地往储物柜上的医药包瞥了眼，向来没什么情绪的眼里陡然生出点波澜来。

还能是什么？

他骤然起身，毫不费力地将医药包打开，目光久久定在那罗列整齐的纱布、药品上。

晚上吃饭的时候，难得陆云枫也忙完了工作和他们坐在餐桌上一起吃。

"熹熹，你是在哪个高中念书啊？"吃着吃着，陆云枫忽然想起来，然后问了句。

被点名的云熹放下筷子，乖乖回道："南川一中。"

"就陆祉年隔壁那个学校是不是？"

陆云枫指了下正沉默着吃饭的陆祉年，建议道："要不转学到附中，正好陆祉年也在，你俩平时可以一起上下学。"

"不用了陆叔叔，一中也挺好的。"

云熹确实觉得一中挺好的，而且她也不喜欢过多麻烦别人。

从头到尾一言不发的陆祉年在她说话的时候，倏地抬了下头。

听她拒绝后，他夹菜的手一顿。

不过云熹并没有注意到他，她在为另一件事纠结："陆叔叔，我可能得回原来住的地方一趟，我好像把学生档案袋落在那儿了。"

"行，你什么时候去取？我送你。"

"明天可以吗？"云熹试探性地问道。

"我想想，明天我得开会，你张叔正好休假……"

陆云枫眉头锁着，似乎是在想有没有更好的办法。

"那要不——"

云熹想说算了,她自己去也行,可话还没说出口,就被陆祉年疏冷的嗓音给截断。

"我送她去。"

四个字说得又快又稳,且出乎人意料。

连陆云枫都是慢了一拍才反应过来,对云熹说道:"让陆祉年送你也行,他已经拿了驾照。"

只是说完,他不免看了眼自己那惯常冷着张脸,没什么好脾气的儿子。人家第一天刚来时,连个招呼都不怎么愿意打,今天倒跟换了个人一样?

陆祉年却懒得理会他的探究,说完就低下了头。

次日下午,云熹才出门,就看见陆祉年等在车里,她匆忙跑了过去:"不好意思,让你久等了。"

陆祉年没说话,兀自发动了车子。

安静的车厢里,他问了个毫不相干的问题:"你没加我微信?"

云熹犹豫着点了点头:"我以为你那天只是单纯地给我发个消息。"想了下又补了句,"怕加了打扰到你。"

陆祉年沉默了半晌,似是在分辨她话中真假,过了好一会儿才说道:"可以打扰。"

他声音偏冷,平时说话的时候总是不带什么感情,连个高低起伏也没有。偏这四个字低低缓缓,仿佛击打在人薄薄的耳膜上。

云熹"哦"了声。

她打开绿色软件,在那条添加好友申请上点了同意,很快聊天界面就蹦出一条——您已添加了.,现在可以开始聊天了。

所以,他们这算是好友了吗?

她不经意地往陆祉年那边觑了眼,见少年侧颜优越,轮廓立体,好像独得造物主偏爱,连眉目间的那点张狂都生得不惹人厌。

下午路况稍微有些堵,花了大概半个多小时才到西华巷。云熹没让陆祉年陪她一起下车:"我拿完东西很快就回来。"

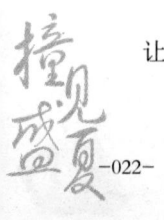

陆祉年"嗯"了声，松懒地靠在驾驶座，双手环抱在胸前，只在她下车时多说了句："有事叫我。"

云熹边答了声"好"，边朝着原先住的地方一路小跑过去，没承想却在单元楼门口撞上了位不速之客。

"舅妈。"她淡淡地喊了声，其余的话则是一句也不肯多说。

"你这是从哪儿回来的啊？"

舅妈钱慧琳摇着商场门口发的扇子蹲在门口，看见云熹来了，忙不迭站起身。

她上上下下扫了云熹几眼后，阴阳怪气道："自家亲舅舅都要揭不开锅了，你都不肯拿点钱出来，自己一个人倒是过得潇洒。"

云熹不想理她，只想找到档案后尽快离开。

可钱慧琳却不给她这个机会，冲上前来攥住她的手腕："房产证呢，你把房产证放哪儿去了？"

"你放开我。"

可云熹甩不开她。

在钱慧琳一百六七十斤的体重面前，她瘦弱得像片风一吹就会散架的落叶。

白皙的手腕内侧很快出现红痕，红白交错，分外明显。

"你再不放手，我就喊人了。"云熹艰难地出声。

"吓唬我是吧，我看谁敢管？"

在钱慧琳眼里，这是自家家务事，就算是警察来了，她也不怕。

她攥住云熹的手又使了些劲，嘴里叫嚷着："我让你私吞，让你私吞，让你……"

"咚——"

旁边传来一声什么东西击中肉体的闷响，一颗石子恰好击中钱慧琳的腰部。

她痛得尖叫出声，不由得松了对云熹的钳制，转身往左前方看去。

陆祉年就站在她望着的方向，连闪躲都不屑，就这么大大方方地站在那儿让人看。

他拍干净手，浑不在意地往这边走来，足有一米八的身高在地上投射出一道长长的阴影，一看就不好惹。

"是、是你扔的？"

本来想看看是谁这么不知好歹的钱慧琳，突然一下消了气焰，手伸出了一半又往回收，滑稽得像个小丑。

云熹知道她这个舅妈向来欺软怕硬，眼下见到这副善变模样，倒也毫不意外。

不过……

她没想到陆祉年会突然出现。

是方才的声音吵到他了吗？

"还不放手？"陆祉年冷冷地出声。

他说话时面无表情，连脸部线条都是凌厉的，那股子冷戾劲儿特别能唬人。

至少，唬住钱慧琳是够了。

转瞬间，云熹的手被松开。

只是，钱慧琳在背过身去的时候恨恨地白了她一眼。

云熹当作没看见，径直上楼拿了档案离开。

巷口尽头，陆祉年懒懒地倚在黑色车身上，见她过来，朝她招手："上车。"

云熹靠坐在车窗边上，默不作声地抬眼朝陆祉年望去。

车窗外的所有景色都在飞快地后退，唯独他，是模糊暮色里的定点。

"陆祉年，谢谢你。"

好半晌过去后，她听见自己小声地说了句："你这次又帮了我。"

"不是帮你，是单纯看不过眼而已。"陆祉年回答得有些漫不经心。

事实也的确如此。

从车上下来的那刻，钱慧琳用蛮力抓着云熹的模样半分不差地落入他眼底，与此同时，说不清缘由，他莫名觉得看不过眼，身体先意识一步动了手。

经过红绿灯路口的时候，陆祉年将车停下，朝云熹瞥了眼，低声问了句："刚刚那个是你舅妈？"

云熹手上的红痕仍旧没消，落在她白皙的肌肤上特别显眼。

她点了点头，模样有些勉强。

"不太像。"

什么不太像？云熹倏而转过脸去，眼里忽地冒出丝丝缕缕的疑惑。

"不像你舅妈，倒像个抢钱的。"

陆祉年嗓音疏冷，说话也没什么感情，偏偏话说得一语中的："我的意思是，你们并不是一类人。"

不合时宜地，云熹敛着的眉眼倏然展开，她难得地轻笑出声，由衷道："谢谢你。"

见她脸上终于不再灰沉沉的，瞧着就提不起精神，陆祉年"嗯"了声，不着痕迹地将视线移回，状似无意地换了个话题问道："你和你妈妈一直住在这里？"

"大部分时间是这样。"

虽然不明白他为什么问这个，但云熹还是答了。

自云熹有记忆起，在搬去舅舅家前，许如烟女士就一直带着她住在西华巷。巷口的晚风曾是她最熟悉的，能温柔吹起许女士的碎花裙摆。

闻言，陆祉年脑海里则浮现出方才见到的一栋栋单元楼，虽然干净，却也还是看得出来的老旧。

他觉得奇怪。

陆云枫年轻的时候人虽然风流了点，但对跟过他的女人，出手一向是大方的。

但陆祉年没在云熹面前多说，随口扯了句别的后，就继续缄默不言地当他的司机，将人安全送了回去。

陆家，陆云枫提前开完会后，正坐在家里喝茶，见他俩一前一后地走了进来，忙不迭朝云熹招了招手，关心地问道："熹熹，档案找到没有？"

"找到了。"

云熹简单地打了个招呼后，礼貌地笑了笑："陆叔叔，我先上去了，还得收拾明天开学要用的东西。"

"行，你快去吧。"

云熹走后,陆云枫转过脸来,一眼就瞧见了自己那懒懒倚靠在门边的儿子。

父子俩常年不大对付,相顾无言是常有的事,陆云枫权当没看见,端起茶杯就往书房走去。

没承想,陆祉年这次却跟了上来。

他撑开即将合上的书房大门,侧身挤了进来:"我有话要问你。"

没给陆云枫拒绝的机会,陆祉年径直拉开书房最里层的柜子,熟练地摸出张照片,指着问道:"这照片怎么回事?"

桌面上摆着的赫然是那张陆云枫年轻时的旧照,大概二十出头的模样,眼神温柔缱绻地站在女人身后。

照片上漂亮的年轻女人则是陆云枫口中的"许阿姨",也是云熹的母亲。

陆祉年半个月前就见过这张照片。

"什么怎么回事,谁准你进我书房乱翻东西的?"陆云枫面色不豫地将照片收了回去。

"别误会,你叫我取东西的时候,我无意中发现的。"陆祉年毫不在意地笑了下,"我还真没兴趣动你的东西。"

话都说开了,他也就没了顾忌,索性神色松懒地往书房里摆着的黑色真皮沙发上一坐:"而且要没什么事,你有什么可心虚的?"

陆云枫怒极反笑:"合着你在这儿套我话呢?你是觉得我跟你许阿姨有什么?"

陆祉年没说话,不言不语地表明他的态度,他的确是这么认为的。

"要是你许阿姨真的喜欢我,哪里还会有你的出现?"陆云枫重重地哼了声。

"你的意思是……"半晌,陆祉年冷淡的眉眼里含了几分不可置信,抬头道,"你当初追人家,结果还没追上?"

"我怎么会有你这么个儿子?"被揭了老底的陆云枫不欲和他多言,挥着手赶他,"出去,你给我滚出去!"

明明在挨训,可陆祉年心头毫无道理地松了口气,连他自己都没能察觉。

"放心,就走。"

他迅疾地从沙发上跳起,只是临出门前最后确认了遍:"所以我和她没有任何的血缘关系?"

"什么你啊她的?"

"云熹。"陆祉年言简意赅地喊出人名。

这话听着怎么就这么奇怪呢?但陆云枫此时正在气头上,也没想太多:"熹熹跟你能有什么关系,你少去烦人家!"

陆祉年头也不回地往外走,不知道是有意还是无意,特别嘴欠地说了句:"怎么没关系,我们这不是住在同一屋檐下?"

少年腔调冷淡,偏尾音勾人,像蘸了酒的薄荷。

"爸,你说是不是?"

自从陆云枫离婚后,陆祉年叫他"爸"的次数简直屈指可数,今天这一声算是破天荒了。

陆云枫愣了下,但也只是一下,很快,火气再度席卷而来,他今天实在被陆祉年气得不轻,喊道:"出去,别叫我爸!"

"知道知道,你没我这个儿子。"

陆祉年轻哂了声,还分外体贴地给人把门带上了。

二楼房间里,云熹正有条不紊地整理着明天上学需要带的东西,其实也没什么,毕竟课本什么的都在学校里。

听说高三会重新分班,但对于她来说,分不分并没有太大差别。

因为之前她休学过比较长的一段时间,和班上同学本就处于一种不大熟的状态。

这次开学,相当于重新开始。

还有就是云熹选择了走读,按陆叔叔的意思是,司机张叔会每天负责接送,她将和陆祉年一起上下学。

知道这个决定后,她悄然叹了口气,觉得压力有些大。

次日,南川所有学校统一开学,云熹特意起早了些,不想让人久等。

她早早地拿了王阿姨准备好的三明治,坐在了车后座。

驾驶座上的张叔见她上车,乐呵呵地笑道:"熹熹早上好啊,动作这么快。"

"张叔早。"云熹礼貌地回道。

她和张叔有一搭没一搭地聊了会儿天后,陆祉年才从家里出来,看样子像没大睡醒,眼皮微微耷拉着,透着股困倦。

云熹原以为他会坐副驾驶座,所以先选了后排的位置,却没想到,他习惯性地就来拉后座的车门。

这个时候下车已经来不及了,云熹往里缩了缩,尽可能地给他腾出更大的位置来。

人齐了后,张叔很快发动了汽车。

经过一个拐弯的时候,为了避让前方突然出现的车辆,车身稍稍向右倾斜,云熹没注意,身体不可避免地也跟着往右边倒,看上去,整个人都要贴在车窗上了。

视线扫过两人之间的距离,陆祉年神情复杂,颇有些一言难尽的味道在。

"坐那么里面干什么?"他冷不丁地问了句。

云熹"啊"了声,嘴比脑子快:"没,我是怕占了你的位置。"

怕占了你的位置。

怕。

看来他确实挺让人害怕,陆祉年薄唇抿成一条线,好半天才说了句:"坐过来点。"

云熹往中间挪了挪,两人之间总算没隔着条楚河汉界。

为了缓解一下气氛,她主动问了句:"你吃早餐了吗?"

陆祉年半闭着眼,头靠在车窗上,像是在补眠,不太清醒地答了个"没有"。

他懒得拿,平常都是叫齐盛顺道给他带一份到学校里。

没有的话……

云熹抿唇看着今早王阿姨多塞给她的三明治,下定决心似的将其中一份小心地放在了他膝盖上,然后无事发生般转头看向窗外。

这忽然多出来的重量,让陆祉年缓缓睁开了眼,他朝云熹递了个不解的眼神过去:"你不吃?"

"王阿姨给了两个人的分量,我吃不了这么多。"

车里忽然陷入沉默,就在云熹担心陆祉年可能会拒绝的时候,头

顶传来了声淡淡的"谢了"。

他收下了。

南川一中在附中前面,云熹在陆祉年之前下了车。

望着人潮汹涌、停满了车辆的校门口,她没多做停留,直接就往学校里走去。

找到教室后,云熹望了眼,只最后一排一个女生的边上还有空课桌,她走过去坐了下来。

那个女生却显得有些受宠若惊,哆嗦着问道:"你、你真的、真的确定要和我坐吗?"

云熹点头。

"他们都、都不太喜欢我……你要、要不再想想?"女生面色涨红地补了两句。

云熹这才发现,她的新同桌貌似有些结巴,但她还是点了点头,她并不觉得结巴有什么问题。

"你、你人真……真好。"

被发了好人卡的云熹在新同桌高兴得往她身上扑过来的时候,瞧出了点不对劲来。

夏天的余热仍未过去,南川九月初的天气仍旧是三十几摄氏度的温度,可她的新同桌穿了件加绒卫衣,明明额头上还冒着细密的汗珠。

云熹犹豫着问了句:"你不热吗?"

她这新同桌还没来得及回答,教室外突然进来个脸上有道横疤的男生,边朝她们这边走来,边恶劣地嚷道:"刘晓曼你是不是有病啊,大热天穿卫衣?"

在云熹反应过来"刘晓曼"就是她新同桌名字的瞬间里,男生见角落里的女生躲躲闪闪的眼神,不屑地笑了两声。

他故意将手中的卷子往空中一扬:"躲什么,给我捡起来。"

闻言,云熹眉心皱起。

然而不等她说话,旁边猝然传来道巨大的桌椅碰撞声——

刘晓曼竟被男生吓得从椅子上摔了下去。

云熹想将她的新同桌拉起来,却发现女生甚至没顾得上从地上爬起来，就匆忙低下头去捡那堆卷子，模样瞧着狼狈又可怜。

云熹像个不守规矩的闯入者，只身挡在了刘晓曼身前。

她目光不躲不避地望着寻衅滋事的男生："你干什么？"

"你从哪儿冒出来的？"男生不耐烦地叫嚣道。

"丁零丁零！"

恰巧此刻，尖锐的上课铃声刺破了空气中的凝滞。

教室里的火药味被铃声强行掩盖，望见踩着铃声往里走的班主任，云熹紧张得握成拳的手倏而松开。

"都站着干什么，上课了知不知道！快回座位！"

班主任是个四十多岁的中年男人，在班上还算有些威信。

他话音一落，云熹的手被人撞了下，同时耳边落了句恶狠狠、音量不小的"你等着"。

班主任正式开始上课。

即使再好奇，同学们打量的视线也慢慢转了回去。

云熹若无其事地揉了揉手，弯下腰就要去扶起地上的刘晓曼，话语温和道："来，把手给我，我扶你起来吧。"

刘晓曼却害怕得直哆嗦，泪止不住地流，还算白皙的脸上涕泪交加。

云熹脸上没什么多余的表情，但她心里清楚自己似乎在开学第一天就惹了个大麻烦。

她悄然叹了口气，感觉手腕处的疼痛后知后觉地蔓延开来。

盯着手腕内侧新旧交错的红痕，云熹却忽然恍了神，脑海里不自觉地浮现出了另一张倨傲冷淡的面孔。

原来，不是每次都会有人挡在她面前。

…………

值得庆幸的是，那个叫王志强的男生一下课就被班主任给叫走了，一整个上午都没能回来。

由于是开学第一天，课表还不够完善，下午的课改成了自习。

因为休过学，云熹得去趟教务处填写补充材料。望了眼因为老师不在而稍显嘈杂的教室，她起身往外走去。

没承想这简单的销假却足足耗费了她一个钟头。

教务处的老师忙这忙那,似是最后才想起角落里还站着个漂亮的小姑娘,喊道:"那个同学,你过来吧。"

闻言,云熹快步走了过去,脸上也没有因等待而生出的不耐烦神色,不声不响的,像株栽种在校园里安静生长的白玉兰。

材料上关于休学理由那栏如实地写着"外出拍戏",因此老师不由得多看了她两眼:"拍戏呢,小姑娘确实挺漂亮的。"

这样毫不掩饰的大嗓门说出来的话,整个办公室都能听见,云熹察觉到几道带着探究的目光移来,有老师的,也有同学的。

她不太舒服地垂下眼,却又无可奈何。

流程走完,正好是课间,云熹正要走忽然又被老师叫住了:"这个同学,没什么事的话,你帮我把这摞作业本送到七班去吧,就三楼走廊尽头那个班。"

作业本有些多,老师又指了个同学:"还有卢珊珊,你俩一起去。"

"老师这作业本可重了。"卢珊珊撒娇道。

老师没当回事,笑着道:"所以让你们一人拿一半。快去吧,早点送完回去上课。"

卢珊珊乖巧地点头,转而拣了少的那一摞作业往外走。云熹跟在她身后,没说什么,抱起了较重的那一摞。

去七班的路上,卢珊珊瞥了眼云熹,想起在办公室听到的内容,不由得好奇地问道:"哎,你拍什么戏啊,能和我说说吗?我保证不告诉别人。"

保证不告诉别人——这种话说出来实在没什么可信度。

云熹摇了摇头,没说话。

卢珊珊撇了撇嘴,往前走了几步:"有什么了不起的,有必要藏着掖着吗?"

被落在后面的云熹,脸上神情没太大变化,面色淡然地抱着怀里的作业本,丝毫不为这点讥讽所动。

倒是卢珊珊走在路上遇见了她的小姐妹,脸上和云熹交谈时的不高兴一下消失,热情地跟人聊起了别的。

"放学后你们打算去哪儿玩,还去隔壁附中吗?带我一起呗。"

"现在就去，但你这不是还得帮老师送作业吗？"那几个女生瞥了眼卢珊珊怀里抱着的作业本。

卢珊珊一听急了："你们去那么早干什么啊，不是还有半个小时才放学吗？"

"珊珊你清醒点好吗，隔壁附中的篮球赛哪回去晚了还有位置？"

"他们说陆祉年今天会打上半场，机会难得，别怪我没告诉你啊。"

她们话音刚落，云熹就觉得自己手上突然一重，抬眼就看见自己怀里多出了卢珊珊那一小摞作业本。

"拜托拜托，帮我一起送一下，我们有事就先走了。"

卢珊珊毫无歉疚地说完，就跟着她那几个姐妹往校门口跑去。

云熹留在原地，轻轻皱了下眉，好在七班已经不是很远。

她送完作业本往回走，脑海里不自觉想起方才那几个女生所说的附中篮球赛。

她踢了下脚边的石子，又下意识地想到陆祉年，以及那天在篮球场看到的少年模样。

——黑色发带下，眼神锐利又冷淡，起跳的时候，整个人说不出的意气风发。

确实像是会有很多人专程跑去看他打篮球的样子。

挨到放学，和刘晓曼告别后，云熹背着书包顺着人潮往校外走。

她堪堪走出校门，书包带子忽然被人扯住——

"跑什么，不是叫你等着？"

她一转脸就看见了王志强。他在人行道边上堵着，放话的时候脸上横肉顿显，不像是会轻易善罢甘休的态度。

云熹飞快地在心里思考着怎样才能快速逃脱向人求救，面上却冷静地问道："你想怎么样？"

"怎么样？"王志强上下打量了她一番，"你还想跑？"

说完，他就伸出胳膊想将云熹拖到人少的地方去。

云熹突然瞥见不远处车流中送她来上学的那辆车，于是甩开王志强，头也不回地往那儿跑去。

"还真想跑！"王志强骂了句粗口，抬腿就追在她身后。

王志强速度很快，眼看云熹离车子只有几步远的距离了，他赶忙追了上来，狠狠地扯住了她的头发。

云熹："张叔！"

"砰——"

黑色的车门忽然被踢开，云熹望见陆祉年冷着脸从车上下来。

看见他的刹那，纷乱的思绪忽而静止，毫无缘由地，"他不会放任不管"的念头清晰冒出。

云熹看见陆祉年面无表情地朝他们这边走来。

旋即，她感受到扯住她头发的力道一松，王志强被踢开。

同时，耳畔刮起阵迅疾的风。

风里，本该在打篮球的人低声开口："伤着哪儿了没？"

第三章

旧海报

除了头发被扯得有些疼，其他地方确实没受什么伤，云熹怔怔地看着陆祉年，下意识地摇了摇头。

陆祉年略一点头，冷淡眉眼里看不出什么情绪。

那边，王志强还在不干不净地骂骂咧咧，云熹只当没听到。她不觉得被狗咬了一口应该咬回去。

可就当她以为陆祉年也会就此收手的时候，她眸光里那个高瘦挺拔的身影，朝被踢倒在地的王志强走了过去。

"哎，你伤才好，别跟他动手。"云熹顾不上整理自己被扯得凌乱的头发，语气有些着急。

陆祉年背影顿了下，旋即恢复如常。

他人高腿长，两三步就走到了王志强面前，居高临下地看着王志强。

"你……"对上陆祉年冷戾的眼神，王志强把准备骂出口的脏话硬生生又给憋了回去。

"你再骂一遍试试？"陆祉年单手拎起他的领口，不咸不淡地威胁了句。

王志强没敢再吭声，原先的嚣张气焰仿佛被盆冷水兜头浇灭。

陆祉年觉得没意思，松了手，朝云熹站的地方轻抬了抬下巴，语气散漫道："跟她道歉。"

王志强在南川一中怎么说也算半个校霸，还是头一次被人这么使唤，可他再怎么心不甘情不愿，也还是梗着脖子说了句："对不起。"

原因无他，陆祉年的那一脚让他认清了两人之间的力量差距——他打不过陆祉年。

云熹敷衍地点点头接受他的道歉，显然是不想在这种人身上浪费

太多时间。

她上前扯了扯陆祉年的校服袖子,轻声说了句:"走吧。"

陆祉年一低头看见的就是她这副安静乖巧的模样,袖口处传来的力道跟小猫挠痒似的。

让他头次生出想要逗弄的心思,不紧不慢地问了句:"你是怕事情闹大,还是——"

陆祉年顿了下,面上轻描淡写:"担心我?"

什么?云熹头顶飘过一个问号,瓷白的脸上现出几分茫然。

陆祉年却不着急,双手环胸,好整以暇地等着她的答案,见她面露茫然,还颇有闲心地提点了句:"为什么让我别动手?"

云熹抬眼瞧他,形状好看的瞳孔里干干净净,一看就不大会说谎。

她想了想,顶着头顶的视线如实说道:"都有。"

不想事情闹大,也不想他才好的伤口再度裂开。

陆祉年随口"嗯"了声,脸上看不出满意与否。他拉开车门,冲她喊道:"上车。"

云熹依言坐进车后排,才坐下就瞥见陆祉年也跟着坐了进来,跟今天早上的位置一样,像是约定俗成了般。

她仰头看向窗外,忽然觉得今天的那些郁闷都随着风一点一点散去。

回家后,云熹坐在客厅里写作业,陆祉年随手将书包扔在沙发上后,就阔步往楼上走。

只是在上楼的时候忽然想起什么似的,他随口嘱咐了句:"待会儿可能有人来找,你开下门。"

云熹点头答了声"好",在他开始脱校服外套时,迅速地挪开了视线。

陆祉年每回从外面回来都有回房间洗个澡然后补眠的习惯,住了这么些天后,她已经渐渐摸清了他这么个算不上习惯的习惯。

只是每每撞见他旁若无人地脱衣服时,她都会不自然地将脸别过去,哪怕他只是脱件外套。

她实在是容易害羞。

大约一个小时后，门外响起阵阵门铃声，接着就听见一个男生发出的阵阵呼喊："陆哥陆哥，您在吗？"

许是云熹走得慢了些，门外响起了花样百出的叫喊。

"陆哥——

"开门开门，我知道你在家——

"别躲在里面不出声，有本事你开门啊——"

云熹是小跑过去开门的，不然她也不知道门外这出"雪姨敲门"得演到什么时候。

云熹拧开门，探出个头去，轻声问好："你好，是来找……陆祉年的吗？"

齐盛也是没想到，他来找他陆哥还个无人机，来给他开门的竟然是这么个漂亮妹妹。

"你好你好，我叫齐盛。"

他激动得自报家门，顺使热情地夸赞道："你长得真好看，比电影里还要好看。"

云熹被他这热情的态度搞得有些蒙，但还是礼貌地和他互通了名字，只是在他提到电影的时候，她的心倏而一紧，试探地问道："电影？"

"对啊，你在电影里也可漂亮了。"齐盛不愧是大嘴巴，什么话都能往外漏。

此时他完全没有了还无人机以及找他陆哥的意识，站在门口就和云熹聊了起来。

"我第一次见你就是在电影银幕上，当时什么都没记住，光记得你漂亮了。"

齐盛摸了摸自己后脑勺，怕云熹不信，还开始卖兄弟："不光是我！当时在场的所有人都说你漂亮，陆哥当时还……"

说到一半，齐盛忽然跟烂了嘴似的，说不出话来。

惹得云熹罕见地好奇问道："当时怎么了？"

"没、没怎么……"

刚才还喜笑颜开、口若悬河的齐盛开始哭丧着脸，目光紧紧盯着云熹身后。

云熹顺着他的视线往后看去，陆祉年正插着兜站在鱼缸旁。

陆祉年应该是才睡醒，黑软的发丝微微翘了儿根，明明唇边扯出那么一丝笑，却让人看着就不敢多言。

"陆哥，无人机。"齐盛双手奉上无人机，见陆祉年似笑非笑地望着他，心里直发毛。他讪讪道，"陆哥你还是对我冷着脸吧，求你了。"

陆哥笑起来简直让他恨不得一头撞死刚才东拉西扯的自己。

"再有下次，自己跳进去。"

陆祉年面无表情地敲了敲手边的鱼缸，转而望向好奇观战的云熹："想知道当时发生了什么？"

不，她不想。

目睹齐盛的下场后，云熹坚定地摇了摇头，再三强调："其实我好奇心也没那么强的。"

在她的余光里，齐盛一脸幽怨地朝她投来眼神，仿佛在说"你不想知道？你真不想知道吗"。

他当时夸你漂亮，长得像他喜欢的人哎！

随手将无人机收进柜子里后，陆祉年回头瞥了眼又凑在云熹身边高谈阔论的齐盛。

他稍稍拧了下眉，轻轻地踢了下齐盛的脚："你还不回家？"

"我跟云熹妹妹学习呢。"齐盛一副没见过世面的样子，盯着云熹的作业和书本看，"我这不是观摩下好学生的作业吗，看看云熹妹妹这工整的字迹。"

云熹被他说得不好意思，默默别过脸去。

忽然间她听见头顶响起冷淡的一声哼笑："你叫她什么？"

"云、云熹妹妹啊。"

齐盛回答的同时，云熹抬起眼来，茫然地看向陆祉年，似是不明白他怎么忽然问出这么个问题来。

被两道视线注视着的陆祉年微微垂眼，将手里拎着的衣服倏而往沙发上一扔，没什么表情地说："云熹就云熹，人家就比你小一个月。"

齐盛的关注点一向是异于常人的，比如听了这话他的第一反应不是"小一个月为什么就不能叫妹妹了"，而是瞪大了眼睛，语气惊奇地问道："陆哥你怎么知道她比我小一个月？"

陆祉年知道他的生日月份一点也不奇怪,毕竟在一起玩了十几年,他每年一到生日就开始多次提及,但是……

齐盛瞧了眼云熹,又瞧了眼陆祉年,忍不住八卦道:"你不是从来都记不住别人生日的吗?"

他这话一出,连云熹也好奇地抬起脸,下意识地往陆祉年身上看去。

陆祉年不知该如何解释。

陆云枫千叮咛万嘱咐的,他能记不住吗?

——"下个月初熹熹生日,还是十八岁这样有意义的生日,我得好好替她办一场。"

但他不打算说实话,以免破坏了陆云枫可能准备的"惊喜"。

陆祉年瞥了一眼齐盛,语气暗含威胁:"哪那么多废话。"

闻言,云熹手中的作业却忽然滑落了下去,她回过神来,弯腰去捡。

很少有人会记得她的生日。

她不知道陆祉年是从何得知,又是怎样记住的,但被人记住生日这件事,总归不是件坏事。

五分钟后,陆祉年被齐盛央求着走了出去。

两人站在花坛旁,陆祉年单手插着兜,目光漫不经心地扫过地面:"有话快说。"

"我这不是替郑大校花给你传话嘛,当着云熹妹……"

齐盛话还没来得及说完就被陆祉年冷淡的目光给堵了回去,他忙改口道:"当着云熹的面说不太好。"

陆祉年浑不在意地"嗯"了声,腔调散漫道:"跟她说不好,跟我说就好了?"

齐盛"啧啧"叹了声:"不是,你说这话也太伤校花的心了吧。"但他还是把话带到了,"郑校花让我问你,今天怎么没参加篮球赛?"

"就这事?"

陆祉年将手中喝完的易拉罐"哐当"一声投进垃圾桶里。

准头极佳。

"这可是大事儿。"

齐盛真诚地发问:"您不会以为那么多女生特意跑来,真的是为

了看我们打篮球的吧？"

被齐盛摇头晃脑的样子给逗乐了，陆祉年收回望着地面的视线，给了个答案："要回家当然不去。"

"你平时怎么不急着回家？"

陆祉年奇怪地看了他一眼："现在不是多了个人吗？"

然后齐盛就看见模糊夜色里，陆祉年下巴朝着别墅方向抬了抬："你也说了，人家好学生得写作业。"

齐盛走后，陆祉年就踏着夜色进了家门。

他随意瞥了眼客厅里那道还在做题的身影："你吃饭了吗？"

云熹听见声音，猛然抬起头来："吃过了。"

又想起他回来后就去洗澡睡觉估计是没来得及吃饭，于是她提醒他道："王阿姨留的饭在桌上，还是热的。"

陆祉年走过去看了眼，确实还是热的，但他今天不怎么想吃饭。

他在厨房里转了圈，找到两袋馄饨，看了眼保质期还算新鲜。

他正准备给自己煮碗馄饨的时候，望了眼还在客厅里学习的云熹，决定勉为其难地当回好人。

他人才走到跟前，甚至还没开口说话，云熹就似有所感地抬起头来。

无他，陆祉年的存在感实在太强。

"有事吗？"云熹停下笔，小声问道。

陆祉年没说话，修长的手从下方抬起，堪堪到衣摆位置的时候，忽然看见云熹飞快地撇过脸去，然后说道："陆祉年你、你又要洗澡睡觉了吗？"

"睡什么觉？"少年嗓音冷淡得跟在冰水里浸过一样。他才起来的好吗？

"那你怎么又开始脱衣服……"云熹悄悄地将视线挪了回来，嗓音里含着轻微心虚。

他俩之间隔着张桌子，桌子的高度正好到陆祉年的腰部。

所以当陆祉年的手从下面抬起来的时候，给了云熹一种他又要脱衣服洗澡的错觉。

放学那个时候，他脱的还是件秋季校服外套。

可这会儿，陆祉年睡觉起来后穿的是件薄薄的黑色 T 恤。

因此，也就不奇怪云熹的反应为什么会那么大了。

她实在没有要占人便宜的想法。

被误会了的陆祉年则面无表情地提起自己的证物，颇有些无语道："看清楚，我手里拿的是两袋馄饨。"

云熹不好意思地"哦"了声，旋即反应过来："那你是要吃馄饨吗？需要我帮你煮吗？"

陆祉年懒懒地瞥了眼云熹面前的作业，不跟她计较似的，说道："不用，我会，来问问你吃不吃而已。"

不知道是不是自己的错觉，云熹总觉得他那句"不用，我会"带着显而易见的自豪感，仿佛自己说个"不吃"，就会把他这点自豪感给消磨干净。

想了想后，从来不吃夜宵的云熹点了点头："那我吃点？"

二十分钟后。

陆祉年从厨房端出两碗冒着腾腾热气的鲜虾小馄饨，见云熹落座后，推了一碗过去。

云熹道过谢后就用勺子挑了个上来，馄饨皮被煮得晶莹剔透，隐约可以看见里面的虾仁。

卖相不错，就是也许可能没放盐。

她才塞了个馄饨进嘴里，就听见陆祉年状似无意地问了句："你有什么愿望没？"

他没别的意思，主要是陆云枫说"熹熹下个月生日，我准备给她好好操办，至于你，要是懒得给人送礼物，我就准备两份，到时候你拿一份送给人家"。

好歹是个生日。

陆祉年不想太过敷衍，倒不如现在好好问问。

不料，云熹抬起头来，眼神干净纯澈，看了他好一会儿后，犹犹豫豫道："真的可以说吗？"

他看起来有这么苛刻？

陆祉年漆黑的眉尾挑了挑："你说。"

"下次……就是下次煮馄饨可以放盐吗？"

云熹话说得轻，但还是一字不漏地落进了陆祉年耳朵里。

陆祉年哑口无言。

见他不说话，脸色较之方才更沉了些，云熹忽然有些摸不准他的想法。

"你说我可以说的……"

没问出愿望，反倒搬起石头砸了自己脚的陆祉年沉默三秒后，就端起了桌上的馄饨往厨房走去。

"我还没吃完。"云熹怕他恼羞成怒，连忙补了句，"少油少盐有利于身体健康，你别倒掉啊。"

厨房里传出陆祉年淡漠的声音："没倒掉，给你放锅里重新煮一遍。"

顺便加点盐。

厨房里，油烟机启动的微微杂音盖过了陆祉年的声音。

云熹没听清，又问了一遍："陆祉年你在干什么？"

"在实现你的愿望。"

在加盐是吗？

略微怔了两秒后云熹才反应过来，没忍住"扑哧"笑出声，瓷白脸上少有地挂着清浅笑容。

晚饭后，云熹有事去陆祉年的房间找他，没承想房门半掩，里边却不见人影。

看来人不在，她正想带上门离开，视线忽而扫到床边，齐整干净丝毫不见杂乱的卧室里，那张稍微泛着旧的纸张格外显眼。

那是什么？

云熹不由得多看了两眼，但也只是两眼。

毕竟房间的主人不在，纵然再好奇，她还是将门带上离开了。

下楼时，正好遇见从外面取东西回来的陆祉年，云熹简略地跟他说了课表调整的事情。

陆祉年随意地点了下头："还有别的事吗？"

见他问起,云熹犹豫了下,开口道:"我刚刚去你房间找你,没看见你人,但看见地上好像掉了张纸之类的东西。"

闻言,陆祉年眼皮掀起,漆黑瞳孔里情绪不明,半晌后他才淡淡应了声"知道了"。

等云熹走后,陆祉年回到楼上房间,一眼就看见了地上跌落的纸张,一张好几年前却保存完好的旧海报。

他走过去拾起,轻轻抖落了下并不存在的灰,翻转过来后,极有存在感的目光一瞬不移地落在上边。

海报偏下方有张苍白倔强的面孔,狼狈中犹见清丽,电影变幻莫测的光影艺术赋予角色历史厚重感,而女孩清澈决然的眼神给电影以灵魂。

它出自四年前上映的大型历史电影《君不见》,典型的叫好不叫座的片子,陆祉年却很喜欢,连自己也说不出缘由的喜欢。

那天在影厅里,别人问他喜好,他指着银幕上女孩的脸说"至少得长成这个样子吧",并非只是句随口而出的戏言。

《君不见》电影才是他见云熹的第一面,也是他最早的审美启蒙,尚且叫不出名字的时候,她饰演的角色就陪伴过他很长一段时间。

也因此,他才会在误会她身份的时候,有种出离的烦躁。

最后瞥了眼海报,陆祉年将其妥帖地收回柜子深处。

他觉得,现在这样就很好。

第二天上学,云熹照例和陆祉年一起坐在车后座。张叔来得稍晚了些,甫一上去,就瞥见后排两人坐得整整齐齐,连偏头的方向都分毫不差。

张叔忽然笑出声来,打趣道:"你俩长得有点像我家那对招财童子啊?"

两人同时睁眼,齐刷刷望过来。

云熹:"我觉得不像吧……"

陆祉年:"不像。"

惹得张叔"呵呵"笑了两声,违心道:"你们说不像就不像吧。"

难得路上不堵车,大概二十分钟就抵达了南川一中校门口。

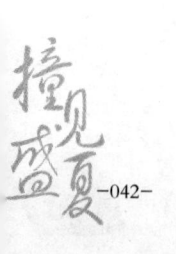

云熹下车的时候，忽然听见身后传来句："如果他再找你麻烦……"

她回头，发现陆祉年的脸隐没在暗处，五官轮廓干净又利落。

车里，陆祉年见云熹望过来，神色没太大变化，只将薄唇抿成一条线道："可以找我。"

说完，他又合上眼，靠回了椅背。

云熹"嗯"了一声，也不管他看不看得见，轻轻招了招手，告别道："再见。"

她走后，才闭眼的某人又悄然撩起薄薄眼皮，目光朝她离去的方向淡淡瞥了眼。

云熹的班级在二楼，算是个爬起来很轻松的楼层。

她不紧不慢地往教室里走去，耳边忽而传来旁边女生的八卦讨论声。

"卢珊珊她们昨天又逃课了，你知不知道？"

"卢珊珊不是经常逃课吗，怎么，昨天附中又有篮球赛？"

"对，结果陆祉年没去，哈哈哈哈哈。"

另一个女生扯了扯同伴的袖子："你小点声，被卢珊珊听见了怎么办？"

两人走远，八卦声渐渐消失，云熹找到自己座位坐下。

她并不太关心这些，就当没听见，自顾自地摊开语文书，准备提前开始早读。

没承想说曹操曹操就到，云熹才翻到今天要学的内容，就看见卢珊珊站在自己的课桌前。

"你跟陆祉年什么关系？"

目光盯着课本没挪开，她头也不抬地答了句："没关系。"

"骗谁呢？"

卢珊珊轻讽地笑了声，见云熹无动于衷，不耐烦地抽走了她手中的语文课本："说实话，你跟他到底是什么关系？"

学习被打断，云熹被迫抬起头来。

"你要听什么实话？"

卢珊珊稍稍低头，与她对视，意有所指道："昨天有人看见你们坐在同一辆车上。"

这种事情既然不能"清者自清"，多说也无益，云熹索性顺着她的话说道："行，我们有关系。"

说完，云熹朝她伸手，语气平淡："书可以还我了吗？"

"你未免太看得起自己了！"

卢珊珊紧盯着她，似是想从她脸上看出什么端倪，可惜一无所获，最后只能草草收场。

扔下手中课本，她转身要走，却在离开的前一刻，回头冲云熹露出个意味不明的笑："虽然你不说，但这件事可还没结束。"

捡起被拍落在地的课本，云熹面上没有多余的表情。

她无事发生般将书翻到先前那一页，将教室里众人的探究目光抛之脑后，自顾自地看了起来。

当事人不再回应，流言却跟长了翅膀般到处飞，短短半天内，大家讨论的内容从"卢珊珊跑去找云熹麻烦"变成了"卢珊珊喜欢陆祉年，陆祉年却喜欢云熹"。

以讹传讹，变本加厉。

课间休息的空隙，云熹才得知自己早上说的话被传成了这个样子。且无论她走到哪儿，都会有那种被人在背后指指点点讨论的行为存在。

她悄然叹了口气。

也不知道是该怪陆祉年名声太响、太受欢迎，还是自己运气太背，无端卷入这摊浑水里来。

好在寄人篱下那段时间别的没学会，"左耳进右耳出"的本事倒是练就了，这种讨论对她造成的困扰也不是特别大。

就算还有人好奇到直接跑到云熹面前问，她也惯会装聋作哑，权当没听见。

一天很快就过去。

有意思的是，处在八卦旋涡中心的云熹安安静静地学习了一整天，反倒其他同学压根儿无心学习，实打实地讨论了一整天有的没的。

放学后，云熹站在学校门口前的大槐树下等，须臾就等到了张叔

将车开来。

拉开车门,陆祉年果然坐在后排的另一侧拿着手机打游戏。

她坐了进去,没说什么。

刚准备将外头的探究目光全都拒之门外的时候,打完一盘的陆祉年忽然抬了眼,随口问了句:"他们在看什么?"

"看你。"云熹言简意赅。

陆祉年:"嗯?"

"我喜欢你。"云熹冷不丁地说了句。

这话一出,陆祉年不住地咳了好几声,缓缓转过脸来,原本没什么情绪的眼里多了几分不可思议。

然而一句"你认真的?"还没来得及问出口,他就听见云熹添补了句:"他们都在传。

"还传得跟真的似的。"

陆祉年罕见地语噎,连自己都没能分清那转瞬即逝的情绪是震惊或是遗憾,抑或是些别的什么。

车里持续了很长一段时间的沉默,两人谁都没有先开口。

直到两人一前一后地下了车往家门口走去。

云熹走在前面,听见后边传来的脚步声,以及那熟悉的疏冷嗓音:"要我帮你解释一句吗?"

陆祉年本人对这种流言蜚语的态度向来是无视的。

毕竟不包括别的学校,单就附中,按齐盛的话来讲,那就是"喜欢我们陆哥的人没有一千也有八百"。

对他来说,真要一个个解释过去,不得解释到猴年马月去。

但他看了眼前边那个包裹在崭新校服里的纤瘦身影,头一次觉得,如果她觉得有必要的话,解释一下也不是不行。

云熹回头,似是认真地想了想。

在陆祉年以为她会答应的时候,她抿唇说了句:"算了,嘴长在别人身上,要说也拦不住。"

真要有心编排,澄清也只是徒增他人的谈资。

就这么安安分分地过了大半个月，南川一中的第一次月考即将来临，学校里的流言渐渐平息了些。

云熹放下心来，照常上课下课，专心为月考做准备。

下午快放学的时候，同桌刘晓曼忽然支支吾吾地问她："熹熹，你能不能……能不能……"

"你别急，慢慢说。"

习惯了刘晓曼说话时的结巴，云熹停下笔，安抚似的拍了拍她的后背："有什么事需要我帮忙吗？直说就可以。"

这些天的相处中，云熹发现刘晓曼的举止虽然比起常人奇怪了些，但人并不坏。

开学那天云熹帮过刘晓曼，于是刘晓曼就连着好几天带了零食来学校，塞进云熹的课桌里。

不是一点点，而是满满一课桌。

"我今天、今天下午有事……你能不能帮我做值日……"话没说完，刘晓曼就已经急得哭了出来。

今天是星期五，很多学生都急着回家，云熹没多想，边宽慰刘晓曼，边应了下来。

"我答应你就是了，你别哭啊。"

云熹忙不迭给刘晓曼递了张纸巾过去，可她却哭得更伤心了。问她为什么哭，却又问不出个所以然来。

下午，最后一节班会课结束，班主任张老师旋即宣布了放学。

云熹收拾好课本，给陆祉年发了条微信过去。

cloud：我今天得值日，可能要搞到很晚，你要不要和张叔先走，我自己打车回去就行。

发出去才两秒，就收到了回复。

．：不用，今天一起回去。

cloud：嗯？

．：我今天也要晚点才能回去。

云熹发了个"OK"的手势过去。两人约好，等她搞完卫生就给他打电话。

等云熹发完微信，教室里的人已经走得差不多了。她望了眼还

坐在原地的刘晓曼，关心地问了句："晓曼你不是有事吗，怎么还不回去？"

"我、我就走。"刘晓曼慌张地收拾好书包，消失在教室门口。

五分钟后，教室里空空荡荡，班上同学全都走光了。

云熹放下书包，拿起卫生工具开始打扫。

才扫完第一大组，就发现教室里不知何时多了个人影，是卢珊珊。

云熹眉心微微皱起，当作没看见般继续扫地，只想扫完然后快点离开。

被她无视，卢珊珊倒也不急，在身前的课桌上坐下，校服裤下的腿微微勾起，往前伸了伸，像是不小心碰倒了放置杂物的储物柜。

"砰砰——"

多米诺骨牌效应瞬间发生，教室后方的桌椅连带着倒下一大片，纷乱的课本散落在地，正好拦在了云熹面前。

"现在看见我了吗？可以好好回答我的问题了吗？"卢珊珊笑着问道。

正值九月，傍晚时分，太阳的余晖透过窗户洒了进来，金色光晕盈满了整个教室，云熹甚至能看清空气中的细小尘埃。

她的脸在这样的光线里漂亮得过分，也不生气，而是静静反问："我为什么一定要回答你的问题？"

卢珊珊脸上笑容消失殆尽，语调也没了之前装出来的礼貌："你什么意思？"

将地上书本一一捡起，云熹直起腰，将卢珊珊上次说过的话送还给了她："你未免太看得起自己了。"

卢珊珊眼神转冷，不善的目光在云熹身上来回扫视。

从一开始，卢珊珊就不喜欢这个新来的转校生，讨厌她自以为是的善良，向刘晓曼那个结巴伸出的援手，更讨厌她一副什么也不放在心上，却又好像可以轻松赢得所有人关注的虚伪模样。

梁子已然结下，云熹干脆将话说开："你关心的无非是陆祉年喜欢谁，那又何必来问我，直接问他不是更快？"

她不在意地笑笑："我真不知道他喜欢谁，但……"

目光随意地在地上横七倒八的桌椅扫了圈，最后停留在卢珊珊脸上："我觉得不会是你，他眼神应该没这么差。"

收拾好教室的残局后，云熹将借来的卫生工具放回去，爬上四楼时，天空已经彻底氤氲成橙红一片，像只熟透了的橘子。

杂物间逼仄又狭小，她才打开门，就闻到一股陈旧的发霉味。

手里的扫帚刚放下，门外忽然传来剧烈的一声"砰"响，铁门合上的瞬间，她看见卢珊珊一闪而过的身影。

"你那些话挺让人生气的，那就该付出代价，你说是不是？"

门外，卢珊珊用不知从哪儿寻来的锁，将有些年岁的门严丝合缝地卡上："等什么时候有人发现你了，你就可以从这里出去。"

这个满是灰尘的小小杂物间，就是处被遗忘的角落，除了大扫除，寻常时候少有人来。如果不出意外的话，云熹将要一个人在里面待上很久很久。

细白手指微微收紧，她忽然有些后悔，刚刚在卢珊珊面前，不该将话挑得这么明白。

她已经忍了这么久了，也不在乎忍这么一小会儿了是不是。

可内心不断地有那么个念头在叫嚣，已经忍气吞声了那么久，面对舅舅一家是这样，面对流言蜚语是这样，到底为什么还要忍，她的隐忍到底换来了什么？

她真的，真的不想再忍了。

哪怕活得再艰难些，至少有棱有角。

无穷无尽的黑暗朝她涌来，意识一点一点地涣散殆尽，她环住膝盖，慢慢合上了双眼，觉得自己的身体好像在不断地往下坠，下方是冰冷的虚无……

网球场，陆祉年百无聊赖地挥着球拍，偶尔兴致来了才会打上一局，大多数时候，他都是冷着眉眼站在一旁。

"陆哥，你今天怎么又不急着回家了？"熟知内情的齐盛对他今天的一反常态表示惊诧。

还在教室里的时候，他分明看见陆祉年已经连书包都收拾好了，

结果在微信上跟人聊了会儿天后，忽然又改变了主意，竟然说有空，跟他们一起来了网球场。不过就是，人来都来了，瞧着却总有些心不在焉的，隔几分钟就看下手机。什么毛病，既然出来玩不就应该尽情尽兴地玩吗？

但这话齐盛可不敢说出口，他还想好好活着呢。

果不其然，陆祉年听见他的问题，只懒懒地抬了抬手，拿着球拍虚晃一圈后，冷冷地说了句："少废话。"

"嘟——"

手机忽然响了起来，还是微信语音电话，看见上面熟悉的英文字母"cloud"，陆祉年放下球拍，直接往外走去。

"哎，陆哥你去哪儿……啊？"

齐盛话还没说完，就见他朝外跑去。

陆祉年紧紧抓着手机，不好的预感莫名升腾而起。

那个女生说话带着哭腔，还结结巴巴的，可说出来的话却叫人心慌意乱。

"你、你认识云熹……吗？她、她好像还没有回家，可我……我不知道她人在哪儿……"

花了好一会儿，陆祉年才从女生的话语中得到些有效信息。

他戴着朋友的头盔，跨上了网球场门口的那辆山地越野，风驰电掣地往南川一中的方向开去。

他并不知道云熹具体在哪儿，但根据刘晓曼说的，她应该还在学校里。

偌大校园空空荡荡，一栋栋教学楼有序林立。

陆祉年用了最笨的办法，在学生不常去的空教室一间一间地摸排，从一楼一路往上爬，不放过任何一间教室。

"吱呀！"

也不知道过了多久，外头的天色已经彻底暗了下来，模糊得看不见五指。

在久未有人使用的杂物间里，陆祉年看见了面容狼狈，连校服也变得脏兮兮的云熹。

"云熹。"

他头次正正经经地喊出了她的名字,没想到却是在这种时候。

好像有人在叫她。

恍然间,冰冷气息如潮水般褪去,无尽黑夜挤进一丝光亮,渐渐地,光亮变得越来越多,多到足够堆满她所在的整间屋子。

光,也照到了她的身上。

云熹慢慢睁开眼,瞧见的就是单膝蹲在她身前的少年。

她勉力瞧清他的脸,似是确认般地含糊出声:"陆……陆祉年。"

第四章
别瞎猜...

"陆祉年……"云熹又喊了一遍。

她瞧上去很不安稳,原先光洁的额头上挂着细密的汗珠,连脸色都越发苍白起来。

见她这副模样,陆祉年眉心微微皱起,没过多犹豫,直接将她整个人背了起来。

太阳早已坠下地平线,城市的上空充斥着各种照明灯映照而成的人造光线。

陆祉年背着云熹,平日里三五分钟就能走完的楼梯,这次却花了两倍不止的时间。

他步子迈得不大,看着与寻常无异,却又在下意识地控制着力道。

在她又一次不安地溢出呓语时,伴着清冷月色,少年嗓音温柔地答了声:"我在。"

....

第二天云熹从床上醒来的时候,记忆很混乱,像是自我逃避着什么,对于昨天傍晚发生的事情,特别是昏迷过后的事情只记得一些模糊的片段。

她愣怔地望着房间雪白的天花板,脑海里隐约闪过陆祉年的脸,却又不敢肯定。

是他带自己回来的吗?

云熹摸出手机想找班主任请假的时候,才想起今天是周六。

请假是免了,可在家里晃了一圈后,她却没有发现陆祉年的身影。

她记得,一般这个时候,他都是在家里补觉的。

可是没有。

-051-

犹豫了下，云熹拨了个电话过去，她想问问昨天的事情。

电话接通得很快，没什么情绪的男声传了过来："喂。"

倒是云熹这个主动打电话的人有些紧张，话到嘴边却又不知道该说什么。

她踌躇着轻声问了句："你在家吗？"

一句"我好像没看到你"还没来得及说出口，就听见电话那头倏然传来的调侃声。

"陆哥，有人查岗啊？"

查岗？没由来地，云熹的脸"噌"地就红了起来，耳郭在瞬间散发着热度。

她忽然有些庆幸这是通电话，而非视频。

也正因那突如其来的调侃，她注意到陆祉年那边并不是太安静，随着他稍稍走远了些，人声和喧闹才逐渐远去。

"不在家。有什么事吗？"云熹听见陆祉年问。

"也没什么。"她犹豫了下，慢慢开口问道，"就是，昨天是你带我回来的吗？"

风声簌簌，陆祉年站在荒废的天井旁，随口"嗯"了声："你太久没出现，我等急了，就去学校找你。"

这样啊……云熹总觉得哪里有些不对，但又说不上来。

见她不说话，电话那头又传来了一句："还有什么事吗？没有我就先挂了。"

他像是还有什么要紧事要去办。

云熹轻轻"哦"了声，却又赶在电话挂断的前一秒，忽然出声问道："那你还记得我昨天是怎么回来的吗？"

她说得急，好像这个对她来说很重要。

"嗯？"

陆祉年不明显地停顿了下，说："为什么这么问？"

"因为、因为我感觉昨天……"

云熹吸了吸鼻子，最后还是说了出来："我感觉昨天自己像是被人背着回来的。"

"你想多了。"那边的人飞快地打断她，语气有些毋庸置疑，"昨

晚你坐张叔的车回来的。"

那看来她的记忆确实有些混乱。

云熹跟陆祉年郑重道过谢后,才把电话挂断:"不好意思,打扰你了。"

收起手机,她目光渐渐移向脏衣篓里的校服。没认错的话,是她昨天穿过的那件,王阿姨还没来得及洗,上边犹带着昨天留下的脏污。

关于是谁把她关进杂物间这件事,云熹还是记得很清楚的。

因为讨厌麻烦,她从来不轻易和人发生冲突,时常会被人归为性格温和的那一类。

可这次,她已然不想再忍。

脑海里闪过卢珊珊的脸,云熹心中有了计较。

在家好好休息了两天,云熹的精神状态已经好了不少,陆祉年问她星期一需不需要请假的时候,她摇头拒绝了。

她已经留存好了相关证据,准备去学校后,直接去找卢珊珊。

没承想,到了学校后,反倒是卢珊珊先来找的她。

"对不起。"

和周五傍晚的无所顾忌截然不同的是,卢珊珊眼神略有躲闪,强撑着道歉:"那天都是我的错,以后不会了。"

云熹看着她,有些不太明白她态度变化为何如此之大,试探了几句后,卢珊珊也只是不停地重复那几句同样的话。

直到云熹轻描淡写地说了句"你不说清楚我怎么原谅你"后,卢珊珊终于小声说出了"陆祉年"的名字。

她说,陆祉年找过她。

回忆起这个的时候,卢珊珊脸色有些僵硬。

她耳边反反复复都是那句:"你自己选吧,主动离开还是让这段录音传出去。"

他向来最懂怎么拿捏一个人的短处。

无疑,卢珊珊是极要面子的,她会怎么选,甚至不需要猜测。

至于向云熹道歉,也是陆祉年提的。

他面色瞧着平淡,说话时却没有半分商量的余地:"跟她道个歉,当面。"

实话说，那一刻，卢珊珊神情有些恍惚。

她忽然就很想问问面前这个看着什么都不太在乎的人，你这么做到底是出于你的正义感和同理心，还是单单为了云熹？

可惜，她没有问出口的机会。

教室里，卢珊珊脸上透着尚未完全收起的不甘，然而最后还是对着云熹低下了头："我会退学，对不起。"

云熹淡淡点头，没再言语。

她不会原谅卢珊珊，但这件事情在她心里已经有了了断。

做错的不是她，所以被困扰的也不该是她。

放学后，张叔的车照例在学校外面等，云熹坐了上去。

趁张叔下去买瓶水的空隙，她忽然朝着旁边的人轻声问了句："我那天，不是坐张叔的车回去的吧？"

后座里正低头懒洋洋地玩着手机的身影倏地顿住。

"刘晓曼给你拨过语音电话，你也接了对吗？"云熹再次确认道。

这正是陆祉年所疏忽的地方，他扯谎的时候忘记删除掉那条微信语音通话记录。

以至于云熹可以肯定道："所以，其实是你带我回去的是吗？"

虽然是问句，却没什么疑问的意思在里面。

陆祉年终于点头："是。"

"那你……"云熹欲言又止。

陆祉年干脆全说了："就是我背你回去的。"

他破罐子破摔道："还有什么想问的，你要不一起都问了？"

忍着笑，云熹眉眼弯起："没有了。"

车内安静了好一会儿。

像是想起什么，云熹觑了眼角落里取出鸭舌帽戴上的陆祉年，装作不经意地提起："不过，最近学校里大家对你评价很高。"

"什么？"陆祉年懒懒地伸了伸腿，语气透着些漫不经心。

从小到大他受到的评价议论还真不少，但他不在意，好的坏的，

一概接受。

云熹忍着笑，从那些闲聊话语中提炼出重点："说你见义勇为，要给你颁个道德标兵的奖。"

陆祉年："嗯？"

鸭舌帽被稍稍抬高，陆祉年漆黑的眼睛从帽檐下露了出来，罕见地现出几分疑惑。

见状，云熹耐心地提醒着他："王志强今天被处分了，你要不要发表一下你的获奖感言？"

今天不仅卢珊珊主动退学的事在学校里掀起了巨大风波，更为人所津津乐道的是王志强考试作弊、参与打架斗殴的旧事也被人翻出来举报了。

平日里王志强欺压同学的事没少干，但因为他生性狡猾，事情做得隐蔽几乎没留下证据，一直没被处理过。但他今天突然被严重处分了。

有消息灵通的同学见到齐盛从教导主任的办公室里出来，上前去问了下。

齐盛摆摆手："我就递个东西，具体可不是我干的。"

齐盛能帮谁递东西？

这个问题甚至都不用刻意探听，不光附中，就连一中的同学都知道齐盛和陆祉年两人平时走得近。

再联想起那天在校门口王志强被陆祉年拎着领子从地上提起的一幕，答案简直呼之欲出。

且不管是出于什么原因，王志强被处分对于一中同学来说，实在是件大快人心的事。

……

云熹说完，歪了歪头，朝旁看去，却不见"获奖者"本人有什么反应。

陆祉年脸色平静，没说是也没说不是。

他的视线慢悠悠地在云熹身上转了圈，意有所指道："话说起来，这个奖应该给你才对。"

"那些证据你手里也有一份对吧？"

就是没有他，云熹也会去向学校举报，不过时间早晚问题而已。

"要不发表一下获奖感言？"陆祉年挑眉看她。

说不惊讶是不可能的，云熹的确没想到他连她暗地里收集证据的事情也知道，整个人好像陡然被看穿，但很奇怪，她并不反感。

非但不反感，还有种同类之间的惺惺相惜。

最后，迎着身旁注视，云熹由衷道："感言就算了，不过，谢谢你为我保守秘密，也谢谢你那天带我回来。"

第二天是南川一中月考，学校保持着"前一天考试，后一天就出成绩"的速度，将时间安排得很紧。

好不容易应付完一天的考试，云熹松了松手腕，正想出去透透气的时候，同桌刘晓曼小心翼翼地推过来一瓶果汁。

"对、对不起。"刘晓曼低着头支支吾吾道，说话时甚至不敢看云熹的眼睛。

那天被卢珊珊逼着提出换值日的是她，最后哭着用云熹的手机打电话给陆祉年求救的也是她。

她胆小怯懦，被人欺负惯了，不敢不听人指使，却又在最后关头反悔了。

云熹沉默地望着桌上的果汁，良久后才叹了口气。

她没去追究刘晓曼为什么要这么做，只是问了句："既然那天你都走了，最后为什么又跑回来了？"

闻言，刘晓曼哭了起来："对不起，我并不是真、真的想这么做，我不想伤害你，我很后悔……"

换完值日的每一分每一秒她都在后悔。

她躲在校园角落不敢回去，脑海里一遍又一遍地回放着，摔倒在地时云熹朝她伸出来的手。

就这一个画面，让后悔的情绪堆满了胸腔，头一次，怯懦如她，也想主动做点什么，哪怕是补救。

"别哭了，我不怪你了。"云熹递了张纸巾过去，她终究还是心软了，"但下次不要再给人当枪使了。"

刘晓曼忙不迭点头，在她还想说点什么的时候，门口忽然站了个年轻女老师。

女老师朝云熹招手："那位同学，你出来下。"

"你、你先去吧，蔡老师找你。"刘晓曼匆忙擦干眼泪，让出位置。

云熹"嗯"了声后，往外走去。

走廊外，招呼云熹出来的女老师刚烫染过的鬈发在阳光下折射出闪耀的光芒。

"云熹是吧？我是教务处的蔡老师。"

云熹不着痕迹地抬头瞥了两眼，发现她就是那天给自己销假的女老师。

"蔡老师好。"

蔡老师笑了下："我想找你帮个忙。"

"找我？"云熹面露疑惑。

"对，下周一是学校的艺术节，为了献礼中秋，学校准备了舞台剧，不过，嫦娥仙子的角色一时没找到合适的人选……"蔡老师上下打量了云熹几眼，"我觉得你很合适。"

眼前的女生毕竟是有过拍戏经验的，相貌、气质确实比寻常同学高出一截。

"可是，我可能没法参与排练。"云熹委婉地拒绝道，"高三的课业比较紧张。"

"这个我知道，但你这个角色不需要过多排练，到时候来试下服装，演出的时候往台上一站就行。"

蔡老师将她可能遇到的阻力讲得很清楚："月考刚结束，学习上应该没这么忙，这件事我已经和你们班主任沟通过了，最多耽误你一个上午，你看可以吗？"

话都说到这个份上了，云熹实在不好拒绝，勉强地点了点头。

事情就这么定了下来，蔡老师动作还挺快，第二天就把扮演嫦娥仙子需要的演出服装送到了云熹手上。

回家的时候，云熹抱着花团锦簇似的演出服装上了车。陆祉年略微诧异地挑了下眉："这是什么？"

"嫦娥的衣服，老师让我艺术节的时候上台表演。"

云熹丧气地垂着头，想到这事只觉颇为头疼，却在下一秒听见身旁坐着的人不咸不淡地开口："你们老师还挺有眼光的。"

她怀疑自己听错了，低垂着的头飞速抬起，朝旁边的人瞥了眼："什么？"

陆祉年偏过头去没再说话，往旁边挪了挪，给云熹和她的演出服腾了点位置出来。

只有车窗玻璃映出他嘴角极为浅淡的一点弧度。

周一，南川一中所有高三学生照常上课，唯有云熹这个有节目在身的人得了准许光明正大地溜了出来。

回想起自己往外走时一整个教室的人羡慕的目光，云熹无奈地笑了一下。

这大概就是"城内的人想出来，城外的人想进去"，如果有选择，她是更愿意在教室上课的。

可惜没有。

云熹认命地换上那件淡紫色的仿制广袖裙，抱着胳膊等在学校临时搭建出来的化妆间。

相比于其他同学即将上台的跃跃欲试，又或是紧张，她要淡定得多。

如何表演，表演给谁看，于她而言，好像都不重要。

"来来来，《奔月》组准备，下一个节目就是你们了！"

找云熹来救场的蔡老师从外面走了进来，见到角落里的云熹，眼前一亮："我果然没看错，你这个扮相很好看。"

云熹礼貌地笑笑："谢谢老师。"

接着，她跟在同组表演的人后边上了场。

"噔"的一声响后，厚重的红色帷幕徐徐拉开，轻缓舒柔的音乐流泻而出。

云熹在舞台中间站定，抱着只毛茸茸的玩具兔，老老实实地当着她的花瓶美人。

她眼神本来没有焦点，四处游移着，却在看向观众席最后一排的时候忽然停住，瞳孔倏而放大，似是不可置信。

他怎么来了？

可那个懒洋洋地倚靠在座椅上的身影分明就是陆祉年……

云熹脸上的神情一下就生动起来，她眨眨眼，眼睛定向前方，原

本平静如水的心境陡然生出些波澜。

仿佛嫦娥于九天坠落，忽而有了人的七情六欲。

转播屏刻意定格的特写里，她的脸清清楚楚地展露在全校人面前。

一时，全场欢呼，观众席热闹了起来。

"这美女是谁啊，我怎么从来没在我们学校见过？"

"真的好漂亮，特写脸上都没有毛孔，皮肤也太好了吧。"

有人捂着胸口，脱口而出一句："不夸张地说，我心跳都变快了。"

旁边同学立即怂恿道："那你不得去要个联系方式？"

"去！待会儿就去！"

起哄与调侃声四起，坐在不远处的陆祉年听得分外清楚，他不着痕迹地皱了皱眉。

等这个节目结束，他径直起身，单手拎起外套就往外走。

"哎哎，陆哥你这是去哪儿啊，不看了？"和他一起来的齐盛大喊，"还有别的节目没完呢。"

这好不容易翻墙出来看个艺术节，怎么说走就走了？

"你看，没人拦着你。"陆祉年头也不回，将鸭舌帽压了压，徒留一截干净利落的下颌。

后台，云熹换好衣服卸完妆，先别人一步从化妆间里走了出来。

她沿着原路返回教室，却在半路被人拦住。

"你是？"她不记得自己在哪儿见过面前穿着校服的男生。

"有什么事吗？"云熹往后退了一步，礼貌地问道。

估计以为她性格内向偏害羞那一挂，男生安抚地笑了笑："同学，我没别的意思，主要就是想和你认识一下。"

他补充道："我是高二（3）班的，刚在台下看了节目，觉得表演特别精彩……"

话还没说完，云熹差不多已经知道了他的来意，点头道："大家的表演都很好看。"

男生摸了下后脑勺，觉出话题跑偏，忙说道："我不是这个意思，我是说，你的表演在我心里最好看。"

"好看就行。"云熹佯装不知，"后面还有更精彩的表演，喜欢看的话,千万不要错过。"

她低头看了眼表,弯着唇好意提醒道:"中场休息马上就要结束了,还有两分钟,你该回去了。"

男生最终无奈离开,云熹不由得松了口气,却在准备回教室时听见背后传来一声低笑,一转身就看见陆祉年从角落里走了出来。

"你怎么在这儿?"

云熹的眼睛蓦然睁大,讶然出声,连带着舞台上瞥见陆祉年坐在观众席上的那份惊讶一起。

"随便逛逛。"陆祉年神情坦荡,话说得理所当然。

"可这里是一中。"

虽然附中和一中也就一墙之隔,但随便逛逛能逛到这里来?

云熹看着他,平日里几乎隐藏起来的另一面骤然冒出,圆弧状的眼透出几分狡黠,将话挑到明面上来:"而且,你刚刚是在听墙脚吗?"

陆祉年没否认,他方才的确听到了云熹和别人的对话,也的确在那一瞬间觉得她比平时更生动,轻而易举地看穿他人意图,游刃有余地绕着圈子,最后不失体面地给人个台阶下。

迎面对上她视线,陆祉年貌似不经意地说了句:"不过,下次拒绝别人,可以更干脆一点。"

不喜欢的话,直接说"不"就好,不必再反复掂量有的话能不能说。

云熹轻轻"哦"了声,下意识地偏头看向别处,没有继续多说。

只是望见他离去的背影时,有个念头不自控地冒出——

他好像,很了解她一样。

总能感知她心底最真实的情绪,连建议都给得和她内心渴望分毫不差。

云熹回教室的时候,正是课间,教室里闲聊声一片,特别是前排几个女生正不停地叽叽喳喳。

她坐回座位,望了眼没能融入女生堆的刘晓曼,想了想挑起个话题:"他们都在说什么,这么热闹?"

"你回来了!"刘晓曼抬头,见到云熹,眼里冒出惊喜的光芒,

连结巴都好了不少。

　　听清云熹的问题后,刘晓曼热心又细致地回答道:"他们、他们好像、是、是在说附中一个女生要过生日了。"

　　云熹好看的眼里露出几分不解,生日而已,还是隔壁学校学生的生日,有什么好讨论的。

　　刘晓曼慢慢靠了过来,像在分享秘密,趴在云熹耳边低声说:"他们说的那个女生好像是附中校花,叫郑薇薇,长得很、很漂亮……"

　　说到这里,刘晓曼又忽然顿住,摇了摇头,自我否定道:"不对,我还是、还是觉得熹熹你更……更漂亮。"

　　瞧见刘晓曼朝自己望过来的眼神,云熹无奈地笑了笑,拍了拍她的手道:"不用夸我,你说你的就好了。"

　　"不是夸,我是、是真的这么觉得!"刘晓曼语气急了起来。

　　云熹朝刘晓曼露出个笑容:"我相信你,你继续说吧。"

　　"他们说郑薇薇的生日会请了很多人,郑薇薇还特别邀请了陆祉年。"说到这里,刘晓曼小心地觑了眼云熹。

　　她记得那天通过云熹手机求助的时候,最上方的聊天对话框,备注的就是简单三个字——陆祉年。

　　"他们、他们还说,郑薇薇特别在意陆祉年……

　　"只是不确定陆祉年到时候会不会去。

　　"熹熹,你说陆祉年会、会去吗?"

　　刘晓曼脸上流露出几分好奇。

　　脑海里蓦地浮现出那张熟悉面孔,云熹摇头,说了句:"不知道。"

　　他那个人好像随心所欲得很,像是不会被任何人、任何事左右。

　　她的确不知道,校花的面子他给不给。

　　对于今天讨论的类似八卦,云熹一向不大感兴趣,从来都是听听就过。她比谁都怕麻烦,却不承想麻烦这个东西也逃不开"墨菲定律",你越怕它越来,一不小心就成了八卦中心。

　　下午放学铃声响起,教室门口人头攒动,云熹不爱跟人挤,坐在原地将写完的英语阅读对了下答案,确定没有问题后才开始收拾书包。

　　忽而,走廊外边传进来些细碎言语。

"谁放在这儿的巧克力，这么大一盒是要送给谁？"

"上面有贺卡，好像还写了名字。"

"是……送给云熹的？"

讨论戛然而止，云熹的心也为之一震，不太好的预感莫名涌了上来。

果然，有同学探头往教室里看了眼，见她还在座位上，好心提醒道："云熹，有人送你东西。"

话音刚落，包括停留在教室没走的同学在内，所有人的目光都若有似无地朝她瞥来，混杂着打量的好奇神情让云熹无所适从，却又不能动弹分毫。

她甚至不知道巧克力是谁送的，于是连辩解也无从开口。

加快了手上收拾东西的动作，云熹避重就轻地说了句："我知道了，谢谢。"

同学都走得差不多了后，云熹独自站在走廊看见了礼物的全貌，金箔纸包着的圆形盒子立在窗台上，装饰性的蝴蝶结上方夹了张贺卡，还算工整的字迹写着"上次汇演真的很好看，希望你天天开心"。

她大概已经猜出礼物出自谁手，却并不想探究背后的来意，好感也好别的也罢，她分不出多余的心思去回应。

放下贺卡，云熹不再多做停留，转身往校门口走去。

然而，经过操场时，忽又被人叫住。球场上正投篮的男生见是她后果断停下动作，朝她奔袭而来："又见面了，送你的巧克力收到了吗？本来想当面给你，结果去你们班没看见你人。

"对了，上次文艺汇演太匆忙，忘了告诉你我的名字，正式介绍一下，高二（3）班高天寒。"

原来真的是他。

说话间，云熹已经将他和那天汇演结束后拦下她的男生对上面孔。

不过，她在离高天寒有一定距离的地方停住了脚步，婉言拒绝道："礼物我就不收了，不过谢谢你。"

"为什么？也不是什么多贵重的东西。"

高天寒笑得爽朗，似是不明白她为什么要拒绝："再说，我们可

以先交个朋友。"

云熹还是摇头:"东西我没动,在窗台上,你随时可以取回去。"

"不是,你完全可以收下——"

"她为什么非要收下?"

高天寒话没说完,旁边冷不丁插入道冷淡嗓音,不紧不慢地说着:"你有送的权利,她有拒绝的权利,不是很正常?"

陆祉年从校门方向走来,卫衣宽大的兜帽帽檐遮挡住了他大部分面容,脸上瞧不出表情,说话的几秒时间里,颇有余力地将滚出场外的篮球给抛了回去。

末了,他站定在云熹身后,冲高天寒扬了扬下巴,似是无意间提起:"你不觉得,你给别人造成了困扰?"

表达好感无可厚非,可在半点风吹草动都能掀起议论纷纷的校园里,大张旗鼓地送礼物并不是件讨巧的事。

尤其云熹的性格与处境,往往说句话都要斟酌半天。

下意识地,陆祉年根据他俩之前只言片语的对话,想通了其中关联。

闻言,高天寒一愣,本能地看向事件中的女主角:"是这样吗?我并不是故意的……"

话既然已经有人替她说开,云熹不再纠结,回了他一个笑容:"你的心意我已收下了。"

只是,跟在陆祉年身后往校外走的路上,她忍不住问道:"你今天怎么也听墙脚?"

"不听怎么知道之前跟你说的你是一句都没听进去?"

陆祉年没回头,帽檐下传出清晰嗤笑,不答反问的气势反倒让云熹心虚起来。

她知道陆祉年在说什么,那天,他让她"干脆地拒绝别人"。

可她还是没能做到,云熹不自觉地低下了头。

近乎无声的静谧空气里,前方突然响起句:"下不为例。"

意思是,他又给了她一次机会。

心情莫名地轻松了起来,看着眼前高瘦的身影,云熹答了声"好"。

晚上，陆祉年随意地瞟了眼手机日历，发现时间离陆云枫提过的那个日子越来越近了，但他事先没准备。

总不能到时候人家生日，真就送一份陆云枫准备的礼物。略微思考了下，他摸出手机拨打了齐盛的电话。

接通后，听电话那边的人夸张地说着"什么风让陆哥您想起我来了"的时候，陆祉年干脆利落地截断了他的话语："如果你有个朋友要生日了，你会送点什么？"

未承想齐盛不答反问，酸溜溜道："哪个朋友啊，我生日的时候你咋不提前问问我呢？"

"下次你生日，想要什么直接说。"陆祉年懒得跟齐盛贫。

"好的，我记下了。"有了他这话，齐盛迅速调整自己的服务态度，细致且贴心地问，"这个朋友是男的还是女的？"

还分男女？陆祉年顿了下，语气没什么起伏道："女的。"

像是想到什么，齐盛明显震惊道："他们说的居然是真的，你还真打算去参加郑薇薇的生日会啊？我怎么不知道，你什么时候决定好的……"

"什么生日会？"陆祉年冷淡地扯唇，打断了他的喋喋不休。

"就……就郑薇薇的啊。"齐盛有些无辜地说，"下周五不是郑薇薇的生日吗，他们都猜你会去。我没记错的话，人家还特意把邀请函放你课桌里了，你可别说你不知道。"

陆祉年还真不知道。

"不是她。"他没过多解释，只是否定了这个可能。

齐盛颇为奇怪地"哦"了声："那还能是谁？是不是我们云……"

陆祉年面无表情地念出齐盛的全名："齐盛，你大可以减少点你那不必要的好奇心。"

身后忽然传来轻轻的脚步声，反正也问不出个什么结果，陆祉年干脆挂了电话。

一回头，果然看见原先在做作业的云熹跑来客厅接水喝。

"我刚刚好像听到了什么生日。"云熹端着杯子，脸上现出几分茫然。

正当陆祉年想将这个话题带过的时候，听见她又问了一句："是

郑薇薇的生日吗?"

他扬了扬眉,稍稍抬眼,漆黑锐利的眼睛里现出几分不可思议,好半天才哑然失笑道:"为什么是她?"

怎么今天一个两个的都在说他要去参加郑薇薇的生日,明明他压根儿就不知情。

"我听说的。"云熹小声道。

头顶却传来陆祉年毋庸置疑的否定:"不是她,别瞎猜。"

第五章

过生日...

九月底，月考成绩下来，云熹估算了下自己的分数，发现距离南川大学往年的录取分数线，还是有一定的差距。

放下笔，她慢慢悠悠地叹了口气。果然，别人两年的学习成果不是那么好赶上的。

她倒也不气馁，正盘算着要不以后再早起一个小时用来查漏补缺的时候，兜里的手机忽然响了起来。

云熹下意识地看了眼来电显示，任由这个记忆里的熟悉号码响了好一会儿，才心情复杂地点了接听键。

她童年时期曾经和许如烟女士在外婆家住过一年半载，那时候智能手机远不如现在流行，这个座机号码曾在她心里放了很久。

"云熹，我是舅舅。"却在听到许丘山的声音时，她手指毫不犹豫地往红色挂断键点去。

那边的人似乎提前预料到了她的行为，忙不迭地说道："别挂别挂，先别挂，外婆就站在旁边，我让外婆跟你说话啊。"

"熹熹——"带着些许苍老的声音旋即响起。

食指在手机屏幕上顿住，云熹深吸了口气，才喊道："外婆。"压下心底渐趋汹涌的情绪，她轻声问候了句，"您最近过得怎么样？"

云熹已经很久没有去过那条青苔漫街的南风小巷，自然也很久都没再见过住在巷口院子里的外婆。

"挺好的，都挺好的。"

外婆犹豫了下，才吞吞吐吐道："你舅舅他们有时间也会回来看看我，熹熹你……"

云熹明白那没说出口的言外之意，无非就是叫她抽空回去一趟。可她却沉默着没说话。

电话那边的老人小心翼翼地试探道:"过两天就是你生日了,你有没有时间回来一趟,外婆给你做你喜欢的红烧小排?"

云熹闭眼,近乎残忍地把话挑破:"是给我过生日,还是舅舅一家的团圆饭?"

如果是后者,她有去的必要吗?

外婆踌躇着,忽然没了声音。

倒是舅舅许丘山忙劝了句:"没别人,就我和外婆还有你!"

"熹熹,是我想给你过个生日,就像如烟还在的时候。"外婆接着说道。

猛地从外婆嘴里听见许如烟女士的名字,云熹一下恍了神,她攥着手机的指尖因为用力,隐隐透出青白色。

"就这周日晚上行吗?"那边又问。

半晌过后,云熹松了口:"到那天再说吧。"

"看什么这么起劲?"

不知道在窗边站了多久,云熹身后忽然传来陆祉年的声音。

他大概是才从外面打完球回来,身上的黑色球衣还没来得及换,汗珠滑过线条明晰的下颌线,说话时,喉结顿显。

云熹还没来得及说话,就见陆祉年目光朝桌上明晃晃摆着的她的月考试卷瞥来。

那张数学卷子的背面,是最后一道函数题,是她永远也解不开的空白,试卷上老师批改过后的痕迹清晰可见,笔劲之大,力透纸背,最上方一个大大的"0"尤其瞩目。

她其实别的科目成绩不差,偏就数学,复习了考出来还是一塌糊涂。

在陆祉年的目光注视下,云熹忽然就不好意思起来,明知已经于事无补,她的手还是往数学卷子伸了过去,将其从书桌上拽离。

注意到她的小动作,陆祉年侧过身,装作没看见的样子,朝楼上的书房扬了扬下巴道:"陆云枫找你。"

"哦。"没时间再计较数学卷子,云熹低低应了声,就往楼上书房走去。

到了书房她才知道，陆云枫打算在周末给她庆生，又怕她不喜欢人多，于是特地找她询问下意见。

云熹想起不久前那通电话，轻声婉拒道："谢谢陆叔叔，但是不用麻烦了。"

劝不动她，陆云枫只得作罢，叹了口气道："叔叔尊重你的想法，但生日礼物该收还是得收。"

是只腕表，星月纹饰，就是于她而言，有些过于贵重。

云熹不好当面推辞，想了想，决定私下将它还回去。

只是，经过客厅时，她忽然又看见了自己那份背面"惨不忍睹"的数学卷子。

她不是收起来了吗？

云熹走过去，却突然发现卷子上的空白处多了些别的东西。

——走势颇有些凌厉的字迹在上头潦草写着算法，短短几行，极尽精简。

那些她做不出来的数学难题似乎在另一个人的笔下迎刃而解了。

她愣了好一会儿，才小心地将卷子折好收进书包。倒是没想到，陆祉年不光擅长数学，还不吝啬教她一二。

周末来得很快，云熹最终还是踏上了去南风小巷的道路。就当是替许如烟女士回去看看，她在心里这么告诉自己。

推开院门的刹那，云熹有种恍如隔世的感觉，过去的回忆丝丝缕缕地爬了上来。

可没一会儿，她就看见了提着酒瓶迎出来的舅舅许丘山。

说不上来什么感觉，有点像喜欢的东西滚入泥尘，却发现再如何也捡不起来的无力感。

过去的，就是过去了。

"舅舅。"云熹没什么情绪地喊了声。

许丘山讪笑着应了下来，又心虚地别过脸去。看他那表情，云熹就知道上次钱慧琳找自己麻烦的事情他全部知情。

只是他最多心虚，然后止步于心虚，却也从来不会多做一步。

云熹无声地扯了下嘴角，径直往屋里走去。

恰在此时，外婆从屋里探出头来："吃饭了，你们都进来吧。"

于是，维持着表面的那层平静，三个人在老梨花木桌旁坐了下来。

可还没吃两口，许丘山就放下了碗筷，边观察云熹脸上的神色，边试探性地说道："熹熹，你外婆的意思是，以后想跟我和你舅妈一起住。"

云熹夹菜的手倏地就放了下来，目光清凌凌地朝他看去，一字一句地问："真的是外婆的意思吗？"

前段时间钱慧琳才跟她抢夺这院子的房产证，现在就想着将外婆接过去，会不会太巧了点？

"外婆毕竟年纪也大了，跟我们住也挺好的，用不着一个人住这么大个院子。"

云熹眼底浮着点讥讽意味，许丘山没敢和她对视，顾左右而言他。

"这房子前段时间刚好有人问价，我和你外婆想着……"

"想着把房子卖了是吗？"

云熹早没了胃口，碗里的饭压根儿没动过，她直截了当地说："外婆愿意跟你们住就住，反正房子不卖。"

"房子空着也是浪费，不如卖了给你舅舅救急……"外婆看着她，面露难色。

云熹望着外婆脸上的神色，那些本不愿意回想起来的往事一下子全部涌上心头。

她不理解，为什么作为一个母亲，外婆总是更偏心舅舅，嘴上说着手心手背都是肉，可转头就能将自己女儿生病后期的治疗费用偷偷挪给儿子救急。

现在还是这样，明明许如烟女士就留下了这么套房子，外婆还是只想着她那个仿佛永远也长不大的儿子。

"救急？"

云熹最终没能忍住，失控地喊了出来："您要给舅舅救一辈子的急吗？"

"云熹，你在胡说些什么！"许丘山的脸面挂不住了，先前的心虚顷刻间敛去，像被戳到痛处了般，脸色涨红地瞪着她。

可云熹嘴角的嘲讽反而更多了些，她讥笑着说道："难道不是吗？

你为什么会经常来看外婆,你心里不清楚吗?

"你现在花的每一笔钱,不都是我妈留给外婆的保险金吗?"

"你一味地害怕钱慧琳,她说什么就是什么,现在连老人住的房子也要抢——"

"啪!"

清脆的巴掌声响起,云熹脸上浮现出个鲜红的印子。

说不过就动手吗?

云熹面无表情地抬起脸,冷冷道:"许丘山,你真让人瞧不起。"说完,她就从院子里跑了出去。

外婆的呼喊从身后传来,她没回头,让那声"熹熹"散在了风里。

偏心是种病,治不好的。

外婆对她和许如烟女士不是不好,只是那种好,在最爱的儿子面前,就有点不够看了。

云熹走在风里,忽然有些看不清前路。她抬手往脸上一抹,才发现满手都是泪渍,大概是哭得有些久,一时间还有些缺氧。

她索性停住脚步,像个溺水之人,大口大口地呼吸着。

天色渐渐地暗了下来,从前走过无数遍的道路,云熹现在却找不到归途。

她摸出手机,望着通讯录里头顶端的那个电话号码,颤抖着拨了出去。她不知道陆祉年会不会拒绝,可她没别的选择了。

电话接通,云熹尽量平复着呼吸道:"你能来接我吗?"

虽然不明显,可微弱的风声里分明藏着她的抽噎声。

"在哪儿?"那边的人很快问道。

云熹止住抽泣,在他的问询下报出了南风小巷的地址。

陆祉年简短有力地"嗯"了声:"等我,很快就到。"

挂电话的前一秒,那惯常冷淡的嗓音,倏然说了句"别哭",听着别扭却又明晰。

十五分钟后,轰鸣的山地越野车引擎声响起,云熹抬头就看见陆祉年摘下头盔从车上下来,风大力地扬起他的衣角。

云熹愣怔地站在原地,想说话,嗓音却干涩得什么也说不出。

她就这么看着陆祉年朝她走来。少年眉目张扬，扫过她发红的眼眶时皱了皱眉，却又照顾她情绪，并没有多问一句。

"生日快乐。"

良久，云熹听见陆祉年说。

清越声线在晦暗夜色中响起，借着越野车前方的照明，她勉强看清他脸上神情。

凌厉的面部轮廓并不温柔，偏偏声音里又混着股不相符的耐心。

也是这一声，让云熹想起今天还是自己的生日。

陆祉年是第一个祝自己生日快乐的人。

云熹低着头小声道谢，头顶却又传来句"伸手"。

她依言愣愣地伸出手去，有些冰凉的手链忽然就落入掌心。

"生日礼物。"

十一假期，不管是南川一中还是附中都选择了给高三学生放三天假。

陆云枫的意思是云熹生日当天没能好好庆祝，得给她在别的地方找补回来，因此就有了送她出去玩的提议："熹熹，要不要去古镇玩？"

云水古镇是南川附近很热门的旅游景点，盛名在外，每年的旅游人数有增无减，云熹的确没有去过。

陆云枫劝道："你平时学业紧张，正好趁此机会放松一下。"

云熹还没说话，陆祉年冷不丁跟在后边说了句："我也去。"

"太阳打西边出来了？"陆云枫仿若第一天认识自己这个儿子似的，"从前是谁说再去云水古镇，名字倒过来写？"

"倒就倒吧。"陆祉年偏过头去，不给陆云枫半点探究的机会。

陆云枫懒得管他，摇摇手，往书房走去："你去也行，记得看着点熹熹，带她好好玩。"

"嗯。"

等客厅里只剩他们两人，云熹向右边瞥了眼陆祉年，小声问："你真的想去吗？"

明明他看着就不像是爱凑热闹、喜欢打卡热门景点的人。

陆祉年从沙发上坐起，神色松懒地抬抬眼，毫不避讳地对上云熹的眼神:"学业紧张,出去放松一下。"

就……将胡扯说得跟真话一样。

云熹显然不至于相信这种话,可不信归不信,他俩最后还是一起去了。

云水古镇并不远,从南川开车过去,大约两个小时就能抵达。

可云熹坐在车上,脑袋却有些昏昏沉沉,崎岖险峻的道路让车身止不住地晃荡。

正开车的张叔见状,打开了车子的天窗,想让她透口气。

新鲜的空气顿时涌了进来,云熹倒是没方才那样昏沉了,可山间的风也更为激荡,跟南川的高温炎热截然不同。

清晨出门时,云熹换上的单薄裙衫根本不御寒,下意识地,云熹环住了自己裸露在外的手臂。

眼睛被风吹得渐渐要闭上的时候,冷冽的薄荷味儿钻进鼻尖,云熹倏然发觉腿间一重,睁开眼才发现身上多了件夹克外套。

"你给我了,那你怎么办……"

她慢了半拍地将视线转移到左侧坐着的陆祉年身上。他松散地靠在车窗旁,正头也没抬地玩着手机。

云熹还是有些犹豫,瞧着他清晰的肌肉线条,轻声问了句:"你真不冷——"

话还没说完,就被陆祉年陡然伸出的手打断,他干净修长的手覆在她额头,嘴角极轻极淡地扯了起来:"你确定,冷的人不是你?"

肌肤相贴之处,云熹明显地感受到他温热的掌心,且那温度似乎越来越滚烫。

烫得她忍不住往回缩了下,连心跳都仿若漏了一拍。

陆祉年收回手,无事发生般地靠了回去,下巴微抬道:"难受的话就看看外边。"

闻言,云熹转过脸,轻轻"哦"了声,满眼都是车窗外流水般倾泻而出的秀丽风光,昏沉的大脑果真清醒不少。

抵达古镇后,张叔替他们将行李箱拿下来,就开车驶离了镇上。

人生地不熟的云熹亦步亦趋地跟在陆祉年身后,看着他轻车熟路

地往陆家老宅走去。

半掩着的宅院门前,陆祉年拖沓着脚步往里走,冲着院里正与人喝茶下棋的老人,懒洋洋地喊了声:"爷爷。"

"哟,这就是你那个在南川上学的孙子?"

"小伙子长得还挺不错的。"

围在附近的老爷爷老奶奶纷纷打趣,目光在陆祉年身上上上下下地打量着。

陆祉年倒没什么特别的反应,淡淡地颔首,笼统地打过招呼,看着挑不出半点失礼的地方。

"爷爷,我先进去放东西。"不太想再站在院里当展品似的给人参观,陆祉年抬腿就往里屋走去。

踏进门的瞬间,身后响起声清甜的招呼:"陆爷爷好,我叫云熹。"

陆祉年脚步稍顿,往外看去,就看见院门口站着的云熹探出个头来。

她脸上挂着清浅笑意,同在场的每个长辈打着招呼,面对诸如"小姑娘今年多大,在哪儿上学"之类的简单问题,脸上也丝毫没有不耐烦。

不过须臾,陆爷爷就开始一脸自得地向自己身旁的各位街坊好友介绍道:"这是熹熹,特意来陪我这老头子住一阵子。"

话语间的亲密意味,俨然已经将云熹当成了自己的亲孙女看待。

而周围的老人忽然间见到这么个又漂亮又有礼貌的小姑娘,也都开心得不得了,一迭声地喊着"熹熹"。

屋内,陆祉年兀自低下头,与有荣焉般地轻扯了下嘴角。

在镇上,云熹的生活就是每天早起和陆爷爷一起准备早饭,饭后隔壁的王奶奶就会来招呼她去家里玩,或是浇花或是做些时令糕点。

总之,日出而作,日落而息,过得反而比在南川更为自在了些。

傍晚时候,云熹端着盘王奶奶送的鲜花饼往家里走。

结果还没进屋,就听见陆爷爷中气十足的教训声:"你成天待在家里做什么,和熹熹一样多出去走走!"

被教训的那人实属漫不经心了点,话都没听清楚,就慢悠悠地

"嗯"了声，重复道："您让我成天待在家里？我这不是好好听您的话了吗？"

"我是让你出去逛逛！"陆爷爷恨铁不成钢般，喊得更大声了，"你看看熹熹，走在路上不管碰到谁，都会乖乖地喊人。"

陆祉年神色松懒，不咸不淡地说了句："对，她有礼貌，又懂事，我也觉得特好。"

陆爷爷可不吃他这套，直接呛声道："那你倒是跟人家学习学习啊。"

"哐当"一下，门口的花盆不知怎么翻了，闹出来的动静让屋内祖孙二人的目光都不由自主地转了过去。

然后就发现门口不仅倒了个花盆，还站着个端了盘鲜花饼的云熹。

"熹熹回来了。"陆爷爷和蔼地笑道，撇下还站在原地的陆祉年，上前接过云熹手里的鲜花饼。

云熹愣怔地站着，脸上现出不小心听到墙脚的不好意思，下意识朝陆祉年看去，却发现他仿佛浑不在意，走过来挑了块鲜花饼扔进嘴里，接着打趣道："不是见人就喊，怎么不喊我？"

陆爷爷怒斥道："喊你做什么！"

云熹抬眼，却发现陆祉年的目光仍然落在自己身上，未曾移开过："你看我干什么？"

她声音越来越小，没什么底气。

"当然是，来跟熹熹老师学习学习。"头顶传来陆祉年低缓的笑声。

陆祉年随口开了个玩笑，晚间乘凉的时候，云熹却让这个玩笑变成了现实。

她领着他跟所有的街坊邻居都打了个招呼。

"这是开小超市的蔡奶奶。"

"蔡奶奶好。"

"这是街口的陈爷爷，也是陆爷爷的棋友。"

"陈爷爷好。"

"这是王奶奶，你今天还吃了人家做的鲜花饼。"

"……王奶奶好。"

到最后，陆祉年都不记得自己到底打了多少声招呼。

从巷口聚集在一块儿闲聊的爷爷奶奶中抽身后，云熹一眼就瞧见了斜靠在路口灯下的陆祉年。

昏黄黯淡的光线下，他周身浮着细碎的微尘。见云熹看过来，他似笑非笑地抬着眼，也不说话，就静静地望着她。

云熹顿时忐忑起来，毕竟他平时一天说的话加起来，估计都没有刚刚那么多。

于是她决定先发制人，从兜里掏出仅剩的水果糖，牵过陆祉年的手，塞在了他掌心。

"所以，这是奖励？"陆祉年微微垂着眼，没什么情绪的眼扫过掌心的糖。光下，糖纸折射出五彩斑斓的光芒。

云熹以为陆祉年不想要，小心地觑着正放在他手里的那颗糖，随时准备收回的架势问："你不要吗？"

话还没说完，路灯下的那只手倏而就合上了。

"为什么不要？"

陆祉年瞥她一眼，旋即当着她的面咬开糖纸，指腹划过嘴角的时候，含混地说了句"谢了。"

这一天，云水古镇迎来了每年最为热闹的祭祀节，不光镇上居民会隆重庆祝，许许多多的外地游客也会为此专门赶赴。

晚上是祭祀节的高潮，吃过晚饭，陆爷爷笑呵呵地问询道："熹熹要不要出去玩，祠堂那片晚上都是你们这样的年轻人。"

外边到处都装饰着彩灯，在夜里闪烁着橙红的光芒，远处的欢声笑语甚至能传进他们这个院落来。

云熹难得有些心动，刚想应下的时候，又听见陆爷爷冲一旁的陆祉年喊道："你也去，熹熹一个女孩子，大晚上的不安全。"

陆祉年是个不爱凑热闹的性子，也因此，云水古镇他虽然来的次数不少，祭祀节却愣是一次也没参加过。

他放下筷子，腔调散漫："不安全的话，最稳妥的办法难道不是不要去。"

"你个浑小子，说的这是什么话！"陆爷爷放下筷子，气得想打他。

见状，云熹赶忙调停道："我一个人去也可以的，我会早点回来。"

稍微收拾了下，云熹换了条裙子往祭祀节举办的地方走去，她确实还挺想瞧瞧这热闹非凡的古镇习俗。

可才走了一小段路，她忽地听见背后传来的脚步声，倒也没什么特别，只是像是一直跟在了她身后。

云熹警觉地回过头，没承想却瞧见了后边隔着几步远的陆祉年。她惊讶道："你不是不打算来吗……"

他站在光影没能照到的角落里，瘦削却挺拔的身形隐在暗处，却还是莫名给人一种安全感。

陆祉年扬了扬眉，毫不在意道："嗯，我这人喜欢出尔反尔。"

云熹轻轻"哦"了声，默默回过头去，当作什么事也没发生一般。

只是她每走一步，身后便会传来同样的回响，踢踢踏踏，是最让人心安的节奏。

古镇的祭祀节很热闹，他们赶到的时候，台上正表演着舞龙，锣鼓喧天里，舞龙者矫健地在空中飞来跃去。

打赏的环节，云熹从包里摸出几张现金，朝穿着民族服装的小孩碗里递去。

小孩冲她露出个灿烂笑容后，又将碗往陆祉年的方向递了过去，却迟迟没能得到回应。

云熹愣怔着偏过头，见他两手空空地站在那儿，才骤然反应过来，陆祉年跟在她后边出来，身上压根儿就没带钱。

她忍住笑，摸出张纸钞，默默朝陆祉年递了过去，极小声地说道："你要吗？"

"要。"陆祉年的指尖无意间划过云熹的掌心，电流般的触感惹得她无端地将手往回缩了下。

云熹同他开玩笑："那你记得要还。"说完，就将这话抛在了脑后，继续看起了祭祀节演出。

最后压轴的节目是戏法表演，云熹站的位置稍有些靠后，对于表演者精巧的手法微微有些看不清楚，她下意识地踮起脚。

倏而，她身体一轻，被一只有力的手托举到了高处的台阶上，转瞬间那台上的戏法看得清清楚楚。

云熹仍然有些没回过神，昏黄的光线只够她看清迷离夜色中少年

干净利落的侧脸线条,她心头没由来地震了下,嗓音极慢地问道:"你干什么?"

话音刚落,耳边不疾不徐地落了两个字:"还你。"

——"那你记得要还。"

云熹恍然想起自己前不久说过的话。

她再偏头看向他时,忽然就觉得有时候人记性太好好像也不是件好事。

两人踩着国庆假期的尾巴回了南川,和云水古镇不同的是,南川的高温天气俨然还像是夏天。

下午五点的时候,高速收费窗口的柏油路面仍是烫得能烤熟鸡蛋的温度,过往行人一个个汗流浃背。

云熹撑着伞等候在休息区,右手虚虚地挡在额头处,自我安慰般地遮挡着强烈的阳光。

就在两分钟前,陆祉年下车往路边的便利店走去,至今还没出来。

她正想发个消息催一催他的时候,目光忽然定在了前方那个熟悉的身影上。

陆祉年站在那儿,但不是一个人,旁边还有个年轻漂亮、打扮入时的女孩。

陆祉年个子高,目测估计得有一米八五,那个女孩估计一米六左右,两人站在一起,只看背影的话,说不出来的搭。

云熹无意识地皱了下眉,心中悄然翻腾的情绪连自己也没能发觉,她只是一瞬不移地看着前方。

然后就看见他俩往前走了几步,离她所处的位置更近了些,近到她得以听清他们说话的内容。

"帅哥,谢谢你的冰激凌。"

女孩嘴角上扬,挑出个漂亮笑容道:"要不加个微信吧?"

云熹一愣,往女孩手上看去,草莓味的圣代杯撞入眼帘,粉粉嫩嫩的颜色,满是少女心。

所以,他这是给人买冰激凌去了?

绿荫下,云熹撑着伞的手微微攥紧了些,想开口让陆祉年快些,却又发觉自己开口催促简直毫无道理可言。

人家不过是去趟便利店,顺便给别的女孩买了个冰激凌,而已。

脑海里纷纷扰扰,云熹站在树下一动不动,静默得仿若要和大树融为一体了。

却倏而听见声哂笑,疏冷的嗓音在这样的炙热天气,仿佛有降温的功效:"加微信?"

云熹猛然抬起头,就见陆祉年懒懒地抬了抬眼皮,毫不留情地说道:"加微信把冰激凌的钱转给我吗,倒也不必。"

女孩的脸一下子就红了起来,瞪了他一眼就扭头往旁边跑去,边走还边掏出手机打字。

云熹猜她是在和朋友吐槽这不解风情的直男行径。

"等很久了吗?"

那道熟悉嗓音忽然由远及近,最后落在云熹耳边,她下意识接话道:"还好。"

陆祉年打量她几眼,见她撑着伞确实没怎么被太阳晒到后,转而问道:"要不要吃冰激凌?"

闻言,云熹抬头,连自己也没能反应过来就脱口而出说了句:"那个女孩手上拿的那种吗?"

"什么?"

这下怔住的人反倒成了陆祉年,不过只是一瞬,他很快反应过来,皱眉道:"你要吃她拿的那种?"

那他还真不记得是哪种。

方才在便利店,他选好东西付款的时候,后边突然窜出一个女孩,说自己身上没带现金,他能不能帮忙付下冰激凌的钱。

一个冰激凌而已。

陆祉年向来不会在这种小事上纠结什么,抬了抬下巴就同意了。后来在女孩借机问微信号的时候,他才看出她真正的意图。

看出来后,他自然就懒得同她周旋,一句"倒也不必"就将人的春心萌芽给扼杀在摇篮里。

"你确定要吃她拿的那种?"

"不用。"云熹急忙摆手,小声解释道,"我就是一时嘴快。"

没再过多纠结这个,陆祉年领着她就往便利店走,将人推至冰柜前:"自己挑。"

冰柜里琳琅满目,各种牌子的冰激凌一应俱全,连哈根达斯都有。

见云熹迟迟没下手,陆祉年倚靠在门前,散漫出声:"想吃什么就拿什么。"

"啊……"

云熹转头望了他一眼,想说自己只是选择纠结症犯了,没承想又听见他慢慢悠悠地说了句:"请你吃冰激凌的钱我还是有的。"

"哦。"云熹轻轻应了声,明明处在便利店开着空调的环境下,却感觉比外面更热了些。

她面上温度攀升,不明显的红晕自耳郭蔓延。

云熹最后挑了个酸奶味的冰激凌,陆祉年拿着去收银台付款的时候,店员没忍住惊讶出声:"帅哥又是你啊?"

陆祉年这张脸虽说还没到帅得叫人过目不忘的地步,但至少短时间内来了两次,店员是绝对不可能忘记的。

而且,这两次他都是带着女孩来买冰激凌。

以至于店员满脸都是"现在的帅哥都这么三心二意的吗""帅是帅,就是人品不太行"的复杂表情。

云熹明显注意到且看懂了店员的表情,没忍住"扑哧"一下笑出声来。

陆祉年无声地觑了她一眼,点开二维码的同时,难得地替自己解释了句:"刚刚那个跟我没关系。"

店员的脸色一下就变了,理解地点点头,脸上出现了"噢噢,知道了,这个才有关系"的了然神情。

云熹:呃……我没有,我不是。

坐回车上后,云熹出神地咬着冰激凌,绵软的雪糕入口即化,是夏天里难得的惬意。

陆祉年目光不着痕迹地落在她身上,落在她空空荡荡的手腕时,状似无意地问了句:"你不喜欢戴饰品?"

他记得刚刚那个找他付冰激凌钱的女孩,手链绕了好几圈。

云熹一时没反应过来他为什么忽然这么问，随口答了句："还好，没有不喜欢。"

"那是不喜欢那条手链？"

陆祉年手指叩着手机屏幕，抬眼朝她望来，漆黑的眼睛里情绪难辨，一眼望不到底。

云熹明白过来，他指的是他送她的生日礼物。

她面上现出几分犹豫，抿着唇开口："没有不喜欢，只是……"

不习惯而已。寻常上学戴着，她总觉得有些过于招摇了。

"不喜欢就不用勉强。"

见她顿住，陆祉年倏然开口，脸上情绪很淡，瞧着和平时没什么区别，但周身气场比之往日总感觉冷了些许。

这句之后，两人在车上便没再说过话。

且这种说不清道不明的冷淡奇怪地持续了好几天，云熹几次想将解释的话说完，却又找不到合适的机会。

高三学业本来就忙，她上学时候课排得很满，基本没什么时间想别的，她和陆祉年唯一的独处时间大概就是坐车上下学的时候。

可陆祉年最近去北城参加学科竞赛去了，比赛持续三天时间，他们连面都见不着。

望着课桌上的书本作业叹了口气，云熹晃了晃脑袋，想让自己先专心学习，等晚上再想这些。

可她才翻开自己的错题集，就再度看见了那张惨不忍睹的数学卷子，陆祉年给她写过解题思路的数学卷子。

走势凌厉张扬的字迹毫无预兆地闯进云熹的眼睛，让她想忽视也难。

"熹熹，你、你今天，怎么……唉声叹气的？"同桌刘晓曼早早就注意到了她这反常的状态，忍不住关心地问了句。

"没事，不用管我。"

云熹表面说着没事，内心却更深地叹了口气，连刘晓曼都看出她不对劲了，她到底是表现得有多明显。

北城某科技展览馆。

今天是比赛的最后一天,比赛已经全部结束,带队老师特意带他们来展览馆参观。

陆祉年没什么太大的兴趣,这展览馆开馆的时候他就来看过了,他漫不经心地跟在队伍后边,有一搭没一搭地看着手机。

中途休息的时候,不少一同来参加比赛的同学都积极拍照,然后分享给家人朋友看。

一时,陆祉年成了"拍照大军"中格格不入的那个。

齐盛凑到他身边,随口问了句:"陆哥你不拍照啊?"

陆祉年斜觑他一眼,懒洋洋地回了句:"拍给你看啊?"

"虽然我也是你的朋友,但我这不是来了吗,就不劳你拍照了。"齐盛上蹿下跳地拍着照,还不忘说道,"你就没其他人想分享了?"

其他人?

陆祉年点开手机界面那个绿色图标,划拉了几下才从通讯录底端翻出个聊天框。

他随手拍了张照片发了过去。

那边消息回得很快,言语间还很捧场。

cloud:你拍的吗?很好看。

陆祉年盯着那条消息看了足足五秒,没搭理又凑到他身边来的齐盛,径直走到外面,拨了个语音电话过去。

他视线投向天空的流云,稳着声音问了句:"消息回这么快?"

"最近这两天不是很忙。"云熹人在操场,跑到个僻静地方才敢用正常声音说话。

"不忙?"陆祉年微微垂着眼,腔调散漫,嗓音沉沉,"不忙为什么不给我打电话?"

他在北城整整三天,一个电话也没接到,语气不像兴师问罪,倒隐隐藏着种被人遗忘的在意。

是她听错了吗?云熹的心倏地轻轻颤动了下。

第六章

窝里横...

  云熹忽然语噎，想说的"因为还没想好要怎么跟你解释"堵在喉咙里，没能说出口。
  她急于说些别的什么话来转移下话题，可越急越不知道该说些什么："我、我没……"
  她凌乱地组织着语言，头一次痛恨起自己的不善言辞。
  "不急，你慢慢想。"电话那边的陆祉年慢慢踱着步，倏而看见了什么，停在了一个透明玻璃罩着的展品前。
  那件展品模拟的是宇宙星尘的散合，无边无际的黑夜里，无数微小的粒子互相吸引的画面。
  很多个拥有磁性的小球彼此碰撞，然后维持着一个美妙的平衡。
  它的原理没什么特别的。特别的是设计者给这个作品取的名字——山不就我，我来就山。
  "我来就山。"陆祉年嘴角挑起，轻轻重复道。
  她不给他打电话，他就主动打过去，是这个意思吧？
  云熹敏锐地察觉到他那边的动静，却没能听清："你刚刚是在说什么吗？"
  陆祉年干净修长的手懒懒地搭在展览柜上，嗓音淡淡："没什么。"
  云熹轻轻"哦"了声，不再纠结，挑了个自认为最安全的话题问道："那你什么时候回来？"
  带队老师定的时间是竞赛团队明天上午统一飞回南川，但陆祉年不答反问："你关心我什么时候回来？"
  云熹微微睁大眼，总觉得他这话有哪里不对却又没觉出个所以然来，只得默默"嗯"了声。

她既然问了，那应该也算是关心的一种表达了吧。

"很快。"

…………

这通电话云熹打得云里雾里的，直至现在，过了足足十五分钟了，她仍然没想明白陆衪年那个"很快"是什么意思。

这种定好的行程哪有"很快"一说。

不过让她稍稍松了口气的是，前几日盘桓在两人之间那股说不清道不明的冷淡气场终于不见了踪影。

云熹放下心来，回教室继续整理着她的错题集。

此刻是周五的最后一节自习课，离下课还有十分钟，就有同学已经开始收拾书包准备跑了，没跑的也按捺不住闲聊的心思，教室里渐渐热闹了起来。

云熹不为所动，却听见同桌刘晓曼凑过来给她分享了个即时小八卦："熹熹，他们说、说学校外面停了辆特别拉风的……越野车。"

翻过卷子对答案，云熹头都没抬，轻笑着问了句："你想坐啊？"

刘晓曼羞涩地摇了摇头："不是，是他们讨论、讨论那车是用来接谁的，会不会是用来接女朋友放学的？"

云熹终于停下笔，失笑出声："你这都是听谁说的？"她捏了下刘晓曼稍微有些肉肉的脸，"怎么这么八卦呢？"

云熹："别想了，待会儿早点回家。"

刘晓曼"哦"了声："那熹熹，你也、也早点回家，注意安全。"

云熹点头"嗯"了声。

放学铃响后，云熹望了眼外边的天。天色还不算太暗，所以她准备做完两套卷子再回去。

很快，教室里人都走得差不多了，只有她一个人还留在座位上奋笔疾书。

半开着的窗户吹来阵阵晚风，温柔地撩起女生的头发。整洁的校服在夕阳光下，映照出晚霞般的灿烂模样。

陆衪年站在教室门口，看见的就是这么一幅画面。

他带着一身的风尘仆仆，从北城回来后，竟然鬼使神差地直接来了一中教室。

他显然是没跟比赛小组一道，回来之前齐盛看见他收拾行李的时候，震惊地说了句："陆哥你走这么早干什么，明天回去还能报销机票呢。"

陆祉年当时懒懒地说了句："没为什么，就是想回去了。"

教室里，云熹写得太入迷，头越来越低，越来越低，几乎要埋到桌上去了。

见状，陆祉年手指叩了下教室门，发出清脆声响，打破了这一室静谧。

"你怎么回来了？"云熹错愕地抬起眼，手上的卷子倏而没拿住，往地上掉了下去。

他这"很快"似乎太快了点。

陆祉年已经走了过来，伸手轻松接住她落下的卷子，按回桌上："下次写作业头抬起来。"

他说话时，温热的气息轻拂过她的耳朵，嗓音不疾不徐，却像是在重重击打着她的耳膜。

云熹摸了下自己的额头，愣愣地应下，又冷不丁地说了句："你这次也是来一中随便逛逛吗？"

她指的是上次在校园艺术节见到他时，他给出的回答。

所以，这次呢？

沉默半晌后，陆祉年扯了下嘴角："不是。"

"那你来——"

没等云熹将话说完整，陆祉年干脆利落地答了句："单纯等你。

"还有什么想问的吗？"

云熹摇了摇头，正要说话却忽然从余光里发现还没下班回家的班主任从办公室里走了出来，看方向，是要到教室里来。

她心倏地一紧，扯过陆祉年的衣服，以迅雷不及掩耳之势将他扯到教室后方空地，让他蹲下去。

"你——"

来不及解释，云熹倏然捂上了陆祉年的嘴，干净纯澈的眼里满是"不要说话，你不要说话"的暗示。

连她自己也蹲了下来，和陆祉年肩并肩。

于是乎，两个高中生，特别是陆祉年还是个身高腿长的高中生，就这么一起挤在了教室后方的逼仄角落里。

两个人的距离一下隔得极近，近到云熹能看清陆祉年乌黑纤长的眼睫毛，他微垂着眼时，眼睑处薄薄落下一片阴影。

云熹看着他，忽然一下屏住了呼吸，就觉得，难怪大部分人的注意力都在他的脸上，看起来确实名不虚传。

"手还不松开？"倏然间，陆祉年压着嗓子问了句。

云熹这才发觉自己的手还捂在他的脸上，她赶忙放开，然后比了个"嘘"的手势，目光恳切地看着他，想让他别说话也别出去。

陆祉年漆黑的眉尾挑了挑，倒真的什么也没说，瞧着那么张扬肆意的一个人，竟乖乖和她一起蹲在了教室角落。

借着桌椅的重重阻挡，班主任的视线暂且看不到这个死角，他奇怪地瞥了眼空空荡荡的教室，以及未锁的门窗。

好在，他匆匆关好门后，就回了办公室。

"可以起来了。"

云熹小心地探出头去，确认班主任真的离开了后，才转过脸说道。

陆祉年却不急着起来了，他闲闲地看了眼因为这一躲脸上神色生动了不少的云熹，开始问责道："你刚刚，是在占我便宜？"

说话时，他目光慢慢悠悠地转向了她方才用来捂他嘴的那只手。

云熹否认得很快："没，我都没怎么碰到你的脸……"

陆祉年没说话，状似无意地点了下头，轻轻"嗯"了声道："没怎么碰到，只是不小心碰了下。"

天理昭昭，她真的真的没有！

陆祉年却不准备在这个问题上过多纠结，他站起身，顺手扯了把还在地上蹲着的云熹："还不打算回家？"

"回。"

两人沿着校园主干道往校门口走去，云熹忽然就看见了校门口停着的山地越野车。

那好像就是同桌刘晓曼跟她提过的"用来接女朋友"的拉风越野车。

一时间，云熹心情有些复杂。

抱着最后一丝希望，她朝旁边的人望了过去："张叔今天没和你一起来吗？"

"张叔今天休息。"

云熹"哦"了声，飞快地接口道："那张叔没来，所以我们今天走路回去？"

陆家离学校倒也不是太远，正常走的话，至多半个小时就能到达。

"是吗？"她不死心地又问了遍。

陆祉年瞥她一眼，下巴朝停在校门口的越野车扬了扬，说："不是有车吗？"

"哦……"

云熹毫不怀疑自己再纠结下去，陆祉年满脸都会写满"你在说什么废话"的不耐烦。

她用力地将刘晓曼先前同她说的八卦从脑海中甩了出去，然后跟在陆祉年身后，默默地朝那辆光是停在那儿就出尽了风头的黑色越野车走去。

却在将要上车的下一秒，被一个头盔兜头盖住，她惊呼出声："你……"

话还没说完，就被陆祉年打断。

他轻轻哂道："要是不想被发现的话就别说话，你们那个老师好像在校门口。"

云熹看不清外头的状况，头盔则被陆祉年上下摆弄着，总算找到了适合她的位置。

他的动作不算温柔，但每一步都做得很细致。

她忽然鬼迷心窍地问了句："这是你第一次给人戴头盔吗？"说出来又觉得不妥，赶忙补了句，"我的意思是，你戴得还挺好的。"

"你说呢？"调整完，陆祉年就将手收了回去，淡漠的视线忽然染上几分情绪。

云熹透过头盔自带的护目镜，瞧见的就是他微微上扬的眼睛，里

面情绪很淡，偏就惹人想看清里头是什么。

她如实地说了句："我不知道。"

等越野车发动，云熹坐在后座的时候，才听见前边传来的答案，和着徐徐风声："大概是。"

那个"是"字散在风里，实在是太单薄，可云熹就是精准无误地捕捉到了。

她望着少年线条流畅的宽阔肩背，忽然觉得自己胸腔里的那颗心有力地跳了跳。

下车时，云熹将头盔取下还给陆祉年，交接的时候忽然注意到他的目光定在自己脸上，不由得问了句："我脸上是有什么东西吗？"

"你很热吗？"她听见陆祉年问了句。

云熹眉心微微皱起："不热啊。"

坐着在柏油路上飞驰的越野车，耳边风声阵阵的，热才奇怪吧。

"那你脸红什么？"陆祉年将这话说得轻描淡写。

云熹下意识地往后视镜里看去，发现脸上确实有那么层浅薄的绯红。

她放弃挣扎，说了句："我热。"

次日早上，云熹起床下楼的时候，在客厅遇见了难得在家的陆云枫，她乖巧地喊了声"陆叔叔好"。

简单寒暄过后，陆云枫忽然想起什么似的说道："明天晚上家里会举办个小型宴会，叔叔给你准备了两条裙子，待会儿会有人送到家里来，你试试看看合不合适。"

宴会？

云熹放水杯的手倏而顿住，面上现出几分犹豫，问道："陆叔叔，我真的要参加吗？"

陆家在南川结交颇广，即便是小型宴会，来往的也必定是有头有脸、与陆家在生意场上有深度合作的人物。

她担心自己的出现会不合时宜。

"熹熹，把这儿当自己家就行，哪有在自己家还不参加的道理？"

陆云枫此刻正急着出去，闻言，只来得及宽慰她这么一句，便匆匆接了个电话往门口走去。

没有给她再推托的机会。

云熹摇摇头，被动地接受了。

下午，果然有品牌方送来两件当季新品。礼盒打开后，漂亮蓬松的裙摆自沙发上蔓延开来。

云熹上前，指尖轻触领口处的珠光色亮片，微微有些怔神。

不再演戏后，她已经很久没有穿过这样的裙子，没有出现在盛大热闹的场合了。

过去的回忆汹涌而至，却让她只觉陌生而难受。

"怎么不换上试试？"

背后倏然传来熟悉的疏冷嗓音，将她与过去抽离，那些难受一下褪了色，在顷刻间消失。

云熹蓦然回头，果不其然在楼梯口瞧见了手懒散地搭在扶梯上的陆祉年。

她回过神，落在裙子上的手有些不知所措，半天才挤出了句："应该不用试吧。"

这种定制的裙子尺码精确度很高，不合身的情况极少会出现。

陆祉年歪了下头，眼尾轻撩起，望着她好一会儿没说话，随口"嗯"了声。

就在云熹以为他不会再开口的时候，倏地又听见了句："是不用，很漂亮。"

漂亮？

这过于精简的话语让云熹没大听明白，她想了想，才试探性地问了句："你是说裙子吗？"

楼梯上的陆祉年低嗤了声，没解释，细碎的光线落在他黑曜石般的瞳孔里，亮得仿若沉沉黑夜里最能蛊惑人心的那颗星星。

云熹得不到答案，抱起沙发上的裙子准备放回衣柜里去，却在转身的那一刻被叫住。

"云熹——"

她回头，瓷白的脸上明明白白地写着困惑："还有别的事吗？"

"没事，"陆祉年神色松懒，闲闲开口，"就是想叫你过来下。"

与此同时，他下巴朝着他的正下方点了点。

云熹心中虽然不解，但还是站了过去，站在陆祉年所指的位置，一抬头就能望见还站在楼梯上的那个高瘦身影。

一上一下，两人隔着一截距离彼此相望。

四目相对之时，云熹心跳突然漏了一拍，她匆忙别过眼去，自行将对视中断，却在偏头的瞬间，耳边响起陆祉年的声音。

"伸手。"

没去想为什么，在那两个字疏疏落落砸下来的时候，云熹条件反射般地将手摊开。

旋即白皙的掌心中落了颗金色锡纸包着的酒心巧克力。

她从愣怔中回过神，才反应过来巧克力是陆祉年从楼梯上抛下来的，刚刚空中流畅的抛物线线条，就是这颗金色巧克力留下的运动轨迹。

所以，他就是为了送这颗巧克力才叫住自己？

松松筑就的心房像被小锤轻轻敲了下，细小的烟花悄然钻出，然后绽放。

再抬眼望向陆祉年的时候，云熹好笑般地说了句："陆祉年你怎么这么幼稚啊？"

陆祉年挑了挑眉，重复了遍那两个字眼："幼稚？"

他浑不在意道："还有更幼稚的。"

说完，他转身离开。

回房间后，云熹才明白过来他说的"更幼稚"是指什么。

书桌上，放了整整一盒巧克力，和她手上的如出一辙，裹着的金色锡纸上模糊可见一串法文字母，字迹飘逸又浪漫。

她记得，自己只是偶然提过一次，喜欢吃甜食，尤其是巧克力。

第二天晚上如期而至，陆家从前也经常有宴会举行，别墅前坪被人隆重地装饰了番，夜色逐渐笼罩下来的时候，陈列得井然有序的照明灯在夜里闪耀。

云熹换好裙子后,透过阳台的大玻璃窗望见衣香鬓影的来往宾客。

很多人，并且每个人的脸上都挂着得体的笑容，谈笑间，熟稔又自然。

她形单影只，就显得有些格格不入了。

云熹在心里悄然叹了口气，下楼的时候，特意挑了个没什么人的地方坐下。

当视线转向人群中间的时候，她一眼就望见被人簇拥着的陆祉年，比之平时闲散套着校服的模样，他今天很不一样。

黑色的手工西服穿在他身上分外合身，那股子凛冽的少年感稍稍收了收，却又丝毫不显得老成，身高腿长的优势在挺括面料下展现得淋漓尽致。

头顶的大吊灯折射出璀璨光芒，薄薄打在他身上，连眉宇间的张扬神色都是好看的。

云熹手撑着下巴，默默将视线投向陆祉年所在的光源处，忽然就觉得无形中有条看不见的线将他们分隔成了两个世界。

陆祉年不再是昨天那个近乎幼稚般朝自己扔来一颗酒心巧克力的少年，今天宴会上为众人所围绕着的陆祉年模样矜贵又冷淡。

云熹微垂下眼，旁边突然传出些别的动静。

"你是谁？"

她所坐的角落忽然来了个穿着公主裙的年轻女孩，看模样似乎比她还要小上两岁，满脸的嚣张无畏。

"你这手链哪儿买的？"见云熹没有回应，女孩声音倏然不耐烦地拔高，"喂，我跟你说话呢。"

云熹终于回过神来，眉心微微皱起，却还是耐着性子回了句："不知道，不是我买的。"

她白皙手腕处正是那条粉白色的水晶手链，是陆祉年在她生日时候送的。

寻常时候，她都没拿出来戴过。

今天换好裙装，在首饰盒里看到它时，她脑海里不知怎么忽然就浮现出陆祉年问自己喜不喜欢这条手链的画面。

没有不喜欢，于是她就戴了。

"我说你至于吗，一条手链问你哪里买的也说不知道？"女孩眼神里明显流露出不满的神色，"你怎么这么小气啊！"

云熹不想在这种场合跟她发生争吵，敷衍地笑了下："对，我就

是小气。"

"你！"女孩见云熹完全不搭理自己的挑衅言语，心中的不满更重了。

她家是南川数一数二的房地产商，她不管走到哪儿，都是受人巴结奉承的，可面前的人居然敢给她冷脸看。

视线里，那条水晶手链在灯下仿佛笼罩着层淡淡的粉光，星星似的形状落在云熹纤白的手腕间，莹润好看。

在云熹尚未来得及反应的瞬间，女孩无礼地将手链扯了下来，奚落道："你也配戴这个，还是照照镜子认清自己吧。"

云熹握着高脚杯的手倏然攥紧，想站起来与之对抗，可周身的欢声笑语、客套寒暄无一不在提醒着她不可以。

她不可以这么做。

陆叔叔是今天宴会的举办者，不能因为她的所作所为毁了整个宴会的气氛。

即便要将手链夺回，要说理甚至争吵，都不该是现在这个时候。

思及此，云熹没辩驳一句，只是面色冷淡地看着女孩得意扬扬地离开。

下一秒，她握住高脚杯的手无力般松开，起身朝房间走去。

她不想再在这里待下去。

回房间后，那种东西被夺走的无力感深深席卷而来，她望着窗外，身体一动不动，只是眼睛有些莫名酸涩。

宴会厅，陆祉年被人群围在中间，前来寒暄的人源源不断，奉承恭维的话也都是那些陈词滥调，翻不出什么新花样。

他原本对这些早就习以为常了，今天却有些不耐烦。

他余光里原本坐在角落的那个纤细身影忽然不见，更是让他心头涌上一股烦躁。

"借过。"在应付了又一个前来跟他打招呼的客人后，陆祉年错着身子在人群里穿梭，想往楼上走去，却在取餐口忽然被人叫住。

"祉年哥哥。"

陆祉年冷淡地回头，眼里半分情绪也没有。见是个女孩，他客气疏离地点了点头算是打过招呼。

谁知女孩却像是没看到他着急要走似的，一个劲地追问："祉年哥哥你不记得我了吗？去年你生日的时候我们还见过的。"

女孩过于没眼色，让陆祉年的声音冷了几分："不记得——"

但是话还没说完，他忽然在女孩的手腕上看见了那条熟悉的粉水晶手链。

他送给云熹的，专门设计过、绝无可能找出第二条的水晶手链。

"哪儿来的？"陆祉年沉声问道，冷淡嗓音里仿若酝酿着场风暴。

没承想女孩丝毫没有察觉，仍然在絮絮叨叨："祉年哥哥你也觉得好看吗？"

"我问你这手链哪儿来的？"陆祉年彻底没了耐心，轻嗤道，"还是说拿别人的东西格外有成就感？"

云熹进房间时忘了关门，身后忽然传来声轻响，是门被推开又合上的声音。

她怔然回头，发现陆祉年闯了进来，指尖还钩着那条被抢走的星星手链。

"你怎么……"

你怎么来了？

云熹话没说完，就瞧见他眉间夹杂着不耐烦，冲她走了过来。

"告状会不会？"

像是在生气，陆祉年口中的话也变成了命令式的语气："以后再有人欺负你，第一时间告诉我。"

然后，他动作生疏地替她把手链系上。

云熹却像是有些被他吓到了，纤细匀称的手往回缩了缩，小声问了句："你凶什么？"

眼前的人正一言不发地替她扣着烦琐的链扣，轮廓凌厉的面孔在头顶吊灯的映照下，打下薄薄一层阴影。

"我还凶？"陆祉年轻哂道，"那你怎么就知道窝里横？"

她什么时候窝里横了？

云熹眉心微微皱起，下意识地反驳道："我没有，你不要乱说……"

话才说出口，她就不由得顿住。

这样的话，这样稍稍带些小情绪的语气，她已经很久没在人面前说过了。

倏然间，云熹抬起头来，再看向陆祉年那张似笑非笑的脸时，眼神有些躲闪。

她不确定地问了句："我是不是不应该这样？"

"哪样？"陆祉年懒懒地应了声，"如果你指的是在我面前的话，我不介意。"

他不介意，因为哪样都行。

房间的窗户半开着，稍有些凉意的晚风徐徐吹了进来，云熹坐在窗前，视线落在停在距房门口两三步远处的少年身上。

不知道是不是她的错觉，她总感觉能在陆祉年漆黑透彻的瞳孔里望见自己。

正想说话时，楼梯间突然传来阵凌乱的脚步声，来的人是日常给他们做饭的王阿姨，看模样有些着急。

来不及敲门，一路小跑上来的王阿姨缓了口气就赶忙说道："陆总正到处找你呢。"

看向云熹时，她脸上神情则多出几分复杂和担心："熹熹，外面也有人在找你。"

"找我，是有什么事吗？"云熹轻声问了句，眉眼瞧着安静又淡然。

看着就不像是会主动惹事的人。

王阿姨收回目光，重重叹了口气才说道："天荣地产的康小姐从楼梯上摔下去受伤了，康小姐一口咬定是你推了她，现在正闹呢。"

云熹想了下，才反应过来王阿姨口中所说的康小姐就是不久前宴会上那个问自己手链在哪儿买的女孩。

康小姐过分嚣张的态度给云熹留下了很深的印象，但她无论如何也不记得自己曾动手推过对方，这个指认未免也太离谱了些。

云熹摇了摇头，语气虽轻却很坚定："我没推过她。"

没做过的事情，她不可能会承认。

"我也不相信，只是……"王阿姨叹了一口气，"康小姐无故受伤，那康家父母的脸上也不好看，碍于情面没发火，但肯定是要讨一个说法的。"

"要说法?"自王阿姨过来后,再没开过口的陆祉年倏然"哧"了声。

他面上仍旧冷淡,站在云熹身前,隐隐有种将她挡在身后的姿态在。

"那就给她个说法。"他浑不在意地点了下头,光下的眉眼陡然间锋利起来。

云熹尚还停留在原地,就看见陆祉年插着兜往前走了几步。

经过王阿姨身旁时,他嘴角极淡地勾起:"走吧,王阿姨,我跟你去。"

他一个人去?可这件事情分明指认的是她才对。

云熹反应过来后,忙不迭地朝他们的背影跑了过去。

细碎的脚步声在楼梯间响起,很明显。

陆祉年几乎是在顷刻间回了头,皱眉问:"你跟过来做什么?"

"她既然说是我推的,总不能、总不能让你一个人去。"云熹站在楼梯口,想再往前一步,却被他的目光生生逼退。

"是你推的吗?"陆祉年淡声问,疏冷的嗓音里仿佛不带一丝情绪。

云熹摇头。

"那就跟你没关系,好好在房间里待着吧。"

陆祉年旋即转身,话说得笃定,又不容人反驳。

云熹愣怔地站在楼梯间,手松松地搭在栏杆上,目光里,那个高高瘦瘦的身影越走越远。

陆祉年说跟她没关系,可王阿姨上来找人时的焦急神色不似作假。

如果事情严重的话,他是想一个人担下所有的问责吗?

宴会已经进行到了尾声,楼下的宾客三三两两地聚在一起,在有一搭没一搭地聊天。

云熹扫了一圈,没能发现陆云枫的身影,极大概率是处理这件事去了。

陆家私密性好,且与宴会场所有一定距离的地方就是书房,她望

着书房紧闭的大门，胸腔里的那颗心慌乱地跳了起来。

陆叔叔向来严厉，在涉及底线的事情从不惯着自己儿子，陆祉年看着也不是愿意向别人轻易低头的人。

云熹怕场面到时候一发不可收拾，也怕他受人诘难。

她忽然松开搭在栏杆上的手，转而往书房门口跑去。

书房里。

陆云枫和康家父母正默默坐在真皮沙发上，沉默里夹杂着康敏敏的抽泣声，气氛有些沉闷。

"敏敏没事吧，要不要叔叔叫医生过来看看？"陆云枫放下手中茶水，又瞧了眼满脸委屈的康敏敏，关怀地问道。

康敏敏身上的伤势主要集中在胳膊上的那块烫伤，是从楼梯上跌落下来的时候，不小心撞翻桌上热水所导致的。

楼梯台阶并不高，她并没有因为跌落造成什么严重的摔伤，顶多蹭了点皮，而手上的烫伤已经处理过擦上药了。

"有事，还很痛……不叫医生……"

康敏敏抽抽噎噎，半点不见方才在宴会上的嚣张，说出来的话又矛盾得厉害，虽然痛却又不肯看医生。

陆云枫面上不显，正准备再说点什么安抚一下康敏敏时，康父康母开口了。

康父："谢谢陆总关心，这医生就不用看了。"

康母："依我们看，当务之急是先把让敏敏受伤的人找出来，孩子们平时小打小闹也就算了，敏敏可是女孩子，手臂上烫伤了这么大片算是怎么回事？"

他们说完，康敏敏适时地掉了两滴眼泪。

陆云枫瞥了眼康敏敏胳膊上那白色药膏下的小片红色："话是这样说没错，但……"

"咚咚——"

正在与其周旋的时候，书房门口突然响起两声清脆的叩门声。

"进。"

陆祉年抬腿走了进来，一时，书房里四个人的目光都落在了他身上,康敏敏的视线尤其强烈。

"都看着我干什么?"

陆祉年倒是毫不拘谨,懒洋洋地在屋内扫视了一圈后,目光同样落在了康敏敏的胳膊上。

停留两秒后,他眼皮一掀,就望向了别处,语气漫不经心道:"不是要个说法吗?想知道什么赶紧问。"

康母皱眉道:"陆总,敏敏说推她的是一个叫云熹的女孩子。"

言下之意就是为什么出现在这里的会是陆祉年。

闻言,陆云枫看向了陆祉年,低声问:"熹熹呢?"

陆祉年不答反问:"这事跟她又没关系,她为什么要来?"

说完,他斜睨了眼站起来的康敏敏,语调没什么起伏,却隐隐透着股嘲讽意味在:"康小姐不再仔细想想?"

他一字一句道:"真的有人推你吗?"

"什么意思,你是在怀疑我们家敏敏说谎?"康母两根细细的眉毛一下就竖了起来,"难道还是敏敏自己摔的不成?"

陆祉年对此不置可否:"那就要问她自己了。"

他从康敏敏手里拿回手链的时候,她的情绪的确是有些不正常的,但他离开的时候,她人也的确还是好好的。

眼看气氛就要剑拔弩张起来,陆云枫打断道:"陆祉年你好好说话。"

康父康母毕竟是南川有头有脸的人物,基本的脸面还是要给的。

"敏敏,你要不要再好好想想,如果是别人推的你,叔叔肯定会给你做主的。"

康敏敏开始哭喊:"我不知道,我不知道,我不记得了。"

空旷的书房里充斥着女孩稍显尖锐的哭声,陆祉年不耐烦地掏了掏耳朵:"不是不记得了吗,不记得凭什么说别人推的你?"

真就造谣一张嘴,故事全靠编?

"孩子的事,让他们自行解决,反正我最后肯定给你们一个满意的答复……"

另一边,陆云枫已经开始打着马虎眼,半拉半推地将康家父母带了出去。不然就听陆祉年刚刚那番话,估计还得在康家父母心里捅出

个娄子来。

书房里只剩下陆祉年和还在啜泣的康敏敏。

陆祉年压根儿不想在这事上浪费太多时间，如果不是康敏敏无故指认云熹，他都懒得出面。

"你究竟是怎么受伤的，你心知肚明，就不要玩这种栽赃陷害的小把戏了行不行？"

他眉眼本就生得桀骜，不说话的时候尤其，眼下他半靠着墙，两下扯开衬衫袖口的模样，处处透出种不好惹的气息。

猛然被拆穿，康敏敏哆嗦着，什么话也说不出来，最后望着陆祉年漠然的面孔，心有不甘地问了句："你、你为什么那么护着她，她有什么好的？"

在她眼里，云熹最多就是长得漂亮了些，至于其他方面，哪里能和她比。

陆祉年抬眼，面上神色冷漠，可说出来的话却不是这么一回事："不护着她，难道护着你？"

事到如今，他已经将真相猜得八九不离十。看康敏敏摔伤却又根本不严重的样子，他基本可以推测她就只是情绪不稳，自己脚滑从两三阶楼梯上摔了下去，又正好倒霉了点，手臂撞上热水，落了个不太严重的伤，然后就哭哭啼啼地去找父母哭诉，顺便安了个罪名在云熹的头上。

"这件事你自己解释清楚，我不想再听见从你嘴里说出的第二句谎话。"说完，陆祉年起身离开。

恰在此时，外边隐约传来争吵。

"你就是云熹？就是你害我女儿受伤的？陆总，人都来了，那就当面说开吧，你总得给敏敏一个交代……"

听见康母义愤填膺的声音，陆祉年眉心皱起，抬腿就往外走，可才走了两步，就被人拽住。

"康敏敏，松手。"陆祉年面色冷淡，周身气场凛冽，"我不想对你动手。"

准确来说，他向来不喜欢对女孩子动手，觉得太难看。

"我不。本来就是她的错，就是她害我变成这个样子的，为什么你还要出面帮她？"

康敏敏觉得如果云熹乖乖交出手链，自己就不会在陆祉年面前丢脸，也就没有了后面倒霉摔下台阶，还被烫伤的事情发生。

陆祉年没再说话，控制好力道直接将人甩开，康敏敏顺势跌坐在了铺着厚厚毛毯的地上。

他冷冷地瞥了眼，头也不回地往外走。

云熹站在走廊里，听着康家父母表面说理，实为控诉的长串话语。

她微微敛着眉，没说话，脸上却也没有丝毫歉疚之意。

她只是沉默，想用最温和的办法将这件事翻篇，让陆叔叔和陆祉年都不必为难。

"我也不多说了，这样，她去给我们家敏敏诚心道个歉，敏敏原谅她了，这件事就算了。"

云熹抬起头，藏在裙子下的那只手倏然攥紧，干净纯澈的眼睛仿佛会说话，就那么直勾勾地盯着康母看。

道歉吗？自尊心不允许。

可不道歉……

"道什么歉啊，都说了这件事跟她一点关系都没有，怎么还揪着人不放？"

身后传来熟悉的疏冷嗓音，绕在她耳边。

云熹转过脸去，果不其然在右侧看见了陆祉年。

他没看她，话是对着康家父母说的，却又在所有人都看过来的时候，将她往后扯。

距离倏而拉近的瞬间，少年身上清淡好闻的薄荷味传来，她听见他轻描淡写地扔下一句："我说了，跟你没关系。"

第七章 占便宜...

　　云熹微垂下眼,视线悄然落在陆祉年抓住自己手腕的五指上。

　　她站在他身后,瞧不清他脸上神情如何,唯一能感受到的就是他掌心的滚烫温度,那层热意隔着薄薄衣衫暗自蔓延开来。

　　她想将手腕抽出来,却又不敢动作太大,稍稍转了两下后,手倏地被轻按了下,像是无意之间做出的举动,又像是在刻意安抚她。

　　所以,她的意图被发现了吗?

　　她不着痕迹地仰起头,余光瞥见陆祉年干净立体的侧脸,又看见他薄唇张了张,无声地说了两个字"别动"。

　　云熹不再说话,也不再乱动。

　　接着她就听见陆祉年语气波澜不惊地说道:"我建议,你们再去问问康敏敏。"

　　面对康家父母的诘问,他丝毫不惧,脸上也惯常没什么情绪,仿佛只是在单纯地阐述一个事实:"黑白颠倒这种事,总不能单凭一张嘴。"

　　一行人兜兜转转最后又回到了书房,陆云枫领着众人往前走,只是在推门的时候,他的手难得地顿了下。

　　紧随其后进来的是康家父母,他们猛然看见自己那才受伤的女儿此时此刻居然跌倒在地:"敏敏!"

　　康家父母脸上的心痛之情简直溢于言表,没来得及思考前因后果,直接质问道:"陆总,这就是你说的妥善解决?"

　　陆云枫偏头,看向最后一个从书房里走出的人,也就是陆祉年。他拧着眉,表情严厉了起来:"你说说,怎么回事?"

　　"这个我认,她来抓我,我把她推开了。"

陆祉年不想在这一压根儿算不上推的动作上耗费太多口舌，重要的是康敏敏对于她前一次受伤的澄清。

康家父母看陆祉年的视线一下就不满了起来。康母瞪了他一眼后，扶起康敏敏，缓着声音问道："敏敏，你再说一遍到底是谁害你受伤的，爸爸妈妈给你做主。"

云熹站在陆祉年身后的位置，大半边身子被挡住，只稍稍露出半张脸。她平静地看向康敏敏："做过的事都会留有痕迹，没必要撒谎。"

身前的陆祉年同样眼神淡漠，他没说话，就这么看着康敏敏。但他光这么看着，就让本就心虚的康敏敏害怕得浑身战栗起来："不是……不是她，是我自己不小心摔下去的……"

"什么，敏敏你再说一遍！"康母不信，"是不是有人欺负你了？"

"就是我自己摔下去的。"康敏敏的心理防线彻底崩溃，她哭着跑了出去，原本还算可爱的脸上尽显狼狈。

事情到了这个地步，也算尘埃落定。

走在最后的康父保持着最后的体面，沉着脸告别："陆总，打扰了。"

"康总这是说的什么话，没什么打扰的。"

陆云枫指着陆祉年话锋一转道："这事确实有陆祉年做得不对的地方，我一定对他严加管教。"

当时站在一旁的云熹，以为陆叔叔说的只是场面上必要的客套话，倒是没想到他会来真的。

晚上十一点的时候，人都走得差不多了，整个陆家又归于平静，陆祉年被叫进书房。

对于这一流程，他实在是很熟悉，从小到大只要犯了事，陆云枫都会叫他进去闭门思过，不准干别的，一天只往里送一顿饭。

思过时间的长与短则取决于他犯事的大与小，不过通常来说，都不会少于三天。

什么时候反省好了，什么时候出来，可他从来就没有提前出来过。

因为他从来都不肯低头。

陆祉年进去后，陆云枫就把门关上离开了，徒留云熹站在客厅不起眼的角落，一脸担忧的神色。

她脑海里浮现出那张眉眼桀骜的脸时，第一个想到的就是，他应该没怎么吃东西吧。

今天晚宴的大多数时间陆祉年都被人围着说话寒暄，根本没有进食的空隙，后来又因为她闹了这么一场，别说吃饭，怕是连喘口气的时间也没有。

云熹悄然觑了眼陆叔叔的房间门，确认了他已经睡下后，偷偷去厨房冰箱拿了点吃的。

在蹑手蹑脚地准备好了一切后，她终于鼓起勇气轻敲了下书房的门。

没回应。

陆祉年不会饿得直接睡过去了吧。

云熹眉心微微皱起，既怕敲门声惊醒楼上房间的陆叔叔，又怕陆祉年听不到。

还好在她准备敲第三遍的时候，房门开了。

映入眼帘的就是陆祉年那张稍显欠揍的冷淡脸，他半合着眼，见到云熹的瞬间，面上划过一丝讶然："你来——"

话没说完，云熹就赶忙比了个"嘘"的手势，让他小点声。

陆祉年不以为意地笑笑："你来这儿干什么，又不是做贼，还不许人声张？"

没理会他这番插科打诨，变戏法似的，云熹从身后将那碟慕斯蛋糕端了出来："你饿不饿，要不要吃点？"

陆祉年双手环着胸，看着她什么话也没说，盯了足足有五秒后，嘴角才极浅极淡地勾了勾，然后伸出手去。

可他伸手却不是为了接过那盘慕斯蛋糕，恰相反，他修长的手指越过蛋糕盘，落到了云熹柔软的发梢上。

云熹一愣，怔怔地问了句："怎么了吗？"

陆祉年指尖挑起那一小撮沾染上巧克力酱的发丝，细致地将其擦拭干净才放下。

他眼里晦暗不明，嗓音却是徐徐缓缓的："没什么。"

他问:"你刚刚很急吗?"

不然怎么会连头发沾染上了巧克力酱也没发现。

云熹不大明白他为什么突然这么问,但还是轻轻"嗯"了声:"我以为你没吃饭,怕你饿着了。"

"是挺饿的。"陆祉年目光落在她脸上,稍稍往旁边欠了下身,腾出个可供进出的空隙,"进来吧。"

进来?云熹怔在原地没动。

陆祉年偏了下头,漆黑的瞳孔里闪烁着细碎的光芒:"难不成你想看我站在门口吃?"

"没……"云熹赶忙摇了摇头,"你可以端进去吃。"

"你要走?"

他面上没什么情绪变化,但她总感觉他周身气场变化了些许。

云熹点头又摇头,脸上浮现出几分犹豫。

这些犹豫被陆祉年精准捕捉到了,他漫不经心地重复了遍中国人惯常挂在嘴边的话:"来都来了。"

啊?来什么来。

云熹倏然睁大眼望向陆祉年,结果就听见他嗓音松散地说了句:"来都来了,又何必急着走?"

他下巴朝书房内扬了扬,不容拒绝地说了句:"坐吧。"

最后,云熹稀里糊涂地被按坐在了书房的沙发上。陆祉年关上门,接过她手里的慕斯蛋糕,有一搭没一搭地吃了起来。

她正想开口问问,陆祉年觉得蛋糕怎么样的时候,陆祉年瞥了她一眼后,倏然间放下了勺子。

旋即他利落地将外套脱下,扔进她怀里。

他神色松懒,说出来的话却带着认真意味:"怎么想的,大晚上温度这么低,还穿着条裙子在外面晃。"

也不怕感冒。

经陆祉年一说,云熹才忽然发觉自己裸露在外的手臂是有些冷,她才抱了下胳膊,耳边就响起一句:"外套盖上。"

她慢吞吞地"哦"了声,外套的余温顿时将她整个人包围,凛冽的少年气息悄然透过衣服钻进鼻尖。

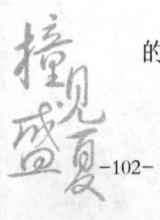

过了好一会儿，云熹才从这让人贪恋的温暖中回过神来，她看着盘子里没动几口的慕斯蛋糕，试探性地问了句："你不喜欢吃蛋糕吗？"

"喜欢。"

没过多久，陆祉年也的确将她送来的整盘蛋糕吃完了。

可云熹后来才从齐盛嘴里得知，陆祉年最讨厌吃甜食，也没人敢逼他吃甜食。

再问陆祉年的时候，他扬了扬眉，话说得极为坦荡："你说呢，当然是看你面子。"

好歹是她特意送的。

陆祉年被关在书房闭门思过的最后一天，云熹又悄然敲了敲书房的门进去看他。

"还以为你不会来了。"陆祉年给她开门后，散漫地靠在墙边，眼神谈不上幽怨，但总给人一种等待已久的意味。

云熹不由得心虚地问了句："你等了很久了吗？"

陆祉年背过身去，状似开玩笑地"嗯"了声，浑不在意地说了句："从日出等到日落，电影都看了三场。"

但其实也可以说是什么都没干，光等人了。

"听齐盛说你最近在给人辅导英语。"陆祉年随手给云熹倒了一杯水，问话时语气很淡。

没去纠结齐盛为什么对她的事这么上心，云熹点头承认了："宋老师交代的。"

这也是她这两天为什么这么忙，几乎没有时间来探望陆祉年的原因。

"熹熹老师，要不也教教我？"

英语虽然是云熹的优势科目，但她不觉得能优势到教陆祉年的地步："我教不了。"

陆祉年点了下头，倒也没在此事上多说什么，只是半晌后，忽然说了句："那我以后教你数学怎么样，每天下午。"

闻言，云熹旋即抬起头来。陆祉年的数学水平从上次的卷子里，她就已经见识到了，能被他教，当然是好的。

只是她不明白，他怎么突然间说起了这个。

云熹没急于点头，而是先问了句："那你需要我做点什么吗？"

傍晚的霞光透过落地窗射了进来，大半落在陆祉年脸上，他的五官因此显得愈加深邃。

他说："以后放学都早点回来，行吗？"

见云熹愣着没说话，陆祉年换了个姿势，从倚靠着墙到身体站直，挑眉问道："要不就现在？"

现在？

"是现在就开始补数学的意思吗……"

在陆祉年"也不是不行"的表情下，尚处在一片云里雾里的云熹回了趟房间，取出昨天测验的数学卷子。

有些事真不是花心思就能做到，很可能你所有努力就像投入大海的石子，杳无音信，连个水花都激不起来。

比如数学。

望着卷子大题上版面鲜红的"0"，云熹满脸愁云惨淡，忍不住小声地叹了口气。

"这也值得你叹气？"

倏而，头顶传来陆祉年的声音，她匆忙抬起脸，却因为不够高，只能瞧见他棱角分明的下颌。

少年抬了抬薄薄的眼皮，漆黑的瞳孔里有不明显的笑意。

旋即，云熹手中的卷子被陆祉年轻松扯走，他不知道从哪儿变出来了一支笔，稍稍瞥了两眼题后，直接动手在空白处"唰唰"写下正确的解题步骤。

整个过程不知道有没有五分钟。

就很厉害。除了这个词，云熹想不出什么别的话来。

晚风徐徐吹过时，被数学打击得自信心所剩无几的云熹如捧圣旨般，从陆祉年手上将试卷接了回来。

望着那龙飞凤舞的字迹，她小心地一个一个辨认，眼睛几乎都要凑到卷子上去了。

虽然看得费力，但她能看出陆祉年给她写的解法详细又明晰，充

分照顾到了她这个数学小白痴的理解能力。

正对着上边一个写得稍微有些潦草的数字捉摸不定的时候，云熹下意识地皱起脸，轻声问了句："我能问下这……"

这是数字"7"，还是数字"9"吗？

可话还没说完，就见陆祉年将卷子又扯了回去。

云熹以为他不耐烦，连忙摆手说道："我绝对没有挑剔的意思，我只是有点看不清而已……"

她声音越说越小，因为她很快就发现陆祉年根本没有不耐烦，恰好相反，他又拿起了方才放在桌上的笔。

陆祉年的修长手指停在卷子上，闻言，抬起头觑了她一眼，漫不经心地"嗯"了声："是有些看不清。"

然后，他重写了一遍。

陆祉年是那种从长相到气场都肆意不羁的人，任谁也不会想到，他还会有这样规规矩矩写字的时候。

云熹屏着呼吸，看得认真。

大概是数学的加成，她潜意识里觉得陆祉年从字到人都仿佛会发光。

折腾了大概两个小时后，那张卷子的知识点终于全部讲解完毕。

云熹如释重负般地松了口气，笑着跟陆祉年道谢，正准备回房间的时候，又被他给叫住。

"你要继续回去学习？"

云熹看了看自己手中的卷子，想了下回道："想回去重温一遍。"

毕竟，他整整给自己写了两遍解题思路，要是不认真学习下，岂不是种辜负。

没承想陆祉年瞥了眼窗外绚烂的夜景后，低声问了句："确定不劳逸结合下？"

他嗓音舒缓，莫名带着蛊惑。

"怎么才算劳逸结合？"

卷子上的题确实可以隔天再消化，老师的确也说过急于求成的话效果反而不太好。

但云熹没明白陆祉年说这句话的意思，劳是劳了，怎么个逸法呢？

许是她困惑的眼神实在太明显，陆祉年瞥见后，扬眉问道："出去玩吗？"

云熹："嗯？"

现在已经快晚上八点了，出去能玩什么，而且，他还在闭门思过期间……

纷纷扰扰的念头一股脑地浮现在了云熹心头，明明心里觉得不合时宜，可望向陆祉年的瞬间，她还是犹豫了。

"现在吗？可陆叔叔不是还不准你出去吗？"

陆祉年随意地点了点头，起身经过云熹身旁时，伸手轻弹了下她后脑勺，眼尾撩起道："这么乖啊你。

"那就……"陆祉年无所谓地笑了下，眉眼间忽而冒出点痞气，"那就别让他发现。"

云熹："啊？"

等陆祉年转身往书房最右边的窗户走去时，云熹才后知后觉地发现，他是准备直接翻窗出去。

"哎，你注意安全——"

云熹怕陆祉年摔下去，想让他先别跳，可话还没来得及说出口，窗边的那道身影就已经姿势轻松地一跃而下。

她几乎是小跑至窗户旁，探头往外看去。

视线里，陆祉年单手撑着地，旋即丝毫不受影响地站了起来。

他没事。

云熹悄然松了口气，没事就好。

"这窗户我都翻过百八十回了，用不着担心。"

从陆祉年记事起，陆云枫就叫他犯事后在书房闭门思过，可小小一个书房，哪能关得住他？

只是想起方才在云熹脸上见到的担忧神色，他难得地多解释了句。

云熹"哦"了声，轻声强调道："那也还是得注意安全。"

夜色里，陆祉年轻扯了扯唇，拍干净手后，仰头看着还停留在窗边的云熹，再度问了遍："出去玩吗？"

见她犹豫地望着窗台与地面的距离后，陆祉年低笑了声，毫不迟

疑地伸出手去："下来，我接住你。"

他说："保证你的安全。"

窗户大开，夜里的风尽数涌了进来，吹起云熹别在脑后的头发，和那颗沉睡在胸腔已久，久到掀不起波澜的心。

她循规蹈矩了十几年，头一回想这么放纵一次。

没再犹豫，她学着陆祉年的样子爬上窗户，纵身跳了下去。

落地的时候，重心不大稳，眼看要摔，可有双手牢牢将她给抱住了。

温热的呼吸近在咫尺，云熹听见陆祉年嗓子里传来的沉闷笑意："熹熹老师觉得这安全服务到位了吗？"

确认她站稳后，陆祉年旋即松开了手，只是唇边笑意未曾消散。

"还、还行吧。"云熹没敢看他，脸倏然就热得滚烫，她急忙往前走，像是要逃离什么。

可路灯没能照到的地方，藏着个小坎，她没能瞧清，差点就要往前踩去。

就在她踩上去的前一秒，手腕被人抓住。

云熹幸运地逃过一劫，耳畔响起的熟悉嗓音，夹杂着几分无奈笑意："跑什么？"

转瞬，她老老实实地跟在人身后。

半个小时后，云熹被陆祉年带到了南川最大的室内溜冰场。望着灯火通明的广场和熙熙攘攘的人群，她后知后觉地问了句："就我们两个人出来玩吗？"

"你想要几个人？"陆祉年不答反问，"喜欢人多？"

倒也不全是，云熹点头又摇头，最后说了句："我以为你会叫别的朋友一起来玩，毕竟，人多热闹些。"

出来玩图的不就是一个热闹，她怕她到时候会不自觉地冷场。

"如果你不在意他们太吵的话，也行。"

陆祉年没反驳，还真听她的话，拨了个电话过去。

电话挂了后，他神色松懒，指了指旁边的横椅，散漫地开口道："先坐会儿吧，他们就在附近，估计几分钟后到。"

云熹听话地点了点头，坐下后，见左边还剩下个空位，抬眼望向懒散站着的陆祉年，问道："你要坐吗？"

她话音刚落，旁边忽然插入道稍显稚嫩的童音："哥哥，给姐姐买朵玫瑰花吗？"

说话的是个七八岁的小朋友，她手上抱着大束玫瑰花，正仰着脸期待地看向陆祉年。

见他一时没说话，小朋友又重复了遍："哥哥，给漂亮姐姐买朵玫瑰花吗？"

童言无忌，可云熹听进耳朵里，却有些许尴尬，她不知道怎么开口和小朋友解释。

于是她偷偷觑了眼面色冷淡的陆祉年，对于他会如何解决这件事，心里没什么把握。

应该不会买吧，毕竟……

"多少钱？"

云熹还没想出个所以然来，就听见陆祉年出声问价。

很快，他就掏钱将花买下，且不是小朋友方才说的一朵，而是整整一大束。

云熹愣住，眼睛瞪圆，问道："你、你……"

他怎么就忽然买了花。

小朋友拿到钱后高高兴兴地准备离去，但她临走前还不忘以自认为很小，但其实周围人都能听见的声音附在陆祉年耳边说了句："哥哥，你这么大方，姐姐肯定会很喜欢玫瑰花，也很喜欢你的！"

闻言，云熹的神色倏而就复杂起来。

面前的陆祉年倒是没说什么，但他反手将大捧鲜花直接放进了云熹怀里。

云熹茫然地看着怀里出现的娇艳花朵，颜色浓郁的玫瑰在路旁镭射灯的映照下，漂亮得有些不像话。

她愣怔地抬起头，几番欲言又止后，张了张嘴，问道："这花……"

可她话还没说完，不远处就传来了男生的大嗓门："陆哥，原来你在这里，我们刚才四处找你呢。"

是齐盛，还有陆祉年另外几个朋友。

这么巧的吗？像是做贼心虚般，云熹脸上的愣怔忽地就换成了些

许慌张。

她无意识地朝他们看去，就看见他们的视线也慢慢转移到了她身上，最后定格在了她怀里想忽视也难的玫瑰花上。

注意到他们之间的对视，陆祉年不着痕迹地往云熹面前一站，将来人好奇的视线尽数阻挡在外，淡声开口道："来了就进去，站外面干什么？"

一行人瞬间偃旗息鼓。

只有齐盛实在忍不住好奇，举手问道："陆哥，进去之前我能斗胆问一句，这花是怎么回事吗？"

"买的。"

齐盛腹诽，我当然知道你是买的，但他表面还是装模作样地"哦"了一声。

他瞥了眼云熹，又瞥了眼陆祉年，目光在两人之间不停转悠后，更加大胆地问了句："所以你这是准备做某件大事，邀兄弟们来做个见证？"

齐盛调侃性的话语刚落，云熹就红了脸，瓷白的脸染上薄红，现下更是热得连指尖都在发烫。

什么大事，什么见证。

这调侃性的词语就像颗石子，重重砸在她心里，掀起层层涟漪。

云熹匆忙垂眼，不敢抬头看别人，而是下意识地扯了扯挡在自己面前的人的衣袖。

陆祉年穿了件薄款黑卫衣，纯棉的料子触感极好，但她抓在手里的时候，忽然就顿住了，虚虚停在半空。

她记得，他不喜欢别人的触碰。

她从来没见过陆祉年和谁勾肩搭背过，即便是和齐盛这么熟的关系，肢体触碰也只会发生在篮球场上。

反应过来后，云熹连忙撒了手："不好意思。"

"不好意思什么？"

陆祉年回头望她，面上瞧着没什么情绪，可蓦然抬眼时，眼尾往上撩起，眼里隐约可见笑意。

"就算占便宜，也是我占才对。"

他不轻不重地说着，腔调向来散漫，却又不显轻浮，指的自然是齐盛他们说出的调侃话语。

他顿了下，才又继续道："要说不好意思，也该是我说才对。"

"咚"的一声响，毫无缘由地，云熹心头的涟漪在顷刻间化为了惊涛骇浪。

她茫然地点点头，略微迟滞地"哦"了声，没别的动作，只是一瞬不移地盯着他看。

温柔晚风里，陆祉年目光掠过云熹透彻的眼，他懒洋洋地抬起手，然后停了下来，随意地挠了挠她的头发。

云熹还没来得及说更多，就见陆祉年突然转过了脸。

他朝包括齐盛在内的朋友们，递了个眼神过去，语气不咸不淡道："什么话该说，什么话不该说，全忘了？"

溜冰场门口，人潮拥挤，大人小孩都有。

极大的热闹喧嚣中，云熹模糊不清地听见他说了句："少打趣她。"

说这话时，陆祉年嘴角极轻极淡地勾起，整个人看起来漫不经心，和平时相差无几。但齐盛这种跟他相熟已久的人，再清楚不过他现在说的每个字都是来真的。

"哥，我错了。"齐盛一秒认错。

于是乎，没人再敢八卦，全都安安分分地闭上了嘴。

最后，一行人连忙将话题带过去，把视线从云熹和玫瑰上收了回去，嘻嘻哈哈地往溜冰场里走。

倒是云熹，还停留在原地站着，像是没能回过神来，纤细的身影隐在夜色里，一动不动。

"走了。"

背后却倏然传来一股劲儿，云熹稍偏了偏头，发现陆祉年不知何时站在了她身后，此刻正伸出只手半推着她往前走。

陆祉年比云熹要高大半个头，手绅士地隔着层衣服停在她右肩处，从背后看，他的动作简直毫不费力。

快走到检票口的时候，云熹抬起脸，望着陆祉年清晰的下颌线，鼓起勇气问道："我能问下，你为什么要买这个吗？"

她怀里，玫瑰花鲜艳如初。

"是、是送给我的吗？"可这花送给她有些不太合适吧。

怕自己自作多情了，云熹问出口时，面上的犹豫和不确定一闪而过。

"还能送给谁？"陆祉年轻笑了声，先回答了后一个问题。

答案在他肯定的语气里毋庸置疑。

明明知道他不是那个意思，可云熹的心跳还是漏了一拍，捧着玫瑰花的手紧了紧。

正想听陆祉年还会说些什么时，对话却被售票员倏然打断。

"这里可以排队买票，两位需要几张呢？"

闻言，陆祉年不动声色地过去扫码取票，高瘦挺拔的身形在人群里分外瞩目。

云熹默默注视着他的背影，不由得叹了口气。

被打断了，她当然不好意思继续追着问。

进场后，众人换上装备开始滑冰。陆祉年没什么太大的兴致，只懒懒地坐在观众台上看，视线大多时候落在同一个人身上。

齐盛只滑了不到五分钟就没滑了，大大咧咧地往陆祉年身旁一坐，笑道："不是，场上这么多人，你怎么只往一处看？"

陆祉年轻飘飘地瞥了他一眼。

但这对齐盛没有丝毫的警示作用，他继续叨叨道："还是人家身上磁场太强，让你挪不开眼？"

懒得搭理这些没意义的言语，陆祉年微微垂首，不紧不慢地说了句："去买箱汽水来，我请大家喝。"

场上，云熹滑了整整好几个来回后，无意识地抬头往观众台上看去。

她记得陆祉年坐在台子的最左边。

她看了下发现，他确实坐在观众台最左边，只是不是一个人，身边还围着几个同样穿着溜冰服的女孩。

她们拿出手机，貌似在要微信。

云熹停在原地，没再上前。

这样的事经常发生,仅她看见的就有两三次,可不知道为什么,每每看到,心里还是会掀起些许波澜。

她深吸一口气,正想别过头去,前方倏而响起她的名字,陆祉年在叫她。

旁边的女孩手机屏幕还亮着,露出微信二维码,话到嘴边没说完:"帅哥,我们还挺有缘的,大家加个微信——"

陆祉年却只敷衍地点了点头,他松松垮垮地站起,手搭在横栏上,朝云熹招了招手。

一瞬间,所有的目光明里暗里地朝云熹看了过去。

她在众人不解的表情下,硬着头皮滑了过去。

她堪堪顿住,就看见陆祉年弯腰从箱子里取了瓶白桃汽水出来。

他毫无顾忌,也不在乎身旁的目光,出声问她:"累不累,休息下?"

五分钟后,云熹坐在了陆祉年旁边的观景台上,手边的汽水已经被人拧开,那几个女孩已经全部不见了踪影。

喝了口汽水,桃子的甜味萦绕不散,她缓了缓,不想让气氛沉闷下去,开口问道:"你不滑冰,刚刚无聊吗?"

她一句"要是无聊我们可以早点走"还没说出口,就听见身旁的陆祉年不着调地"嗯"了声:"还行,不太无聊。"

"在替你看玫瑰花。"

云熹愣神,稍一偏头就发现陆祉年身后果然是那大束热烈的玫瑰花。

旋即,玫瑰又被他塞回她手里。

目光交错之际,云熹听见他说了一句:"既然你回来了,那就物归原主。"

"你俩说什么呢?"辛辛苦苦跑了趟腿的齐盛从箱子里捞了一瓶汽水来喝,"刚才没看仔细,这花还挺好看,陆哥在哪儿买的?"

喝完汽水,他突然掏出手机,说:"不拍浪费了,索性给你俩拍张合照吧。"

拍照?

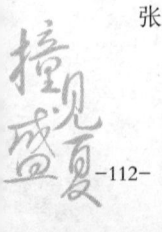

面对镜头,云熹下意识地调整姿势,仪态好得像只雪白的小天鹅。

唯一不足的是两人之间的距离大了些,齐盛看着手机里的照片,喊了句:"你俩靠近点,要出镜头了。"

云熹正犹豫要不要往中间挪的时候,陆祉年凑了过来。

距离一下拉近,她下意识地想朝陆祉年看,耳畔蓦地传来疏冷嗓音:"别动,看镜头。"

后来照片洗出来的时候,云熹才发现叫自己看镜头的人,压根儿没有看镜头。

"咔嚓"一声定住的是女孩染着笑意的眼,和身旁少年回头望着她的侧脸。

从溜冰场出来后,云熹慢慢走在前面,陆祉年单手插着兜跟在她身后。

一轻一重的脚步声,很有规律可循。

忽而,脚步声断了。

早已习惯了的云熹往后一看,发现陆祉年停了下来,又随手买了束粉紫色的满天星。

他朝她递来。

"你怎么又买花?"云熹有些哭笑不得。

原本以为玫瑰是结束,没承想却是开始。

"觉得漂亮。"

他漆黑眉尾挑了挑,笑道:"然后,一下就想到了你。"

好像未曾说出口的答案随风扬起,又吹回耳边。

云熹唇边漾出笑意,将花收下。

他们最后沿着三一大道去了趟南川最有名的落霞公园,那里每到晚上就会有很多人唱歌表演。

最大的观景台旁边围着汹涌的人潮,连绵不绝的喝彩声仿佛能掀翻屋顶。

然而,收放演出器材的舞台后方,有阴影一闪而过。

事故的发生总是迅速又突然,无人预料到,这样热闹欢愉的氛围里会发生恶劣的意外——

有人持刀冲出，从台上纵身跳下。

歹人划破道具，几大桶水如倾盆大雨般地从人头顶上方洒下，人群开始骚动。

来不及再管其他，逃生已经是第一要务。

凭着本能往空旷处散去的时候，云熹又忽然回头，匆忙扯了下身后正低头看手机的陆祉年，用尽力气喊了句："快跑。"

而在陆祉年尚在进行判断的几秒时间里，歹人往他们这边冲了过来。

眼看刀锋就要刺向他腹部，一个泡沫箱子凭空扔了过来，起了个缓冲作用。

他手臂被刺伤，云熹则因扔掷的动作跌倒在地，光洁的额头撞在地上，被砾石划破，磕出鲜红的血珠。

"走——"

陆祉年垂眼看向倒地的云熹，毫不犹豫地扣住她的手腕，将人从地上拖离，艰难地避开歹人的无差别攻击，往暗处躲去。

屋外漏进来的月光下，云熹额头上的伤口显得越发鲜红，但她拦住陆祉年往前探望的动作，痛得直抽气道："别管我，先报警。"

陆祉年看了眼云熹，除开伤口处，她身上的衣服也被水淋湿了个彻底。

他摸出手机拨号，同时利落地脱下了身上的外套。

倏而，云熹感受到自己身上多了件犹带着体温的外套。

报警的电话声里，云熹闻着衣服上冷冽的薄荷味，昏昏沉沉地昏睡了过去。

"云熹，云熹——"陆祉年回过头，皱眉喊道。

见云熹久久不应，他一下慌了神。

喧闹而又混乱的夜里，陆祉年手搭在她的膝弯下，抱着她就往就近的医院跑了过去。

第八章

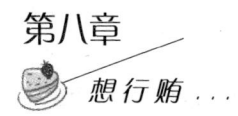

想行贿…

南川第四医院,陆祉年站在走廊的尽头,惨白的照明灯打在他周围,愈加显得他整个人的气场漠然又冷清。

他靠在医院走廊的墙上,仿若感受不到墙体冰凉的触感似的,一动不动。

"嘀嘀——"

尖锐的手机铃声猛然响起,划破空气中的凝滞。

陆祉年低下头,机械地从兜里掏出手机,摁下接听键:"喂。"

"你人现在在哪儿?"几乎是电话接通的瞬间,就传出陆云枫成熟威严的声音,回荡在空荡的走廊里。

等了十来秒,见没人说话,那边又接着问道:"你联系了你秦叔叔,要办理住院手续?"

秦叔是他妈名下产业的管理者,他妈名下有南川最好的私人医院,转院能给云熹提供更好的治疗条件。

听到陆云枫的质问,陆祉年脸上没太多意外,他本来就没想过这件事能瞒下去。

他低低"嗯"了声,算是承认。

"你受伤了?"没来得及追究陆祉年在闭门思过期间,私自跑出去的行为,陆云枫拧着眉问道。

"不是我。"

陆祉年的声音里淡得一丝情绪也无,仿佛所有生气都被尽数抽走,他半合着眼道:"是云熹。"

…………

大致了解完事情是如何发生的后,陆云枫忍着怒气喊道:"你现在立刻给我回来,我让张叔去医院替你。"

"转院的事也不用你操心了,你继续给我待在家里好好反省。"

这些话隔着手机听筒,吼在了陆祉年耳边。

与此同时,检查室的门口传来动静,有护士从里面出来,像在找寻送病人过来的家属。

后面的话,陆祉年没能再听清,他眼睛一瞬不移地盯着检查室,最后落在了护士的身影上。

"好,我会回家反省。"他说。

罕见地,陆祉年什么也没反驳,只低声求了陆云枫一句:"但让我待到她醒来,成吗?"

电话挂断,陆祉年阔步走到在找人的护士面前,问云熹检查后身体的基本情况。

"身上的擦伤并不严重,头部有碰伤,具体情况,还得住院再观察几天。"

"那她什么时候能醒?"他的声音听上去有些艰涩。

"没什么大碍的话,应该很快。"

"谢谢。"

道过谢后,陆祉年转身前往楼下缴费,高高瘦瘦的背影鹤立鸡群般混在医院的人群里,他忙着排队,忙着缴费,凡事亲力亲为。

直到第二天上午,云熹才从昏睡中醒来。她身上的伤口已经全部处理过,除了额头隐约传来的钝痛,并没有什么别的问题。

病房里空无一人,她摁了下床前的呼叫铃,叫来了负责她病情的护士。

护士推着装着设备、药品的车走了进来,语气还算亲切:"感觉怎么样?还有哪里不舒服吗?"

面对护士的常规问话,云熹一一认真回答,神色安静,不吵闹也不喊疼。

只在最后护士准备离开的时候,她忽而轻声问了句:"请问,你知道送我来的那个人现在在哪儿吗?"

她记得是陆祉年抱着自己来的医院,秋夜里的冷风和少年怀里的滚烫温度相交错,仿佛发生在今天,发生在前一刻。

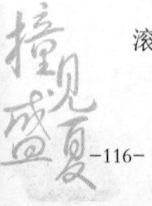

"不好意思,这个我也不是很清楚。"说完,护士歉意地笑笑,然后推门而出。

徒留云熹一个人坐在床上,总是安安静静的眼睛里,瞧着有些黯淡无光。

她不相信陆祉年会就这么抛下她离开,可他又确实不在,病房里空空荡荡。

大概是生病让人情绪低落,多愁善感,云熹望着外头暗沉沉的乌云,毫无预兆地陷进过往回忆里。

在她几岁的时候,许如烟女士作为单亲妈妈努力挣钱,没有时间管她,于是童年的她常跟外婆待在一起。

可外婆那时候并不喜欢她,总觉得是她的出生耽误了自己女儿的大好前途,也就不爱管她,宁愿在外和街坊邻居聊聊天、打打麻将,也不回家陪陪孩子。

云熹记得很清楚,那是仲夏末的一个午后,外面下起了暴雨,可屋内沉闷得一丝风也没有。

电闪雷鸣间,老旧的电风扇早就"咔"的一声断了电。

她坐在小板凳上,脸上不自觉地出现惊慌的神色。

划破天际的惨白雷电,在尚且年幼的云熹心里,与一切未知恐惧等同。

她害怕得想出去找外婆回来,可才出门,就跌在了雨里,耳边狠狠砸下轰隆雷声。

慌张害怕之中,她喊着心底最为亲近之人的名字:"外婆,外婆,你在哪儿?"

"妈妈——"

可是没有得到任何的应答。

至少在那个午后,没有人回应她。

这些年沉沉浮浮,云熹以为自己早忘了这件记忆角落里的小事。

可看着开始"噼里啪啦"下着雨的窗外,云熹恍然间明白,其实自己一直在那个沉闷午后溺着水,忘不掉,也释怀不了。

云熹视线从窗外移至病房内,最后落在床前并没有人坐的陪护椅上。

陆祉年会不会也忘了自己？

毫无动静的手机，以及迟迟没有回复的对话框。

门忽然间被推开，满室的风雨仿佛在此一推中静止了。

瞧见半开的门缝里混进张熟悉的侧脸，云熹忍不住小声地问了句："你为什么，不回我消息？"

"不好意思，没来得及看。"

是真的没来得及，陆祉年一整个上午都在跟医生沟通她的伤口，力求能在云熹转院后得到最妥帖完善的照顾。

没来得及啊，还以为他有别的事要办，云熹点了下头，说不上委屈但又总有些失落在心头。

她微微垂着眼，可当她冷不丁看见陆祉年左臂上歪歪扭扭的伤痕时，眉心又不自觉地皱了起来，语气里是她自己都没能发觉的在意："你手上的伤口怎么还没包扎？"

那道伤口分明是昨天留下的，足足过了一晚，却没处理过。

陆祉年随口敷衍了句："忘了。"

他转而认真地看向她额头，问道："你呢，感觉怎么样，有没有什么不太舒服的地方？"

云熹摇头："我没事。"

"没事就好。"

反正转院以后，医生会再给她来次全面且细致的身体检查。

见云熹已无大碍，陆祉年倏而开口说了句："那你好好休息，我先走了。"

他答应过陆云枫的。

云熹一醒，他就回家自省。

"你——"云熹吐出半个音节，却又在陆祉年回头望过来的时候，又不知该如何开口。

不知该说些什么，说些什么来挽留。

"你很急着走吗？"明明没有立场，可她还是这么问了。

陆祉年转头的幅度小了些，可最终还是腔调轻缓地说了句："有事，就不陪你了。"

说完，他转身离开，背影利落又干脆。

云熹没再说话，只觉得将将升腾起的心，又缓缓下沉。

云熹住院的消息不知道怎么就传了出去，这两天，陆陆续续有同学来医院看望云熹。

比较出乎她意料的有两位，齐盛和李宇航。

齐盛每天不到放学时间，就会准时出现在云熹的病房外，他从不进来，但每回都会在病房门口放上一篮新鲜水果。

李宇航是云熹班上同学，不过他们交集很少，仅有的一次还是英语老师让她给他辅导英语。

所以他能来，云熹还挺惊讶。

看望病人，自然不可能是空手来，除了看病人的必备选项果篮，他还抱了束很大的鲜花。

颜色雅致的香水百合散发着好闻的气味，自他进门，云熹就闻到了。

然而，见到花的时候，云熹并没有太大的惊喜，只是微微一愣，脑海里晃过某张熟悉的脸。

"你好点了吗？"将花放在病床旁的柜子上，李宇航开口问道。

恍然间回神，云熹歉意地笑了笑："好多了，谢谢你的花，但没必要这么破费的。"

李宇航有些羞涩地摸了摸后脑勺："我觉得这不算破费。我还没来得及谢谢你之前帮我补英语呢。"

云熹摇了摇头，觉得这不算什么，不过是老师吩咐下，正常的同学情谊罢了。

可她再抬头时，忽然听李宇航鼓起勇气又说了句："你、你以后还有时间吗？能继续帮我补英语吗，我觉得你教得很好。"

陆祉年站在病房门外，听见的就是这么一句话。

没等云熹开口，他抬手叩了下并没有关的门，清脆的声响一下吸引了两个人的注意力。

"你是？"李宇航脑子一蒙，神情有些发愣，没认出站在门口的是陆祉年。

—119—

陆祉年没看他，先扫了眼抿着唇不知道在想些什么的云熹，不咸不淡地说了句："给她补数学的人。"

李宇航似是不解，眼中流露出迷茫。

陆祉年倒也不介意，耐着性子重复了遍："我每天放学后给她补数学，所以她可能没时间给你补英语了。"

"是这样吗？"李宇航别过脸，朝云熹确认道。

云熹颔首，面上挂着浅浅一层愧疚："不好意思，我确实没时间。"

李宇航走后，病房里顿时只剩下云熹和陆祉年两个人。

云熹没再开口，望着窗外，沉默了起来。

她自己也不知道怎么回事，就是不愿意先说话，或者说，她觉得自己并不喜欢陆祉年这个随心所欲的态度。

他于她，好像从来都是想来就来，想走就走。

今天的出现就是这样，上次的离开也是这样。

"怎么不说话？"偏偏这时，病房里响起陆祉年疏冷的嗓音。

云熹鼻子忽然一酸，不受控地说了句："你怎么今天才来看我？"说完，却又觉得不合适，赶忙找补了句，"别的同学，连齐盛前两天都来过了。"

说不清道不明，甚至毫无道理可言的念头倏然就涌上了云熹心头。

两个人沉默了好一会儿，房间里安静得只有两人轻轻的呼吸声。

"不是今天才来。"

忽然，陆祉年无声地叹了口气："每一天我都在。"

每一天都在。

陆祉年话音刚落，云熹就错愕地抬起了头，那几个字如雨打芭蕉似的，在她心上轻轻地敲击着。

"你说你每天都来了？"她不可置信般地重复。

那为什么这些天她从没在医院见过他？

云熹知道陆祉年不会说谎，更没必要在这种小事上哄骗她，但她想不明白其中缘由，只能定定望着眼前人浑不懔的面孔。

"不能说吗？"她又问了下。

陆扯年嘴角轻勾了勾，却没再答，只说了句："给我留点面子？"

面子？

后来云熹才知道陆扯年确实每晚都来了，却是掐着陆叔叔睡熟后的点，翻墙出来的。

没来得及加高的陆家围墙根本拦不住陆扯年，陆叔叔也不会想到他被抓到一次后，竟然还会一而再再而三地翻出去。

嚣张又胆大。

夜深无人的时候，陆扯年远远站在病房门口，看一眼就又走了。

就连齐盛也是他打的招呼，所以每天放学后云熹的床前都会有捎来的作业以及新鲜的水果篮。

云熹瞧着陆扯年，盘桓在心头的郁结之气忽然就散了个干净，她却又不想表现得太明显，清了清嗓子问道："那你今天来有事吗？"

今天是难得的晴朗天气，细碎的暖阳透过方格玻璃窗漏了进来，洒在陆扯年肆意的眉眼间。

他斜觑她一眼，随意地点了下头。

"什么事？"

云熹抬眼，想知道陆扯年会说什么，却没承想，护士长忽然敲门走了进来，通知陆扯年去办理出院手续。

对话就这么戛然而止。

云熹慢慢将探寻的视线收回。

陆扯年轻拍了拍她的头："等我下。"

他转身往外走的时候，还伸手拉了下病房内的窗帘，逐渐有了些热意的光线全都被挡在了外边。

被留在病房内的云熹轻轻"哦"了声，目光随着那道高瘦身影渐行渐远。

她其实已经没什么大碍，成天闷在房间里，反倒觉得难受，想了下，她决定下床走走。

边走边等，也算等他回来吧。

住院部的楼层布局其实很简单，中间是护士站，两边的走廊错落着不少病房。

因此，没一会儿，云熹就走到了中心地带，抬头就看见姿态闲散、倚靠着墙的陆祉年。

他手里拿着几张住院清单，估计是她的，手续差不多已经办完，护士长像是还在和他交代些什么。

他们没刻意降低音量，谈话的内容尽数落在了云熹耳朵里。

"病人已经没事了，今天就可以出院，倒是你仗着年轻，也太不注意自己的身体了。"

护士长年纪在四十岁上下，对陆祉年记忆尤其深刻，一是因为他那张过分好看的脸，二就是他身上那股浑不在意的劲。

护士长至今仍对那天晚上的画面记忆犹新，少年守在空荡的走廊里，手臂上血迹犹存，却固执地不肯离去。

一直到第二天，病房里的女孩已经醒来，他才被看不过眼的小护士催着来处理伤口。

"身上的伤口怎么样，这次可别再糊弄了，小心留下疤痕。"

护士长还说了些什么，云熹没能再听清，她有些出神地站在原地，像是被摁了下开关，开始不住回想醒来那天早上看到的画面。

记忆如潮水般涌上来，替陆祉年做着证，那天他身上的衣服未来得及更换，手臂上还存着血迹和尘土的痕迹，不可能有处理伤口的时间。

也就是说，他从来就没将她一个人留在医院，在她没醒来的时候，他整夜未眠。

"怎么出来了，不是让你在房间里等我？"不知道什么时候，陆祉年结束了和护士长的对话，走了过来。

看到云熹这么一副久久出神的模样，他皱眉问："这是怎么了？"

"我没事。"

云熹望着他，摇了摇头，故作轻松地说了句："你还没说你今天为什么来医院。"

见她不愿说，陆祉年也不勉强，收好出院手续单后，朝外边扬了扬下巴道："走吧，接你回家。"

云熹蓦地睁大眼，像是想起什么，开口确认了一遍："你说的事就是……"

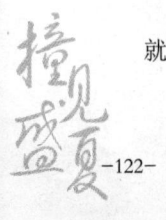

"接你回家。"

陆祉年轻笑了下:"还想让我说几次?"

这回,云熹还没来得及再问,就被人握着手腕带着往前走。

医院外边,阳光均匀洒在每个角落,陆祉年挡在前面,她稍稍抬眼,视野所及之处,只有少年宽阔的肩背。

出院后,云熹恢复得还不错,第二天就去了学校正常上课。

可放学时候却有同学来告诉她,校门口有个自称是她哥的人来找她。

她可没有什么哥哥,倒是钱慧琳有个好吃懒做且不知足的儿子。

附中今天会晚半个小时放学,云熹也就没和陆祉年说这件事,自己等在教室里做着作业,想着做会儿作业,附中也就该放学了,到时候两个人可以一起回家。

但她没想到,钱志强在校门口没找到人,直接到了班级里来找她:"熹熹!熹熹!"

"你一个人在教室写作业?"他脸上的横肉挤在一团,挂着不自知的油腻笑容,半点没有十七八岁的少年模样。

云熹不理他。

他直接朝云熹的座位走了过来:"你别光顾着写作业啊,这么久没见,你就不想哥哥?听说你最近手上有钱了……"

"你可不可以闭嘴。"云熹一字一句道。

她没想到自己跟舅舅一家已经闹得这么僵了,眼前这个人竟然还敢舔着脸来找她。

"你怎么回事,是不是攀上高枝就瞧不上哥哥我了?"钱志强一下拔高音调,带着点被拒绝的恼羞成怒,"不就是有几个臭钱嘛,你别这么势利眼行不行?

"你别学你妈啊,净想着攀高枝能有什么好下场?"

云熹藏在课桌下的手指握得发白,只觉得钱慧琳和钱志强真不愧是亲母子,在恶心人这方面,一个比一个强。

"对,我就是瞧不上你。"

云熹索性说开,脸上神情越发冰冷:"我警告你,别再凑过来。"

钱志强被她这话一激,整个人跟魔怔了似的,伸出手就要往云熹身上摸去:"给脸不要脸,还警告我——"

话音突然被生生阻断,钱志强的手也被狠狠攥住。

云熹抬眼看去,却见钱志强忽然被人往后一甩,一百八十斤的身躯此刻竟也站不稳似的,狼狈地躺在地上。

不知何时,陆祉年出现在了教室里,他神情冷漠地攥着钱志强的手,在迭声哀呼中,不疾不徐地说了句:"嘴这么脏?"

他望向云熹,狭长的眼眯着,里头瞧不清情绪,连带着声音也变得冷淡。

"跟这种人用不着废话。"

最后,钱志强连滚带爬地跑出一中校园,但"受害者"云熹同学也未能幸免,被抓到了走廊训话。

"你今天胆子挺大?"陆祉年冷着脸训她,同时手上使劲地将她偷偷藏在袖口下的水果刀夺了过来,"准备跟人来真的,才出院就又想住进去?"

云熹先前浑身的刺一下敛了个干净,尤其是被陆祉年这么一训,连脸都埋了下去,只露出双黑漆漆的小鹿眼。

"我没……"她话说得又低又轻,显然没什么底气,心里也明白要是没有陆祉年的突然出现,自己今天不知该如何脱身,说不定还真闯下大祸来。

可是向来不跟云熹多计较的陆祉年,这次却没有轻易地放过她:"没有?"

他面色冷淡地重复道:"我难道没跟你说过有事叫我?"

而不是置自身于危险境地。

刚刚他要是来晚了哪怕一步,说不定云熹就会冲动地掏出水果刀跟人对峙,到时候伤的是谁可不好说。

陆祉年眼睛里涌上层晦色,连自己也不清楚心里反复翻腾的那股情绪究竟是生气多一点,还是在意多一点。

"你说过。"云熹的头则越垂越低,越垂越低,心底一丝底气也没有。

她压根儿不敢再抬头看陆祉年,却又在前边响起脚步声的时候猛然抬起了头。

她怕陆祉年生气,然后丢下自己离开。

可抬头瞧见的却是转身去路口小卖部的陆祉年,他回来时手上还拿着两个创可贴。

"过来。"他说。

云熹听话地靠了过去,坐在陆祉年手指向的石椅上。

"自己把裤腿撩起来。"

听到这话,云熹脸上流露出毫不掩饰的惊讶。

刚刚局面有些混乱的时候,她确实不小心摔到了左腿,走起路来,显得不是那么协调。如果仔细看的话,裤子相应的地方的确能看见小片脏印子。

但云熹没想到,匆匆瞟了眼她的腿,刚刚一直在忙着训她的陆祉年,连这个也注意到了。

许是头顶的目光太有存在感,她手忙脚乱地去挽裤脚,动作着急了些,反倒牵连了伤口。

"慢点。"他还冷着的嗓音里蓦地就多了分无奈。

正当云熹想继续的时候,面前那道挡住夕阳最后余晖的身影,却突然在她身前蹲了下来。

将手中拿着的创可贴放进她怀里,陆祉年面无表情地替她挽起了裤脚,动作称不上温柔,但胜在细致,没碰到她伤口一丝一毫。

云熹愣怔地坐在石椅上,耳畔是少年清冽的嗓音:"重申一遍,以后不管遇到什么事都不准把自己搭进去。"

"好。"她乖乖点头。

看他就要站起身往前走,她忙不迭地问道:"我听你的,那你能别生气了吗?"

云熹小心翼翼地朝陆祉年瞥去,想将他瞧得更清楚些,不知不觉间,她倏而凑近了些。

她没注意到的近距离里,陆祉年伸出手挡了下:"想行贿?"

他抬了抬薄薄眼皮,无情地说道:"晚了。"

陆祉年觑了眼云熹快低到地上的脑袋,缓和了些语气道:"以后

—125—

再遇到这种事该怎么办?"

"找你。"云熹小心地抬起头,试探性地说出答案,声音又小又轻。

陆祉年目光在云熹脸上扫过,见云熹仍有些犹豫,漆黑眉尾挑了挑:"没听清,再说一遍。"

他眼尾往上撩,瞧着有几分漫不经心,视线却是牢牢地定格在了她身上。

"找你。"云熹音量放大了些,坦荡地喊出他的名字,"陆祉年。"

陆祉年漫不经心地点了下头,正想说点什么,云熹却以为他还要说没听清,于是更加大声地重复道:"找陆祉年——"

话说到一半,她的嘴就被捂住了。

少年干净修长的手捂在她脸上。

云熹能明显地感受到,肌肤相触的地方,有热意在翻滚。她没敢动,只睁着黑漆漆的眼,朝陆祉年望了过去。

半晌,她才听见他轻咳了声,生硬地转移话题道:"可以了。"

陆祉年松开手,两人继续往前走。云熹走在前面,也就没能看见在她身后,有人薄唇轻勾了勾,惯常寡淡的脸上多出那么一丝笑意来。

周末两天云熹都照常待在了家里,追赶住院时落下的学习进度,碰到不会的数学题就先放到书桌的另一边。

毕竟这么多年的学习经验告诉她,什么都有可能会发生,但数学不会就是不会。

但这段时间里,吃完饭或是睡个觉醒来后,云熹总能发现那些在她看来难度很大的题目,上边写好了清晰的解题思路。

像是形成了某种默契般,她不会的数学题,总有人帮她解答。

云熹静下心,正对着卷子揣摩解题思路,放在一旁忘记关静音的手机忽地响了起来。

一声接一声,很是热闹。

她打开看了下,才发现平日里基本没人聊天的班级群突然炸开,消息太多,俨然已经"99+"。

她懒得再往上划拉,于是通过和刘晓曼的单独聊天框问了句"发生什么事了吗"。

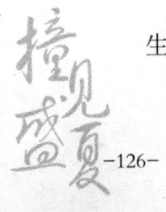

刘晓曼的消息回得很快,大概是实时在线看热闹。

刘晓曼:学校有个投票活动,要选出一男一女两名形象大使拍宣传片。

云熹对这种投票活动一向不关心,星期五放学的时候听张老师提了一嘴,但她完全没放在心上,自然也就想不明白群里怎么为了这种事吵了起来。

她皱眉,问了句:是投票有什么问题吗?

刘晓曼:本来你和林菲的票数不分伯仲,但忽然就出现了bug(漏洞),你的票数一下子涨了两百多。

刘晓曼:居然有人说你的票数不正常,为了得到这个机会票数造假。

刘晓曼说着说着有些着急,还发了条语音过来:"熹熹,他们、他们根本就没有证据,你不要把他们说的……放在心上。"

云熹又看了眼班级群,刷新出来的消息虽然没有明说,但话里话外的意思都是怀疑她刷票,而刘晓曼为她说话的发言很快就被人掩盖过去,无人问津。

云熹叹了口气,又看了会儿群里消息,总算从他们的只言片语中拼凑出了事情的始末。

南川市教育局出于宣传学校、吸引生源的目的,准备拍期宣传片,展示下南川本地中学的良好风貌,这个任务落在了相邻的两所中学,南川附中和南川一中的身上。

两所学校各推选出两名形象大使,联合拍摄,宣传片将会投放在南川官网及本地电视台上。

这对于普通高中生而言,确实是个不吃力且讨好的事。

可云熹对此的兴趣俨然不大,更别说为了获选而去做刷票的事情。

她盯着手机页面久久愣神,连身后什么时候来了人也不知道。

"想什么这么入迷?"

疏冷嗓音响起,陆祉年单手拿着她的数学卷子站在后边。

见她仍是一脸茫然,他忍不住伸出手去轻弹了下她的脑门,腔调散漫道:"认真点行不行?"

云熹终于回过神来,赶忙将桌上还亮着的手机反扣过去,但这个动作反倒暴露了她方才在干什么。

陆祉年长指一伸，轻松地从她手里夺过手机，挑眉问道："开小差？"

云熹抿着唇，不知道该说什么，瓷白的脸上现出为难的神色："能把手机还给我吗？"

单凭她自己，从陆祉年手中取回手机，显然是不可能的，可那些话，她不想让他看见。

陆祉年望着她，松懒的神色里倏而多出点认真来。他点头："可以还你。"

他晃着手里的手机，跟她打着商量："那你自己说，都发生什么了？"瞥过她眉间神色时，明显看出不对劲来，他道，"不开心，嗯？"

房间内静默了好一会儿，陆祉年接连的问话声在云熹耳畔不停回响，每响一次，就将她的心理防线往后挪一寸。

挪得退无可退的时候，她低低"嗯"了声，她没办法否认。

在看到那些凭空捏造的话语时，她的的确确就是不开心，那些人轻飘飘的一句话就是会在她心里留下或浅或深的痕迹。

云熹深吸一口气，避重就轻地将事情说了一遍，说完，抬头看向陆祉年："其实也没什么，过会儿应该就没人说了。"

空旷的房间内，吊灯在她单薄的身影上落下薄薄一层光圈。

她对面，少年的唇紧抿着，呈平直状，向来没什么情绪的脸在白光下更显漠然。

"说完了？"

她的佯装不在意，陆祉年全看在眼里，但他没戳破，只说道："确实不用放在心上，你该怎么样还怎么样。"

用不着被那些闲言碎语扰了心绪。

云熹抬起头，撞进他泛着光的漆黑瞳孔里，不由得连呼吸都放轻了几分。

擦肩而过的时候，他在她耳边落了一句："交给我。"

她骤然朝着陆祉年看了过去，却只看见个处处透着冷淡的背影，仿佛刚才那句话也只是她的错觉似的。

翌日下了小雨，云熹撑着伞走进一中校园，四周也都是打着伞的同学。

还有半个小时才开始早读，大多同学都步伐悠闲，有认出云熹的同学，好奇地往她身上瞥两眼，她也不在意，神色如常地走在校园里。

没承想，她举着的伞内忽然挤进了个人："不好意思，我没带伞，同学，我能和你共一下吗？"

云熹正想说没事，却在看清女孩面孔的时候微微愣了一下。

跑进来共伞的不是别人，正是那个和她放在一起被讨论的林菲同学。

她之所以有印象，全靠刘晓曼的科普："林菲就是隔壁班的班长，成绩挺不错的，但特别喜欢仗着自己成绩好打别人小报告。"

云熹沉浸在自己的情绪里，还没来得及说什么，林菲已经主动挑起话题："你就是云熹吧，长得真好看。

"难怪那么多人把票投给你，不像我也就只有学习勉强拿得出手，这方面就不太行。"

林菲话里的玄机稍稍一听，就能听出不对劲来，明面上在说人漂亮，暗地里的意思却是内涵云熹刷票且漂亮而无用，顺便还拔高了下自己："这方面不行"，但成绩方面优秀。

望着眼前笑容有些虚假的女孩，云熹四两拨千斤地答了句"谢谢"，就不再说话。

等将人送到教学楼门口，云熹收伞离开，却在转身的瞬间被人给叫住："云熹，今天下午的面试一起去吗？"

林菲口中的面试是本校老师对本次投票排名前三的同学的一个简单考查，听说到时候附中的老师和同学会一起过来。

"不了。"云熹并不想和林菲虚与委蛇，头也不回地就拒绝了。

但没想到的是，就这么个简单的拒绝，都能惹出些风波来。

中午在食堂吃饭的时候，就听见有人在八卦"菲菲也真是好脾气，某人票数作假，菲菲还主动邀请某人一起去参加面试，她居然还不知好歹地拒绝了"。

云熹漫不经心地往声源处看了眼，发现那同学平常就和林菲走得很近，见她看过去，又心虚地噤了声。

等到下午，云熹本来不想去面试，没想到教务处的林老师主动过来叫她："你上次艺术节那个表演我看了，形象很不错，不参加面试可惜了。"

没法拒绝，云熹干脆就去了。

偌大的阶梯教室里，已经坐了林菲和一名男同学，云熹神色淡定地坐了过去。

可才坐下，就见林菲凑了过来，以恰好所有人都能听见的声音说了一句："你也来了呀，听说待会儿附中的同学也会来，你和陆祉年认识对吧？"

云熹转头就瞧见林菲满脸的笑容，热情又无害的样子仿佛不是装出来的。

"认识，可是——"云熹轻扯了下唇，一字一句道，"关你什么事？"

"关我什么事？"

林菲倒是没想到云熹会在众人面前这么不客气，趁着老师去布置现场接电话的时机，又咬牙切齿地说了句："那你为了和他一起拍宣传片票数造假，很有意思吗？"

"你有证据吗？"云熹皱眉，不想跟她多掰扯。

"那你敢说你对陆祉年没有想法？"林菲话说得信誓旦旦，"你还写了信放在他抽屉里，我本来不想说这些，但你的所作所为实在是太令人不耻了。"

什么信，她什么时候写过这种东西？

云熹脸上现出些匪夷所思的神色，转过身望着林菲，正想让她说清楚些，阶梯教室的门突然被人给推开了。

"吱啦"一声，吸引了教室内所有人的目光，先进来的却是陆祉年，附中的其他老师同学都还没到。

他跟老师打了个招呼后，径直朝云熹他们这边走了过来。

他个高腿长，走起路来，身上绕着股若有似无的压迫感，线条锋利的五官在自然光下清楚明晰。

阶梯教室的隔音并不好,陆祉年大概是听到了什么,没看云熹,直接对林菲说了句:"你说信?"

他低低地哼笑了声:"我倒是想收,但还真没有。"

第九章
论般配...

　　信这东西，陆祉年从小到大收过不少，当面递给他的很多，暗暗塞他抽屉里的也很多，他说没有，显然指的是没收到过云熹的。
　　而他这么随口一说，林菲方才的话就站不住脚了。
　　被当事人当面拆穿，林菲面子有些过不去，面色通红地坐在旁边，张张嘴似乎想为自己辩解什么。
　　陆祉年却完全不感兴趣，视线飞快地从她身上收回。
　　他眉眼充斥着强烈的凛冽，颇有种拒人于千里之外的意味在，让人不敢与之搭话。
　　但云熹是习惯了他这副模样的，伸出手轻轻地去拉他的校服外套，想让他先坐下，附中的老师和同学估计就要来了。
　　外套衣摆倏而传来轻微拉扯感，陆祉年垂眼看去，就瞧见云熹仰脸看着他。
　　他顺势走到她左手边的空位："给我留的位置？"
　　云熹其实就是随便挑的座位，但这排的位置不是坐了人就是放了东西，特别巧的是，还真只有她身旁这么个空位。
　　就还真像是她特意给他占了座。
　　原想解释一句的，但云熹抬头时又看见三三两两的老师和同学从后门处走了进来，且正朝着他们这边走来，于是也不知道怎么回事，到嘴边的那句"是这里恰好就有个位置"，突然间变成了"别说了，你快坐吧"。
　　她说话时，仍抓在他衣服上的手还使了点力，那股邀请的味道就更加明显了。
　　陆祉年愣了下，微微惊讶，目光掠过云熹纤白的指尖时，短暂停留了下，旋即低低"嗯"了声。

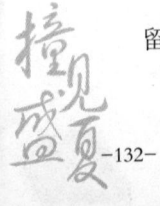

后知后觉地，云熹也终于反应过来自己都说了些什么。但这些话既已说出口，再反复描补，反倒像辩解，于是她只好闭嘴不言。

身旁忽然多了个人，即便不特意去看，云熹也能感受得到陆祉年独一份的清冷气场。

余光里，那人单手撑着脸颊，不知从哪儿变出一支笔，手指灵巧地转着圈。

"看什么，我？"许是注意到她的视线，陆祉年冷不丁发出声气音。

最后一个字有一下没一下地在云熹心头敲打着，她原先还算平静的心绪忽地就掀起层层波澜。

耳垂的热意蔓延至脖颈，在白皙的肌肤上分外明显，她小声说了一句："没。"

连反驳都是有气无力的。

陆祉年手中转的笔倏然顿住："没什么？"

他稍稍侧身，好整以暇地坐着，盯着云熹泛红的耳垂，悄然生出些逗她玩的心思："又不收钱，随便看。"

她脸上的红晕褪去了些，强装镇定地反驳道："别人看不也不收钱。"

陆祉年抬抬眼，话说得漫不经心又不容辩驳："我可没说别人也能随便看。"

他俯身，神色松懒地强调了遍："是不收你的钱。"

云熹轻轻瞪了他一眼，收回目光，别过脸去，动作快得有几分欲盖弥彰的味道在。

恼怒倒不至于，自然光下，她神色有着独属于这个年纪的生动。

二十分钟后，所有人都来齐了，南川教育局分管这块的副局长坐在最前面充当特邀评委。

教务处的林老师让教室里的所有同学依次上去做自我介绍。

前面上台的几位同学或是成绩好，或是长相佳，都有自己的优点和长处在，但也有个共同的缺陷在。

除了当过校园主持人的那个同学，另几位表现得都不够张弛有度，拍宣传片要的那股舒展的感觉没能展现出来。

台下评委老师正襟危坐，脸上表情正经庄重，看不出满意的痕迹。

轮到云熹的时候，已经是面试后期，现场气氛随着时间流逝越发低迷，有种让人昏昏欲睡的沉闷。

云熹扫了眼台下，倒是丝毫没被这种气氛所影响，右手扶着话筒开口道："各位老师同学下午好，我是云熹。"

女孩清脆的声音，蓦地通过扩音器响在教室每个角落。

她话不多，也就简单介绍了下所属班级和自身情况，但句句说在点上，没一句废话。

说话时，云熹全程看着台下，撞上评委老师的眼神，也大大方方地与之对视，没有半点怯场的样子。

"你们这个同学台风不错。"副局长拧开矿泉水瓶盖，简单点评了句，"脸上的表情再生动点就更好了。"

教务处的林老师听到领导肯定，当即拦住了即将下台的云熹，让她再说点别的展示一下。

毫无准备的云熹只能又站回台上，脑海中搜罗着还能再说点什么。

台下坐着的陆祉年隔评委老师还挺近，方才他们说的话，全都一字不漏地听进了耳朵里。

他注视着台上将校服也穿得熨帖好看的女孩，稍稍歪了下头。

在云熹准备再次介绍的时候，忽然下意识地往某个地方看去。

然后，抬眼就看见陆祉年坐在原地，在所有人都没注意到的瞬间，朝她挑了下眉，嘴巴动了动，看口型，似乎在说"熹熹老师，笑一下"。

他眉目本就生得冷淡，不笑的时候半分情绪也没有，真要笑起来，整个人就显得肆意又嚣张。

这两种模样，云熹都见过。

唯独没见过，他此时此刻脸上刻意现出的"轻佻"。明明和他周身气场全然不符，偏偏引发了在台上的云熹忍俊不禁的笑意。

阶梯教室里三三两两地坐着人，有南川教育局特意派来的领导老师，有平日里见面的普通同学，可云熹唯独捕捉到了陆祉年的视线。

台上台下的人，眼神交汇的瞬间，她自然流露出最真实的情绪，随口背诵了北岛的一首小诗。

朗诵完，见陆祉年率先鼓起掌来，台下都是应和的赞许声，云熹

那颗心才悄悄地放下了。

　　面试结束后，林老师让今天来的同学先回去等通知，到时候会结合今天他们的表现以及投票决定最终的人选。
　　云熹倒是无所谓，收拾好自己的东西放进包里，然后慢吞吞地跟在人群后边。
　　踏上门槛的那刻，书包肩带忽然被人扯住，她依着惯性回头，就看见陆祉年单手插着兜站在她身后。
　　"你干什么？"
　　他不答反问："你急着走？"
　　倒是不太急，只是云熹不明白他为什么忽然叫住了自己，她睁大眼向他投去询问的目光。
　　"下午有空吗？齐盛他们还想找你出去玩。"
　　陆祉年看过云熹的课表，最后一节课是可有可无的劳动教育课，在不在教室都无所谓的那种。
　　云熹迟疑地看着他："出去玩？"
　　这不太好吧……
　　看她犹豫，陆祉年干脆换了个说法："也不全是，带你去室外上节劳动教育课而已。"
　　她怎么就不信呢。
　　"去不去？"陆祉年追问。
　　"我想想。"说完，云熹就沿着原路返回教室，按部就班地开始上课做笔记。
　　最后一节课，果不其然如陆祉年所言是节劳动教育课，这种课不仅学生不太放在心上，连老师也不够积极。
　　上课的是个快退休的老教师，来教室露了个面后又缩回了他的办公室。
　　于是，教室里干什么的都有，更有甚者，在教室后方嗑起了瓜子。
　　卫生委员急忙喊道："你们别乱扔瓜子壳啊，弄得到处都是。"
　　"那就扫呗，这可是劳动课。"真是好一个劳动课。

踌躇半晌，云熹合上自己刚检查完的卷子，决定出去透个气，脑子恍然冒出陆祉年走之前丢下的那句"想好了直接来网球场找我就行"。

经过楼梯口，还没来得及迈下一级台阶，云熹耳边忽地响起不疾不徐的嗓音："去哪儿？"

瞧清来人，她脱口而出说了句："你不是在网球场吗？"

"本来是，但——"陆祉年极轻地扯了下嘴角，"还以为你不去了。"

所以他就直接找了过来？

这个想法甫一冒出来，就被云熹摇晃着脑袋压了下去，真要这么想，她觉得自己委实自作多情了些。

到网球场的时候，云熹上次见到的那几个人也都在，见到她都热情地上来打了个招呼。陆祉年去给她放包，领着她介绍的人就成了齐盛："来来来，都认识一下。"

云熹一一打过招呼后，安静地坐在旁边。

一群人开始边做热身边闲聊："这回这个什么形象大使是不是陆哥啊？"

"你这不是说废话吗？陆哥这长相、气场，当仁不让的现阶段投票第一！"

"咱学校不是还有一个吗，谁啊？"

有人偷偷觑了云熹一眼，小声且含糊地说："好像是郑校花吧。"

"她还没死心？"李岩皱眉道。

恰逢云熹喝完橙汁抬起头来，同李岩撞上视线，她还没说什么，就听李岩连忙摆手否认道："你可别听我们胡说八道。论般配，肯定还是你跟陆哥。"

云熹："啊？"

般什么配？

闻言，云熹瓷白的脸"噌"地红了起来，她想解释，但又不知道该如何解释。

她下意识地看向陆祉年，像是在看自己唯一的救兵。

——少年此刻正站在网球场门口，低垂着头，拿着手机像是在和人说什么。

注意到云熹的目光后,他偏过头随口跟人说了两句,就将手机揣回兜里,继而径直朝她这边走了过来。

被定住般,云熹怔在原地,看着视线里的身影由远及近,直到头顶落下一片阴影,他在她面前顿住了脚步。

云熹抿着唇,还没来得及说什么,就听见陆祉年不轻不重地问了句:"怎么了这是?"

陆祉年扯了扯嘴角,视线在现场几个人的身上来回转了圈:"趁我不在,你们欺负她了?"

他觉察出云熹脸上的不自在,不着痕迹地将人扯到身后,话里话外都是维护的意味。

"陆哥,我们哪敢啊!"

"没,他们没对我做什么。"

辩解声和云熹的澄清几乎是同时响起。

两道声音在空气中交叠,大家不约而同地看向方才出声说话的陆祉年。

"没有就行。"陆祉年低哂道。

他先觑了眼站在他身后的云熹,见她面色恢复如常,才转过头看向齐盛那边:"你们先去玩两局,我待会儿过来。"

齐盛连声应下,挥了挥手,围在周围的几个男生也纷纷放下饮料往场地走去。

许是受了他们齐齐往外走的影响,云熹也不由自主地转身离开。

然而她还没走两步,手腕就倏而被人攥住,耳畔旋即传来道懒洋洋的嗓音:"说他们,又没让你走。"

云熹一下停在了原地,自手腕传来的温度让她挪不开脚。

她总觉得陆祉年视线明明很淡,却偏偏如有实质般,存在感特别强烈,落在她身上,有种灼热的烫感。

好在陆祉年的目光在云熹身上没停留太久,他转过身去,扯了个还算干净的垫子铺在台阶上,示意她坐:"我有话和你说。"

云熹轻轻"哦"了声,顺势坐了下来,好奇他会说些什么。

"投票 bug 的事查出来了,确实存在刷票,你的选项被人动了手脚。"

—137—

陆祉年方才和人打电话，就是在处理这件事，跟进投票 bug 的调查进展。

正好他一朋友是常年写代码的，查这么个小把戏简直轻而易举，顺便还帮他通过 IP 地址锁定了真正动手脚的人。

距事情的真相曝光就剩了捅破一层窗户纸的距离，但陆祉年觉得这事还是有必要告诉云熹，让她自己决定怎么处理。

"是谁？"云熹轻轻问道。

"林菲。"陆祉年顿了下，继续说道，"确切来说，是林菲的哥哥。"

拍宣传片的名额对林菲来说，确实很有诱惑力，为此，兄妹俩联手，演了这么一出戏。

哥哥负责刷竞争对手的票数，也就是云熹的票数，制造显而易见的票数作假，让她被众人质疑中伤。妹妹则负责在学校里带节奏，塑造与世无争的良好形象。

这一出，可比纯粹的陷害玩得高明了些。

给云熹浏览相关证据时，陆祉年单手扯开易拉罐，在汽水"吱吱"冒泡，发出声响的间隙，冷不丁问了句："你想怎么处理？"

"将证据直接公布吧。"云熹收回目光，面色平静地说了句。

她没有富余的同情心，用在陷害自己的人身上。

说完，她看向陆祉年，正想谢谢他帮了自己这么大一个忙时，她忽然瞥见他目光淡漠，面上情绪也尽数敛去，不知道在想什么。

云熹心里忽然没了底，以为他觉得自己的处理方式太不给人留情面。

毕竟，这个世界所有的相处方式都在教会人，遇事做人要留三分情面，睚眦必报更是万万不可取，要懂得原谅。

她抿着唇踌躇半晌道："你觉得，我是不是不应该……"

但是云熹话才到嘴边，就被拦下，陆祉年抬抬眼，极轻地扯了下嘴角："不。"

"我的意思是，你想怎么样就怎么样。"

受害者寻求公道何必畏缩缩，他没经历过云熹所承受的，难道还能替她原谅不成？

他眉梢轻挑，仰头喝了口汽水："大不了我兜着。"

云熹一瞬不移地望着陆祉年，目光停在他撩起的薄薄眼皮上，轻轻"哦"了声。

两人之间的身高差让陆祉年轻易就将手搭放在云熹肩上，但他从始至终都只是虚虚浮着，中间隔着那么一寸。

正是这一寸才格外让人心动。

"别愣着了，去玩两局。"

云熹有时觉得陆祉年这人挺矛盾，看长相、气质，分明是那类浑不憛的人，连眉眼都生生透着框不住的肆意桀骜。可他偏偏在某些时候，又绅士到了极致，将所谓的"度"拿捏得极好。

借着余光偷瞄他的侧脸，云熹看见他那线条分明的轮廓染上薄薄一层光辉。

倏而，那轮廓凑近，他将球拍交到她手上："试试看。"

云熹对面是那个叫李岩的男生，陆祉年没上场，他就站在她身后。

"陆哥，你站后边让我压力很大啊。"开球前，李岩没忍住嘻嘻哈哈道。

陆祉年懒得跟他贫，只说了句："好好打。"然后就往后退了几步，把舞台和发挥空间留给云熹。

那边李岩还在喋喋不休说个不停，这下却是对云熹说的："光打球有什么意思，不如我们赌个什么，比如输的人请赢的人吃饭怎么样？"

比赛的彩头而已，云熹没道理不答应，她轻点头，说了声"好"。

五分钟后，比赛正式开始。

其实云熹打网球的技术还不错，头几个来回她都占了上风，但越往后打，她体力方面的缺陷就越体现了出来。

等到中场休息的时候，她前几回合的优势，以及领先的比分已经被李岩追平。

这个结果倒也不是很出人意料，云熹对自己的体力还是有一定认识的，前半场尽了力，最后的输赢也就没那么重要了。

她坐在场外休息，抬头时看见陆祉年单手拎着一瓶矿泉水走来："表现不错。"

"谢谢。"云熹回了个笑容，手中的矿泉水瓶已经被拧开过，喝起来很轻松。

刚才在场上也是如此，她每每有出彩的地方，身后总是会适时地响起掌声。

清脆掌声凭空响起，仿佛是独独给她一个人的嘉奖。

后半场，云熹照例往场上走去，却被陆祉年拦了下来："我替你？"

明明是问句，但由他说出来，总给人一种不容辩驳的气势。

她还没反应过来，陆祉年就从她手里接过球拍替她上场，整个人的背影潇洒又利落。

云熹停在原地，恍惚中感觉到头被轻拍了下，有人在她耳边说了句："你再休息会儿。"

从选手沦为观众的云熹乖乖站在陆祉年先前站过的地方，准备继续欣赏这场更换了选手的友谊比赛。

还没开始，她就听见李岩抗议了句："陆哥你怎么上来了？"

云熹脸红了下，站在后边有些不好意思。

结果听见前面那人低声笑了下："不好意思，我是她替补。"

陆祉年低垂着眼，眉眼中露出那么点若有似无的歉意："所以，下半场我替她上。"

李岩心道：替补？几乎从未有过败绩的陆祉年也会给人当替补？

李岩只想说句"您真的是太瞧得起我了"。

最后，几个回合下来，胜负分得很快，某陆姓替补选手轻松替云熹赢下了比赛。

不过，最开始的赌注没有变。

下场的时候，看着嘴里嚷嚷着"不打了不打了"的李岩，陆祉年不疾不徐地说了句："那餐饭还算数，我们这边请。"

含泪下场的李岩一下变了表情，心里不再嘀咕，转而换上了笑脸道："这怎么好意思呢？那我们什么时候去？"

闻言，陆祉年解着手上的护腕，朝云熹扬了扬下巴："问她。"

李岩渴望的视线一下就挪到了云熹的身上。

眼看着他就要喊她"姐"了，云熹赶忙摇头阻止了他："什么时候去都行的。"

有了她这话，李岩兴高采烈地收起球拍："那就择日不如撞日，就今晚吧。"

玩得差不多了的齐盛他们，自然没放过这个蹭饭的好机会："陆哥，我们也想去。"

陆祉年随意地点了点头，算是准了。

一行人于是浩浩荡荡地往市中心走去，云熹步子小，落在了后边。

可她偏头一看，却发现原本被众人簇拥着的陆祉年不知什么时候，脱离了人群，走到她的身侧。

他没出声催促，就这么不紧不慢地跟在她旁边，被路灯拉得长长的影子，就这么任她踩在了脚下。

最后，众人选了家网红日料店。

店里生意很好，包厢里坐满了人，去的时候服务员告知可能还需要等个五分钟。

陆祉年倒不介意，让他们先等，瞥了眼外头正在卖炒酸奶，阔步走了出去。

他觉得，有人可能会喜欢。

云熹则坐在店里的等候区，手里是齐盛给她抓来的摆在休闲区的零食，她听着他们有一搭没一搭地闲聊，也不觉得无趣。

"齐盛，李岩，你们怎么在这儿？"

忽然，包厢里走出一个女孩，像是和他们认识，热情地说道："你们在等位吗？要不和我们拼个桌？"

女孩的目光扫视一圈后，又试探性地说了句："陆祉年没和你们一起吗？"

云熹手中的动作顿住，耳边恰时响起李岩小声的介绍："她叫郑薇薇，是我们学校的校花。"

原来是校花，她了解地点了点头。

"不一起吃饭吗，今天可是我生日。"那边郑薇薇还在邀请他们。

"不了。"门口响起疏冷嗓音，是陆祉年过来了。

云熹抬头望去，就见他拒绝道："生日快乐，但吃饭就不必了。"

悄然抬眼，陆祉年高瘦挺拔的身影瞬间占据了云熹几乎全部的视线。

她稳了稳心神,然后稍稍偏过头,越过他去看前边的郑薇薇。

实话说,郑薇薇的校花名号的确是名副其实,巴掌大小的脸上五官精致,笑起来时流露出种楚楚可怜的味道。

看着就很难让人说出拒绝的话来。

云熹的目光在郑薇薇的脸上停留了会儿,很快便听她温温柔柔地说了句"谢谢"。

被拒绝了,郑薇薇脸上也仍然撑着笑意问道:"不吃饭,那我请大家吃块生日蛋糕总是可以的吧。"

她表现得大方又得体,至少表面看上去是滴水不漏地将每个人的面子都照顾到了的。

连云熹也觉得陆祉年会顺势应下,正准备说"你们去吧,我在这儿等你们回来"时,却又听见他淡漠声线徐徐响起。

"我不知道你生日,礼物也没准备,蛋糕我就不吃了。"陆祉年转头扫了齐盛他们一眼,不咸不淡地说了句,"你们去吧。"

言外之意是他就不去了。

郑薇薇勉力维持的笑容终于撑不住了,她没想到自己都这么说了,换来的还是这么个结果。

"不用什么礼物的。"

她话说得急,瞧见陆祉年手上提的炒酸奶,口不择言道:"随便什么,或者,就送这个也行。"

因郑薇薇的话,众人目光不约而同地汇聚到了陆祉年手上那盒炒酸奶上。

他全身上下都是干净又利落的黑色,随便往那儿一站,都是冷淡的酷哥风,唯独手上的酸奶块形状各异、色彩斑斓,同他本人格格不入,偏又被他亲手提着。

如果不是亲眼看见,估计没人会相信陆祉年也会买这个。

云熹抿着唇没说话,视线不着痕迹地落在透明食盒里的酸奶块上。

理智告诉她,陆祉年送与不送都同她没有关系,可心里骤然翻涌的细小情绪也不是假的。

算了。云熹偏过头挪开眼,开始有一搭没一搭地把玩着手上的山

楂味软糖。

正撕开包装准备吃的时候,她忽地听见陆祉年的声音再度响起:"抱歉,这个不行。"

像是只过了一瞬又像是过了很久,空气中凝滞的沉默被他亲口终结。他面上的松懒神色收了收,觑了眼郑薇薇道:"礼物下次补给你,有想要的东西可以直接说。

"至于这个——"

陆祉年手松开,装着酸奶块的食盒倏而落在云熹的膝盖上。他面色坦荡,没有丝毫隐瞒的意思:"是给她买的。"

这下愣住的人成了云熹,且又不只是她。

陆祉年的这句"是给她买的",毫无预兆地砸在现场每个人心里。

先回过神的是郑薇薇,她张了张嘴,像是还想再说些什么:"我、我不是……"

陆祉年将她脸上神情尽收眼底,却当没看见,他指着云熹膝盖上的酸奶块淡声说道:"如果是问这个的话,门口有卖,十二块一盒。

"没别的事,我们就先去吃饭了。"

淡漠的声音将郑薇薇或许还想说出口,却又不那么合时宜的话,尽数阻隔在外。

陆祉年从来都是如此,他不是看不出女生那些或多或少的小心思,谁对他有意思还是没意思,他往往能一眼看出。

可他大多时候都懒得去戳破,就当是给彼此留下最基本的情面。

关于这个问题,齐盛其实问过陆祉年很多遍:"那么多女生对你有好感,你就非得拒绝,伤别人的心?"

他对这种问题一贯是置之不理的,只偶尔一次,低声嗤笑道:"不喜欢还吊着别人很有意思?"

这不是更大的伤害?

仿佛是那天上月,高高悬挂着,兀自洒着清辉。

再如何受人爱慕,也不肯给无关的人留哪怕一点多余的幻想。

包厢内,云熹从怀里掏出酸奶块,后知后觉地向陆祉年确认了一遍:"给我买的?"

他俩坐在包厢左侧角落位置,按理说,是聚餐时不易引起人注意的地方,可刚刚外面那一出,愣是让在座所有人的目光都有意无意地朝他俩身上瞟。

也因此,所有人都竖起耳朵,听见陆祉年不厌其烦地"嗯"了声:"给你买的。"

"那你怎么突然想起买这个?"云熹小声问道。

陆祉年腔调散漫道:"很多人在买。"

他没刻意压低音量,说出来的话大家都能听见。

已经点完菜的李岩大概是脑子里缺了根筋,惊讶地问道:"陆哥你竟然也会跟风买这些?"

陆祉年不置可否,瞥了李岩一眼没说话。跟陆祉年做了许多年兄弟的齐盛,却隐约明白过来他话中意思。

来的时候,开在日料店旁的炒酸奶铺子生意肉眼可见的好,店门外排着长龙,很多人都在买的结果就是,广场上随处可见捧着酸奶盒子的年轻女生。

他陆哥恐怕是觉得,那东西别人都有,云熹没道理两手空空。

至于宣传片的面试结果,云熹到学校的那天上午就出来了。有关于林菲故意在投票选项上动手脚的证据早被人匿名提交到了学校教务处。

事情处理得很快,学校出了份盖章的公告贴在告示栏,将事情来龙去脉说得很清楚。

白纸黑字地写着:

> 我校某同学恶意篡改投票程序的行为,严重伤害到了无辜同学的声誉,学校已按相关规定进行处理。

有了这番话,再联系下此次宣传片竞选云熹中选,而林菲落选且被老师约谈,明眼人基本已经能看出事情的真相。

谣言不攻自破,没有人敢再在云熹背后乱说些什么,她的生活再

度恢复平静。

而这自然得感谢陆祉年。

云熹望着窗外，看着毫不相干的树和花，脑海里倏而就浮现出那张眉眼透着冷淡，却又总会藏着不明显笑意的脸来。

她的心也因此悄然沸腾着，像夏天会"咕咕"冒泡的可乐，一下又一下。

不过，人家帮了忙，她总不能视而不见无动于衷，装作什么也没发生过一样。

她想了想，掏出手机发了条消息过去。

cloud：你下午有空吗？

．：有事？

那边消息回得很快，倒是让云熹这个发消息的人显得有些始料未及。

她手指在屏幕上移动，犹豫地将"没事"两个字删掉，飞快打出另外的话。

cloud：如果有空的话，下午要不要去喝点东西什么的，我请你。

她鼓起勇气发完，心却仿佛悬在半空，上上下下全由他定。

甚至，她有点不敢看陆祉年会回些什么。

每一秒仿佛都被无限拉长，云熹总觉得这次消息发来的时间要更长些，她瞧着对话框上方显示的"对方正在输入中"，缓缓叹了口气。

"嘀——"手机传来响动。

短促铃声中，她不受控地胡思乱想，想陆祉年会不会干脆拒绝，就像他拒绝别人一样。

云熹抿着唇，朝已然亮起的屏幕投去视线，旋即看见沉寂两三分钟的对话框里，忽而弹出句话，让她神思恍惚中差点没拿稳手机。

．：你在约我？

你、在、约、我。

怎么简简单单四个字就这么能引人遐想？

是她理解错了，是她多想了吧。

云熹稳住心神，硬着头皮回了句：那你有时间吗？

．：是你的话，有。

看到这话，云熹的指尖倏而顿在手机屏幕上。

不怪她多想，陆祉年但凡没那么冷淡凌厉，换个态度好好说话的时候，拿捏人心从来是一流。

好半晌，云熹揉了揉脸颊，让自己清醒了点，才又接着回复了句。

cloud：那你有什么想喝的吗？

. ：都行。

. ：地方你定，我请。

"熹熹，你、你在跟谁聊天吗……"同桌刘晓曼忽然凑了过来，"聊得很开心吗？"

云熹忽然有些心虚，赶忙将手机收进课桌，小声说了句："没。"她嘴上否认，脸上神情却是一览无遗。

刘晓曼看着她摇了摇头，笃定道："可是熹熹，你脸红了哎。"

透明的大玻璃窗里，清晰映照着女孩的倒影，向来无波无澜的脸忽然间生动起来，瓷白肤色多出抹薄红。

欲盖……弥彰。

附中校外篮球场，陆祉年夹着球从场上走过，解下护腕。黑色的6号球衣撩起些，露出流畅明显的肌肉细条。

齐盛看在眼里，又望了眼明里暗里往陆祉年身上瞟的几个女生，不轻不重地"啧"了声："陆哥你往这儿一站，还有别人什么事啊？"

陆祉年没理会这句戏谑，面无表情地将球扔给他，说了句："不打了，我先走了。"

"别啊，你这一走那些观众估计都得走了。"

齐盛说的可是大实话，围观的观众，特别是女生，都是来看谁的，大家心知肚明。

"就再打一局？"

"你是来打球的，要什么观众？"陆祉年气笑道，"让开。"

正换衣服，不远处突然传来男生的大嗓门："钱志强你少吹点牛皮，快要吹上天了你知道吗？"

陆祉年眯着眼望过去，漆黑的眼里蓦地翻涌上一层晦色。

附中这个篮球场因为是设在校外，所以平日里来蹭场地的闲杂人

不少,旁边两所职校的学生也经常来玩。

那几个正在吵吵闹闹的男生,身上套的就是其他院校的校服外套。

"你别不信,我那女朋友可漂亮了,长相、身材可是校花级别的。"

正嚷嚷得脸红脖子粗的人,赫然就是前些日子来学校骚扰云熹的钱志强。

陆祉年对他有印象,没顾齐盛的挽留,抬腿往那边走了过去。

钱志强身边的男生明显不信:"有种你叫出来看看,少装。"

被这么一激,钱志强还真掏出手机:"不信我给你看照片。"

他点开相册,露出张抓拍,照片上的女孩静静站着,任光线多模糊昏暗,漂亮五官仍生生透出种气质来。

旁边那男生明显被惊艳到了,愣住没说话。钱志强则满脸的扬扬自得之意:"漂亮吧,都说了,我女朋友可是校花级别的。"

"哐——"

空气中突然传来闷响,谁都没来得及反应的瞬间,钱志强刚才还好好地拿在手上的手机被飞来的篮球砸中,飞出好几米远。

他暴跳如雷,破口大骂:"哪个不长眼的——"

却在抬头的瞬间瞧见陆祉年冷着脸站在前面。

钱志强本来记不清陆祉年的面孔,但少年眉眼间藏着的戾气、冷意硬生生地唤回了他的记忆。

"你女朋友?"冷得仿若一丝情绪也无的嗓音响起。

那张照片上的女孩是云熹,在钱志强点开炫耀的瞬间,陆祉年就认了出来。

他垂着眼,没什么表情地走到那部手机前,声线极度漠然:"你也配?"

转瞬间,空气中响起手机屏幕被踹过的碎裂声。

第十章

你值得...

南川一中。

"丁零丁零——"

放学铃才打过第一遍,教室里就已经有同学开始迫不及待地收拾书包,准备回家。

却不见云熹的动静,她只是低垂着眼,静静坐在课桌前。

"熹熹,你、你还不走吗?"

刘晓曼记得云熹今天下午貌似约了人出去玩,于是边清理着桌上课本,边小声问了句。

闻言,怔在自己座位的云熹回过神来,勉强挤出个笑容道:"我就走,晓曼你也早点回家,注意安全。"

"那我先走了,熹熹再见。"

"嗯,明天见。"

可等到教室里的人陆陆续续都走得差不多了,云熹仍然还停留在原地。

她微抿了下唇,然后掏出手机看了眼,却发现微信界面的对话框,还停留在她十五分钟前发的消息上。

cloud:待会儿放了学,就在校门口那棵樟树下见行吗?

cloud:你有什么想喝的吗?

好不容易冒出条消息来,也只是寥寥数语,像匆忙之下随手打出来的几个字。

.:你先回家。

陆祉年让她先回家,是不打算去了?那中午约好的事情不算数了吗?

云熹脑海里闪过很多个念头,却纷纷扰扰,找不出一个答案。

明明想问问陆祉年到底是发生了什么，最后却还是在纠结犹豫中敲了个"好"字上去。

没去喝东西，云熹独自回了陆家，在只有她一个人的客厅里翻出书本做起了功课。

她看得很认真，像是想用学习来转移自己的注意力，好将脑海里另一件事暂时忘记一样。

她从黄昏日落，天空中仍有薄薄的暗光之际，一直坐到了天色暗沉沉，被幕布遮掩般严严实实，透不出一丝光亮的时候，陆祉年还是没有回来。

合上做完的练习册，云熹终究没能按捺住，在他没回的消息对话下又发了一条。

cloud：已经很晚了，你还不回来吗？

发出去后，她才意识到这句话看上去有些亲密，熟稔得好像不只是朋友。

放在平时，大概率会被他打趣。

思及此，云熹的思绪渐趋飘远，可手机屏幕却一点一点地暗了下去，黑漆漆的，半点动静也没有。

悄然翻涌的情绪仿佛被浇了盆冷水，灭得无声无息。

一秒，两秒。

一分钟，两分钟。

云熹睁着眼，在心里默数了一遍又一遍，都没有等到手机屏幕再度亮起。

悬着的那颗心早已从空中坠下，被失落失望覆盖过去。

最后，云熹起身上楼，回到房间关上了门。

她没开灯，在黑暗中摸索着坐在落地窗前，望着外边的璀璨灯火，脸上没有什么多余表情。

手指停在手机屏幕上，敲敲打打，那条"你再不回来我就睡了"反复几次都没有成功发出去，到底还是不忍心。

"滴答滴答——"

听见雨打树叶的声音时，云熹刚刚合上的眼猛然睁开，手往外探，真切地感受到雨意的时候，她心里倏然一凉。

今天出门，陆祉年是没有带伞的。

看了眼天气预报，雨势只会越来越大。

来不及细想，云熹抿着唇，迅疾地起身，边继续给人发消息询问位置，边取伞往外走。

说不上运气好还是不好，在雨里走了一小段距离后，她在分岔路口撞见了那个熟悉人影。

既熟悉又陌生。

熟悉的是那张脸、那个人，陌生的是他身上散发出的夜雨般的寒意，以及手背细小的伤口。

云熹撑伞走近，目光仔仔细细地扫过他身上每一处，唇抿得越发紧。

"今天是怎么回事？"她绷着脸问道，眼神满是认真。

昏黄的路灯光线下，陆祉年望着前方女孩纤细的身形，漆黑瞳孔有一瞬间收缩，旋即很快恢复平静，不答反问："不是让你回家，怎么出来了？"

"那你呢，你为什么这么晚才回？"云熹远做不到像他这样镇定，说话的时候，嗓音俨然有些抖。

她眼睛很干净，琥珀似的一览无遗，陆祉年甚至能在她眼里清楚瞧见自己的倒影，一副得不到解释不会罢休的架势。

"遇到了点小麻烦。"

陆祉年卸去眉间暗藏的冷然，又恢复到了在她面前那副散漫好说话的模样，轻描淡写道："不过，已经解决了。"

"真的？"云熹脸上有小小的怀疑。

陆祉年旋即轻笑："骗你干什么。"

陆祉年："今晚算我失约，下次我请。"

淅淅沥沥的雨中，两人一前一后地往家里走去。伞身倾斜，大部分笼罩在云熹那边，她试着推了推，想将其扶正，可过了不了多久，还是会变成原来的样子。

就某些方面而言，陆祉年比她固执得多。

就像他不愿说出今晚到底发生了什么，她也就无从探究。

直到某天放学后，云熹再次遇到钱志强，跟从前的死缠烂打截然

相反的是，这次，他见到她就跑得远远的。

她皱眉没说话，心中却有隐隐的猜测成型，稍微打听了下，居然真的打听出来一些东西。

那个陆祉年晚归又失约的晚上，有人说在球场看见了他和钱志强站在一起。

可他们两个人，八竿子打不着的，能有什么事？

…………

回家后，云熹装作不经意地提起，果然捕捉到了陆祉年脸上稍纵即逝的意外。

她心里藏不住事，索性鼓足勇气问了出来："那天的事，是不是跟我有关？"

见瞒不住，陆祉年也就没打算接着瞒，敛起周身散漫气场，他盯着她，语气平淡："都过去了，你别多想。"

可云熹在意的不是这个，她并不希望因为自己，让陆祉年卷进钱志强这潭浑水里。

她忍不住出声道："钱志强那样的人根本就不值得你多计较。"

望着陆祉年向来平静漠然的脸，云熹心头翻涌出难以遏制的情绪，甚至连说话都有些语无伦次："不是你自己说的吗，不值得为他那样的人费心——"

月光漏进来，无差别地笼罩在每一处。

女孩眼眶微微泛红，仿佛下一秒眼泪就要掉下来。

"他不值得。"陆祉年接口道，转而发出轻叹，"你值得。"

可是，你值得。

云熹愣在原地，没说完的话倏而止住，瓷白的脸上现出些不知所措。

而就在她茫然之际，忽然感觉到自己被拥入一个温暖怀抱里，能感受到彼此体温，也能听到擂鼓般的心跳声。

距离拉近的瞬间，陆祉年反手扣住云熹单薄的肩膀，尽力控制着手下力道，轻声说了句："以后，我都不会再让他有机会接近你。"

陆祉年指的是钱志强。

球场上那次，钱志强话里话外透露出的信息，他听得很明白。

云熹以前过得并不好，至少寄居在舅舅家，和钱志强那个人渣处在同一屋檐下的日子里，过得一点都不好。

那些乱七八糟的情绪尽数褪去后，陆祉年闭眼就能想起的，只剩云熹望着他的脸。

"以后不会了。

"我会保护你。"

那晚过后，云熹的生活好像并没有太大的变化，她照常上课，过着家里、学校两点一线的生活，一切都没什么不同，除了……

除了看向陆祉年时，脑海中常常回响起那晚他说过的话。

他说他会保护她。

没人跟云熹说过这个，哪怕是不会作数的玩笑话，也足够激起她心中千层涟漪。

正值下课时间，教室里聊天说话的人很多，喧闹的背景音下，云熹坐在课桌前，出神地看着自己才复习过一遍的错题集。

从枯燥乏味的学习中脱离，她手里握着笔，无知无觉地在本子上的空白处写下了点什么。定睛一看，她才发现黑色水性笔留下的是"陆祉年"三个大字。

她鬼使神差般写下的，是他的名字。

这个认知让云熹心跳猛地漏了一拍，当背后传来呼喊时，她更是做贼心虚般，伸出手挡在了纸上。

动作像极了欲盖弥彰。

"熹熹，你、你还在学习吗？"

云熹回头望了眼，才发现喊住自己的，是才从办公室回来的同桌刘晓曼。

闻言，她轻摇了摇头："没，有什么事吗？"

"我刚刚在办公室听张老师说，这次全市联考的成绩排名已经出来了。"刘晓曼觑了眼四周，附在云熹耳边悄悄说道，"我还听说你这次考得好像很不错。"

云熹"嗯"了声，脸上表情没有太大变化，点了下头表示自己知道了，然后拉过刘晓曼的手，让她坐回座位："下节就是数学课，你

要不要再看眼昨天布置的作业。"

"熹熹，你……"刘晓曼一时语塞，想不出别的词来描述，好半天才吐出句，"你好淡定啊。"

刘晓曼还是头次看见听说自己考得很好，还能这么平静的人，且这份平静半点不像装的。

"考试考查的是对知识的掌握能力，只要还不到高考，分数反而在其次。"云熹有些哭笑不得，不由自主地将某人讲题时，跟她说过的话复述了遍。

"一时的分数没必要太放在心上。"

过于计较，反而得不偿失。

刘晓曼似懂非懂地点点头，又像想起什么似的突然问道："对了熹熹，我们、我们学校那个宣传片的拍摄，是、是什么时候开始来着？"

这些天，学校关于这件事的讨论又起来了，不外乎是因为隔壁附中的拍摄人选已经选定，由陆祉年这个常年被同学们挂在嘴边的话题人物来担任。

另一个人则是云熹在日料店碰见过的女生郑薇薇。

不少同学都在讨论云熹跟郑薇薇到底谁更漂亮，总之拍摄还没开始，本次宣传片的话题度就已经先拉满了。

下午时候班主任手里拿着大摞答题卡走进教室，顺便在课前讲了下本次全市联考的成绩。

和刘晓曼在办公室里听到的一样，云熹考得很好。

"在这里，我要重点表扬下云熹同学，本次考试进步很大，且不是一般的大。"班主任张老师顿了下，卖了个关子才说道，"云熹同学在本次联考中班级排名第一、全校排名前十，希望大家多多向她学习。"

张老师话音刚落，底下不少同学发出惊呼。

"太厉害了吧，我记得她上次考试还排在年级两百名。"

"看着是挺努力的，但才半个学期啊，这进步速度真的绝了。"

"全校前十，牛啊牛啊。"

接收到不少偷偷瞥来的目光的云熹，虽然对这个结果也有点意料之外，但面上还是很淡定，最多是在看向陆祉年给她写下的那些数学题解题步骤时，嘴角轻轻弯了下。

她自顾自地写起了卷子，置身于喋喋不休的喧闹声中，却又视那些于无物。

就像云熹一直觉得考试和成绩是自己的事情，跟别人无关。

但放学时候无意中听到的议论声告诉她，还真不是。有的人就是闲得无聊，目光总爱放在别人身上。

南川一中高三教学楼大门处立了块鲜红的牌子，上边是每次考试过后学生从高到低的成绩排名。学校在这方面速度很快，才出的成绩，牌子就已经换上了。

云熹下楼的时候恰巧看见有人站在成绩榜前指指点点。

"吴天祥，听说你们班这次第一名换人了，好像还是个女孩子？"

"你不行啊，连个女的都考不过。"

被点名的男生明显地冷哼了声，言语不屑："谁知道她这个第一是怎么来的？"

停在角落的云熹倏地怔住，刚刚那个名字她只是觉得听上去有几分耳熟，但想不起到底是谁。

这下男生一说话，她勉强记起他貌似是班上同学，一个天天霸占着教室前排位置奋笔疾书的"学霸"。

再抬眼时，云熹就看见那个叫"吴天祥"的学霸指着她在成绩榜上的名字一通指点："她上次考试排名还不知道在哪个犄角旮旯里，这次就突飞猛进，你真的以为没有一点猫腻？"

"你是说她作弊……"吴天祥身边站着的那个男生欲言又止。

"谁知道呢？"吴天祥讥讽地笑了声，"她上次不是还被爆投票数作假吗？这次故技重施了也说不定。"

他们说的话，角落里站着的云熹，一字不漏地全听了进去。

她倒是没想到男生小心眼起来，也能到这个地步，一次考试的失利，就能让他们在背后颠倒黑白、搬弄是非。

云熹反倒不生气，只觉得他们可怜又可笑，正想若无其事地走过去时，稍远处倏而传来一道熟悉嗓音。

再次抬头，云熹就看见陆祉年松松垮垮地站在成绩榜前，干净指

节叩在她名字上方，懒洋洋地问："你们是说她成绩有猫腻？"

如遇知音般，吴天祥忙不迭地点头："谁说不是呢，不然你以为她成绩能进步这么快？"

"她当然可以。"陆祉年疏懒眉眼溢出笑意，只是朝着男生说话时，笑意尽数敛去，语调冷了几分，"但你这种背后嚼人舌根的，成绩有几分真假——抑或是人品到底怎么样，那我还真不知道。"

陆祉年面无表情，却无端让人觉出深深嘲弄。

吴天祥脸色红一阵白一阵，终于反应过来面前人说的话全是反讽，他就像只猴子，被人耍得团团转。

陆祉年兴致缺缺地转过脸去，往楼道角落招了招手："站那儿干什么，过来。"

他一眼就看见了云熹，喊话时，姿态闲适，语气透着股若有似无的亲近。

楼道里没别人，被唤的云熹慢腾腾地挪了过去，没管杵在旁边的两个男生，径直走向了陆祉年，轻声问道："你怎么来了？"

"来看看。"陆祉年扬了扬眉，最后一个"你"字，他想了下，还是咽了回去。

他比别人更清楚，她有多容易脸红害羞。

他身上松松垮垮地穿着校服，无端流露出一种恣意，眉眼带笑，指着成绩榜上的分数夸了句："厉害。"

"可我听别人说你考了全市联考第一。"云熹自知她的分数在他面前是不够看的，也担不起他这一句厉害。

偏陆祉年嘴角勾起，漆黑瞳孔里映照着落日最后的余晖，说话时伴着低低气音："第一吗？"

他意有所指道："可我还是觉得，你最厉害。"

不惧流言，只是向上的姿态，厉害又漂亮。

你最厉害。

简单四个字，却蓦地让云熹心脏漏跳了一拍。

她小幅度地抬起头，余光里是陆祉年轮廓明晰的侧脸。

"没听清吗？"见她没说话，陆祉年歪了下头，"那我再说一遍？"

不用，真不用再说一遍。

眼看着陆祉年薄唇微张，真就要说出点什么来，云熹恍然间回过神来，慌乱地伸手去捂他的嘴。

四目相对时，她猝不及防地对上眼前人漆黑的瞳孔，仿佛深不可测，又……

又仿佛直白得清晰可见，松松懒懒的眼睛里，浮着她一个人的倒影。

云熹忽然就屏住了呼吸，可张了张嘴，却说不出话来，等到掌心生出温热触感时，才觉出一些别的不对劲。

她手覆盖在陆祉年的下半张脸，以及往日里那总是紧抿着的唇上。这个认识让云熹涣散的意识猛然集中，她想将手挪开，却在撤离的当下，手腕被陆祉年捉住。

他看上去只是松松抓着，劲不大，但她稍微动了下就会发现，根本抽不出。

云熹盯着那搭在自己手腕上的修长指节，不由自主地出声道："你……"

可她话还没说出口，就听见身侧传来的疏懒嗓音，一字一句地调侃："我什么？"

云熹懊恼地低下头，可那双黑白分明的眼睛里，讶异和无辜意味一览无余。

只不过，手腕还被人攥着，于是她磕绊着解释："我以为，我以为……"却没能"以为"出个所以然来。

毕竟，云熹总不能说自己以为他要说些什么不大正经的话，才急得想去捂他的嘴吧。

这未免有点太冤枉人了。

她摇着头，最后无力地说了句："我不是故意的。"

"谁说你是故意的了？"耳边却传来声轻笑。

陆祉年的视线从云熹头顶一寸一寸地向下挪，从她脸上游移，直至定格在她微红的耳尖，然后哼笑了声，慢慢悠悠地说了句："我又没怪你，又没说——"

没说什么？

-156-

云熹悄然抬起脸，撞上他望过来的目光，忽然就好奇他要说些什么。

"又没说不让你捂。"陆祉年嘴角勾起，向来没什么情绪的语调有了起伏。

他的话音就在云熹耳边不断回响，字字句句，如海水冲刷般，在她脑海中留下痕迹。

这点小事，他还不至于这么计较，哪怕他平时并不太喜欢跟人有肢体接触。

云熹轻轻"哦"了声。

像是错觉般，她总觉得他目光仿若有了温度，让她周身的空气都跟着热烈起来。

晚上，陆祉年被陆叔叔叫去别人家赴宴，云熹不大喜欢这样的场合，索性留在家好好温习功课。

只是坐在落地窗前，看着隐没在黑夜里的车身时，她不由得记起了下午未来得及细想的画面。

云熹记得，在她走出转角后，吴天祥仍然尴尬地站在原地。

见他们认识，且陆祉年话里话外都是维护意味，也因此，吴天祥脸色涨红地道了个歉："不好意思，是我误会了。"

但，他这话是朝着陆祉年说的，连一个眼神都没有停留在真正被他泼了脏水的云熹身上。

这个道歉倒不像是出于真心，而仅仅是屈服于陆祉年校内校外的强势名声。

他既然不是真心想同她道歉，云熹也就没必要回应些什么。她抬腿就想走，肩膀却被陆祉年状似无意地轻拍了下。

他则在吴天祥面前顿住脚步，半边脸隐在阴影下，瞧不出情绪："和我道歉？"

吴天祥不明所以，继续说了遍："对，真是不好意思，我不该胡说八道——"

他话没说完，就被陆祉年打断："连道歉对象都没搞清，道什么歉？"

少年嗓音疏冷，面无表情说话的时候，那股淡漠感就越发明显。

其实陆祉年很少生气，也很少抓着某件事情不放过，这次却破了例般，朝云熹站着的方向扬了扬下巴道："道歉，跟她。"

吴天祥终于反应过来，看着云熹说了句："对不起。"

他戴着厚重眼镜下的脸，含着不情愿和一些类似于屈辱的情绪，却又迫于压力不得不这么做。

"不用了。"云熹轻扯了扯陆祉年的衣角，抬眼朝他示意。

无形的默契在两人间流淌，陆祉年了然地点头，但在转身的瞬间，却又轻飘飘地落下句警告："这种事情没有下次。"

…………

"丁零——"

云熹定的手机铃声突然响起，将她从下午的回忆中拉了出来，她赶忙将其摁断。

不过，回忆可以中止，但刚刚浮现在脑海中的那张脸却没那么容易去除，低头看着手中的水性笔，饶是云熹再迟钝，也觉察出陆祉年对自己真的很照顾。

他明明那么浑不懔的一个人，却也还是会在事关她情绪的细枝末节里投去注意力，然后，给予她最大的尊重。

那，他是对每个人都这么好吗，还是出于对陆叔叔的交代，多照顾她一二？

云熹将脸埋在膝盖，不住地想，仿佛是无意中得到糖的小孩，想将甜味永久地藏在自己手心，却又顾及着那糖并非自己所有。

直到时间不知不觉已近半夜，楼下忽然响起开门动静，他们回来了。

云熹轻轻叹了口气，不打算放任自己再想下去。

她稍微洗漱了下，就准备睡觉，正要关灯的时候，门口却传来两下敲门声。

她穿上拖鞋，下床去开门，才推开门，透过缝隙，她就看清门外站着的是从外边回来的陆祉年。

今晚去的是宴会，他穿得自然比平时更为正式。

身上不再是松垮的校服外套，而是穿了件纯黑色的挺括西装，里

头的白衬衫干净整洁,仅黑白两色就将他骨子里那种掩盖不住的少年气,很好地衬托了出来。

云熹探了个头,克制地将视线从他身上移开,轻声问道:"有什么事吗?"

"没事。"

许是有些热,陆祉年白衬衫最上头的两颗扣子被他松了开来,露出流畅利落的锁骨线条。

他轻描淡写地说了句:"看你房间还亮着,过来看看。"

原来是这样,听上去还挺合理的,云熹轻点着头,低低"哦"了声。

但紧接着她又听见他问:"大半夜的怎么不睡觉,还在学习?"

陆祉年仿佛只是随口一说,但云熹却转瞬间心虚了起来。

她刚刚貌似是在想下午的事情,在想下午他曾说过的话,在想……在想和他有关的一切?

这个念头倏地划过,又如流星般稍纵即逝,让她怔了下。

她赶忙转移话题,甚至有些生硬地说道:"没想什么,你来找我有事吗?"

云熹这一看就没说实话的模样,便这么落在了陆祉年眼里。

但他没拆穿她,只是笑了下:"晚安。"

什么?

云熹有些云里雾里,没弄清他这话的意思,有些莫名其妙地"啊"了声。

他俩说的话怎么好像前言不搭后语的,他也和自己一样在转移话题吗?

陆祉年透过她纯澈的瞳孔,一眼看出她心中所想,轻摇了摇头道:"跟你说晚安。"

在他的注视下,云熹如梦初醒般反应过来,陆祉年回答的是她刚刚问的"你来找我干什么"的问题。

——"你来找我干什么?"

——"晚安。"

所以,他来找她,不过是为了说声晚安?

空气中恍若划过一点火星,蔓延至云熹心里,莽撞而又不受控地炸开了烟花。

一下两下，"砰砰"地响在她耳边。

直到门关上后，她独自坐在床边，耳畔回响的也仍旧是那句低哑却清晰的"晚安"。

好像再纠结那颗糖是不是她所独有，已经没有了意义，至少，她拥有了此时此刻的甜，所以又有什么可抱怨的。

在她那些黯淡时刻里，能甜上这么一瞬，就已经很好很好。

宣传片的正式拍摄日期定在十二月，具体时间要看市教育局那边约好的摄影师什么时候有空。

圣诞节的前一天，林老师托同学给云熹带去了口信，让她在下午时候前往多媒体教室集合，准备拍摄。

这是早就定好的事情，云熹没什么意外地应了下来，在下午的自习课期间，朝多媒体教室走去。

南川一中的校园占地面积很大，从校门口走到教学楼就要花费不少时间，而多媒体教室位于的综合大楼又在校园最里面，走过去要花足足十五分钟。

她忽然就有些后悔，自己为什么要提前换好拍摄所需的衣服。

学生来来往往的路上，大家大多穿的是应季的厚外套，毕竟十二月的冷风可不是吹着玩的，但她身上就只穿了件单薄的夏季校服，下半身还是格子裙，只到膝盖的那种。

云熹心下叹了口气，只得加快脚下步伐，想尽快到达多媒体教室，免得拍摄还没开始，她人就给冻病了。

"云熹——"

身后传来熟悉的声线，熟悉到云熹还没回头，就已经猜到来人。

果不其然，往后看时，就瞧见陆祉年单手插兜站在不远处。

还没等她开口说话，视线里高瘦挺拔的人影就主动走了过来。

云熹清楚地看见他皱了皱眉，向来没什么情绪的脸上像有些不豫："这个天气穿裙子，不怕把自己冻出病来？"

"老师说拍摄都要穿这个，多媒体教室应该有空调……"云熹知道自己不该小瞧这十五分钟寒风瑟瑟的路程，心虚地小声解释了句穿

裙子的原因。

　　陆祉年垂头看她,也不知道听进去她说的话没有,兀自脱下身上罩着的校服外套,牢牢系在了云熹的腰上。

　　外套垂下来的时候,刚好能遮住云熹裸露在外的小腿,绝大部分的冷意倏而被阻隔在外。

　　"下次不会了。"像犯错被抓的小孩,云熹有些不好意思。

　　她被冻得微红的脸显出几分可怜的味道。

　　陆祉年觑她一眼:"还有下次?"

　　"没有了。"她脑袋摇摇晃晃,否认得坚决。

　　两人一起朝多媒体教室走去,云熹踮着脚跟在陆祉年身后,忽然觉得宣传片拍摄好像也没自己想象的那么无聊。

　　冷风拂面的瞬间,她感受到的居然不只是寒意。

第十一章

真心话...

十二月的风吹得人面颊生冷，可当云熹抬眼就看见前边那个高瘦背影时，她的心跳没由来地有些快，做了几次深呼吸，才将心中悄然翻涌的情绪给压下去。

"看路。"

在她整个人都还处于有些蒙的状态时，背后适时地响起陆祉年的声音，带着几分笑。

云熹恍然间回过神，才发现要是再往前走两步，她就该撞到校园里随处可见的玉兰树上去了。

但是没有，也不会有。

陆祉年出声的同时，还伸出手钩扯住了她的背包肩带。

云熹恍然回神，回头道谢，却在抬头的瞬间，感知到那只原本扯住她肩带的手，倏而换了个位置，往她额头处探了探。

她额头被室外的风吹得有些凉，而陆祉年掌心温热，带着融融暖意，这突如其来的触碰，竟然没让她觉出半分不舒服的地方来。

她小小地讶异了下："你——"

但一句"你摸我额头干什么"还没说出口，就听见陆祉年嗓音不疾不徐地说了句："不是没发烧，怎么看起来这么心不在焉？"

云熹不明所以地睁大眼，就瞧见陆祉年悬在她额头处的手收了回去。

额头一空，热意不再，她悄然松了口气，却未承想他的手在半路又停了下来。

顺着动作望过去，云熹才发现他手一松，落在她右肩，也许是临时起意，他随手将她肩上的落叶拂去。偏他那张脸，做什么都一个样，往一个地方看时，漆黑眼睛里透着股不自知的专注。

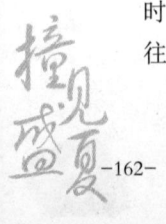

云熹忽然就庆幸因为宣传片的拍摄，头发没有扎成马尾，而是披散在背后，所以莫名其妙染红的耳尖得以遮掩住。

但这份强装出来的镇定，被陆祉年一句话给打破。

他眼尾撩起，连嘴角都抿出不明显的弧度，做出最后的评价："跟个小朋友似的。"

小、朋、友、吗？

从来没有被人这么叫过，云熹张嘴就想反驳："我不是……"

话音毫无预兆地顿住。

因她垂在身侧的手倏然被牵起，翻过手背，掌心朝上。

"请你的，小朋友。"陆祉年放了颗糖在上面，懒洋洋地招呼道。

十二月里，灰蒙蒙的天空中流云翻转，层层挤压的沉云里难得漏出那么丝光。

光下，透明包装纸包裹着的水果糖熠熠生辉。

两人继续往前走，再拐个弯就到南川一中去年才翻新过的综合楼。

云熹穿的夏季校服并没有口袋，将糖拿在手中进去拍摄又不大合适，她索性拆了包装纸，将糖含入口中。

甜的。

许是甜味让人心情变好，她整个人都轻松了不少。

云熹低头瞧着系在自己腰上的校服，思绪突然飘到了别的地方去。

围在她身上的明显是南川附中的秋冬季校服外套，且一看就是男生的，款式宽大，衣袖也长些。

比较特别的是，这件校服很干净，哪怕是白色的边缘处都没有脏污的痕迹，和云熹印象中男生总是蒙了层灰的校服不大一样。

毕竟十七八岁的男生但凡有空闲，不是待在球场，就是在去球场的路上，又惯爱勾肩搭背的，今天校服忘拿了，随便穿件同学的，也是很正常的事。

所以云熹不免好奇，陆祉年的外套怎么能保持得这样干净，她忽然含糊着出声问道："你这衣服借给别人穿过吗？"

背后的脚步声戛然而止，陆祉年停在了原地，挑了下眉："怎么想起问这个？"

"就、就随口一问。"

说话间,云熹口中含着的糖忽地被她咬碎,清脆的"嘎嘣"声从齿间溢出。

陆祉年离得近,对此自然是听得很清楚。

闻言,他低头理了下袖口,抬了抬薄薄眼皮,嗓音干净又清晰:"没。"

没有,居然没有。

沉默了小一会儿,簌簌风声里,云熹好半天才憋出句:"知道了。"像是想起什么似的,又补了句,"你放心,我会给你洗干净的。"

陆祉年看了她一眼,无可无不可地点了下头。

两人到得不算晚,比通知时间提前了七八分钟,但没想到推门进去的时候,里面人已经到得差不多了。

教室里的人听见声响,纷纷朝他们投去视线。云熹站在门口,被动地接受目光的洗礼,微微有些不自在。

还没等她想好该如何开口打招呼,陆祉年不着痕迹地侧身往前站了一步,朝里边的人打了个招呼,并顺着话头做了介绍。

正好,学校分管拍摄的林老师向他们招手:"既然到了就赶快进来吧,稍微休息下,拍摄就要开始了。"

聚集在门口的同学的目光,也就随着林老师的话逐渐散去,云熹得以从关注中解脱。

但她进去的时候,还是发觉有道视线,直直落在她腰间围着的校服外套上。

循着那视线望过去,云熹看见了坐在教室中央的郑薇薇。

凭借那晚在日料店的印象,她一眼就认出了郑薇薇,和上次的轻熟打扮不一样,眼前的女生穿着整洁的附中校服。

见云熹已然发现,郑薇薇不慌不忙地露出个笑容,表情无辜。

云熹当作没看见,随意地挑了个位置就坐了下来。

她才坐下,就发陆祉年顺势在她身旁坐了下来,听他俯身低语道:"拍完别走,在这儿等我。"

"哦。"云熹后知后觉地应了声。

因为今天的拍摄，先是分成两组独立进行，等各自部分拍摄完毕后，再联合起来拍整体部分。

被老师叫去试镜的时候，云熹抬头往左手边看了眼，陆祉年的身影正好消失在门口。

"看什么呢同学，来，往右偏下头。"掌镜的摄影师是个三十岁左右的年轻人，瞧见她朝外边看，笑着调侃了句。

云熹转过脸，瓷白的面容暴露在光线下，耳边是摄影师调节气氛的话语："看来是我的吸引力还不够啊。"

不知道该说些什么，云熹轻轻笑了笑。

"刚刚教室里有个男生我看着长得倒是挺帅的。"

摄影师调到了满意的角度，难得又多说了两句："好像就是刚才和你一起进来的那位，同学你觉得呢？"

刚刚那个，是指陆祉年吗？

摄影师话题转换的速度还挺快，偏又眼神真诚地望着她，像是一定要得出个答案来。

当摄影师又一次问道："听你们老师说，他姓陆对吧，还是你觉得他没有长在你的审美点上？"

云熹干脆闭着眼说了句："帅的。"

"真的？"

话都说过一次了，还有什么不能说出口的。

云熹直接重复了遍齐盛曾跟她提过的话："真的，校草级别，好多女生欣赏。"

她话音才落下，耳畔忽而响起一声低笑："那你也欣赏吗？"

这声音实在熟悉，云熹终于觉出不对劲来，猛然睁眼抬头，猝不及防见着个意料之外又意料之中的人影。

她手藏在裙摆背后，徒劳地抓着那崭新的衣料。

大意了。

她怎么就没听出那声"真的"也是陆祉年说的呢？

"你怎么来了？"云熹颇有几分垂头丧气。

"帮老师拿个东西。"

说完，陆祉年极轻极淡地扯了下嘴角，狭长的眼睛里浮着星点笑意,没理会她试图转移话题的行为。

他往前走了步,调侃似的重复道:"那你呢?"

云熹骤然抬眼,不明白他问的到底是哪个问题。

没敢看陆祉年的眼睛,她罕见地局促,在混乱人声中匆忙又胡乱地答了句:"我觉得还行。"

陆祉年听清了,没再多纠结,扬了扬眉道:"那你继续拍。"

等他走后,云熹如释重负地松了口气,总感觉他人在她面前,话语轻轻重重地落在耳畔的时候,她心跳频率都要比平时更快些。

他好像是,她一切的不同寻常。

好在接下来的拍摄还算顺利,虽然很久没有接触过镜头了,但云熹曾经的经验和基本表现力还是在的。

两个小时后,进行整体拍摄。

出的是外景,摄影师想先拍组照片试试手感,没多想,他就挑中了人群中安安静静立在一旁的云熹。

"再来个同学,做她的搭档。"摄影师又喊道。

周围的人四散在各处休息,一时无人应答。

忽然,响起声短促音节:"我。"

云熹回头,发现陆祉年不知道什么时候站在了她身后。

少年校服穿得规整,眉眼间跃着肆意,抬眼望了圈周围后,漫不经心地举起了手。

"行,就你。"摄影师已经站回机器后,准备开始拍摄。

云熹忍住脸上的讶异,按摄影师的吩咐拿着书坐在书香亭里,摆出垂头看书的姿势。

"可以再凑近点。"摄影师继续指导道,"对对对,男同学头再低一点。"

经历过那么多次大大小小的拍摄,云熹从来没有哪次像现在这样,听见自己最真实的心跳声。

"扑通扑通",恍如擂鼓。

最后一个翻页看书的姿势拍完,她暗暗呼了口气,偏偏头顶传来道若无其事的嗓音:"你脸怎么有点红?"

书差点从云熹手上掉下去,她慌忙抬头,语气中带着掩饰:"是

-166-

有点热……"

话还没说完,陆祉年伸手将她手中的书扶稳,俯身凑近的时候,漆黑眉尾挑了挑:"骗你的。"

骗你的,没红。

云熹扭过头去不再说话。

一直到拍摄彻底结束,她都没跟陆祉年说过哪怕一句话。

结束后,女生大多去了更衣室换衣服,云熹不想同人挤,索性抱着自己的衣服站在了最后。

等她换完衣服回到教室的时候,发现老师和摄影师都已经离开了,郑薇薇站在讲台前,旁边围着几个同学。

"这苹果哪儿来的,包装盒还挺漂亮的,谢谢薇薇啦。"

"不用谢我,我就是帮忙发一下。"

被众星捧月围在中间的郑薇薇脸上挂着笑容,客气道:"苹果是林老师准备的,参与拍摄的同学每人都有的。"

在他们此起彼伏的聊天声中,云熹记起今天是平安夜,很热闹且充满节日气氛的一天。

郑薇薇仍然站在讲台前分苹果,分着分着,却忽然喊道:"哎呀,好像少了一个呢。"

围在她旁边的人全都已经分完,而她手里只剩下最后一个礼盒,是她自己的。

"云熹同学,这里好像没有多余的苹果了,你看……"郑薇薇面带歉意地看着云熹,意有所指地停顿。

随着她话音落下,所有人的目光再度聚集到云熹身上,让人很不舒服。

一个苹果而已,当然不值得生气,只是,这种针对的小把戏有些无聊了。

云熹抬头,平静的目光同讲台上的郑薇薇对上,正想开口说话,教室里忽然传来"吱啦"一声响。

后门突然被推开,陆祉年走了进来:"没有多余的?"

他瞥了几眼教室里站着的众人,望向自己座位上放着的苹果,三

—167—

言两语地将局势破开:"我的给她不就是了。"

　　教室里的人渐渐散去,最后只剩下他们两个人,云熹垂眼就看见自己桌前多出个礼盒,是方才陆祉年随手拿过来的。

　　红绿相间的包装纸上印着圣诞老人的头像,透出种浓浓的节日气氛。

　　她正盯着它出神,视线忽然一暗,自头顶落了条毛茸茸的红围巾下来,罩了她满头满脸。

　　云熹将围巾扯了下来,一抬头就瞧见陆祉年侧身站在她面前。

　　他挑了下眉,语气不置可否:"真有这么喜欢它,看这么起劲?"

　　没……

　　云熹的手放在苹果礼盒上,正想否认的时候,忽然瞧见陆祉年俯身凑近,这突然拉近的距离,甚至让她足以看清他左眼睑下方的黑色小痣。

　　拒绝的话噎在嘴边,云熹语无伦次地说了一句:"喜欢,苹果你拿回去。"

　　话说得颠三倒四,根本就听不出她要说的是什么。

　　陆祉年嘴角轻勾,随口"嗯"了声:"真要喜欢——"

　　他目光在云熹身上顿了下,修长的指节把玩着礼盒上附的卡片,腔调散漫地说了句:"我给你买,想要多少有多少。"

　　"不要。"

　　闻言,陆祉年叩着桌子的手顿住:"为什么不要?"

　　云熹大半张脸还埋在围巾里,只露出双干净透彻的眼在外边,纤浓的眼睫毛盖出小片阴影来。

　　她手指抚摸着礼盒上的纹理,低下头小声说了句:"不用浪费钱,这个就够了。"

　　像是没料到云熹说出这么个朴实无华的答案,陆祉年眼尾撩起,逗她的心思一下涌了上来:"是吗?"

　　他盯着她还露在外边的眉眼,轻笑道:"可我不缺这点钱。"

　　陆祉年好整以暇地坐了下来,不紧不慢地说道:"给你花钱,也算不上浪费。"

原本云熹的脸越埋越低,越埋越低,像是要同围巾彻底融为一体。

可听了陆祉年的话,她却从围巾里抬起头来,瞪了他一眼:"那也不行。"

但她的长相实在是温和无害,瞪起人来也没什么力度,一眼瞪过去,倒不像是生气。

像撒娇。

沉默半晌后,陆祉年笑了下,像是妥协。

他伸手扯了扯云熹围在脸上的红色围巾,懒懒应道:"行,你说什么就是什么。"

走出教室的时候,沿路放学的同学有在告别的,也有拿着苹果互道"节日快乐"的,瞧见这萧索冬日里难得的温情,云熹不由得多看了两眼。

头还没完全偏回来,她耳畔蓦地也响起句"平安夜快乐"。

声线偏冷的男声,每说一个字,都仿佛在她耳膜上轻轻敲击着。

云熹慢了半拍才反应过来:"平安夜快乐。"

她抬起脸,正好撞上陆祉年望过来的视线,鬼使神差地,她敞开心扉说了句:"其实我不怎么过这种节日的。"

或者说,不是不怎么过,而是从来就没有过。

年纪尚小的时候,许如烟女士忙着工作,连她的生活都无暇顾及,更何况一个小小的节日。

长大些,她常在片场拍戏,对于平安夜的记忆不过是剧组发的两个苹果。

再后来经历了一系列变故,辗转寄居在舅舅家,庆祝节日什么的就更不可能了。

"巧了,我也不过。"瞧出云熹脸上那点黯然神色,陆祉年轻描淡写地胡扯道,"节日这东西总是有人过,有人不过的。"

"你也?"云熹小心确认道。

她其实不太相信,像他这样身边总围绕着一群朋友,明显是众星捧月的存在,会和她一般境地。

可陆祉年非但这样说,甚至还发出邀请:"不信?那今天要不要一起过?"

话已至此,她无暇去多想去计较,而是完完全全听从本心,回了个"好"。

就当他所言为真,就让她沉溺片刻温暖。

等云熹坐上去山顶的缆车时,借着傍晚仅剩的那么点微光,她望见窗外大片大片缭绕的云雾。

窗外之景触手可及,反倒让人生出不真实的错觉,她手往外探了下,像是才想起来似的,问道:"我们这是去哪儿?"

陆祉年就站在云熹旁边,目光在她身上睃着检查,看安全设备穿戴齐全没有,见她问,便答道:"昭明山。齐盛他们家在山腰上开了家咖啡馆,待会儿带你去看看。"

昭明山是南川市内很著名的旅游景点,山脚是闻名遐迩的昭明寺,每年都有很多人专程前来参拜。

云熹听过,却从未来过。

从缆车上下来的时候,天差不多已经全黑了,幕布似的夜空里点缀着星星。接连不断的"砰砰"声响过后,云熹抬头看见有人放起烟花,瞬间点亮了整个昭明山。

就在她想回头指给陆祉年看的时候,忽而听见他在她耳边低语道:"许个愿吧。"

许愿?

云熹蓦地睁大眼,转身问道:"昭明山真的有这么灵验吗?"

在她听说过的所有关于昭明山的传闻中,其中有一种就是"在晚上对着昭明山的星空许愿就会实现"。

云熹没想到,陆祉年也听说过。

她更没想到的是,陆祉年相信这个传闻。

她眉眼弯弯,开玩笑似的,问道:"难道昭明山真的有神明存在?"

"没有。"陆祉年薄唇动了动,毫不留情地将传闻戳破。

"那你——"

云熹话没说完,就看见陆祉年抬了抬眼皮,嗓音疏懒地说道:"但我可以。"

昭明山没有神明，但我可以实现你的愿望。

过了好一会儿，云熹才明白过来他话里的意思，轻轻"哦"了声。

"可我还没想好，这个愿望能先欠着，到时候再来取吗？"

"随时可以。"

山顶风声簌簌，竟让云熹分不清，落在自己耳边的究竟是风声，还是愈演愈烈的心跳。

没在山顶待太久，云熹就被陆祉年带了下去。临走的时候，她罕见地有些贪恋和舍不得，问道："这儿夜景很好看，你不再看看吗？"

陆祉年觑了她一眼，目光定在她被风吹得有些乱的刘海上，言简意赅地吐出几个字来："风大，容易冷。"

"哦。"云熹点头应了，旋即跟着他往齐盛家开的咖啡馆走去。

陆祉年来之前就跟齐盛打过招呼，所以他俩到的时候，齐盛已经在外面等了。

"今天是什么风把我陆哥吹来了？"

齐盛一如既往的爱贫嘴，他看了眼陆祉年，又看了眼跟在陆祉年后边的云熹，挤眉弄眼地笑道："原来是我们云熹妹妹这阵风。"

陆祉年对此习以为常，只是偏了偏头，对云熹说了句："不用理他。"

被调侃得多了，云熹对这种无伤大雅的话，已经生出些抵抗力来，她维持着脸上的镇定，同齐盛打招呼。

除了……除了有些耳热，一切都看不出端倪。

进去后，陆祉年去里边的空房间换件衣服，云熹交由齐盛领着坐在点单区等候。

齐盛就不是个嘴能闲下来的人，见云熹敛眉安静地坐在高脚凳上，他随口就问了句："你们不是坐缆车去山顶了吗，怎么这么快就下来了？烟花秀都还没结束呢，怎么不多待一会儿？"

"陆祉年说山顶风大，冷。"云熹如实说道。

听到她这个答案后，齐盛头顶缓缓冒出个问号。

他又不是没和陆祉年一起来过昭明山，就去年这个时候，时间还要晚一点，大晚上的，为了拍到据说百年一遇的流星雨，他舍命陪君子，

—171—

陪着陆祉年在山上待了一宿。

结果，他冻得瑟瑟发抖，可陆祉年一点事都没有，一点事都没有！

现在有人跟他说，陆祉年会怕山顶风大，会觉得冷……

齐盛盯着戴着帽子、又围了层厚厚围巾的云熹，酸溜溜地说道："他是怕你冷吧。"

"什么？"齐盛话说得小声，云熹其实没大听清，只是看着他脸上表情转换飞快，觉得好奇。

正想问个究竟的时候，换了件卫衣的陆祉年从里边走了出来："在聊什么？"

他站在云熹身后，目光却是看着齐盛的，威胁意味不言而喻。

"没聊，什么都没聊。"

齐盛在嘴上做了个拉拉链的动作，然后很快转移话题道："李岩和李桥现在还在路上，大概还要个十分钟，要不我们先吃点东西？"

陆祉年"嗯"了声，算是同意了。

晚上，原定的卡牌游戏因为道具问题被搁置，让齐盛提议，秉着八卦精神，他提了个最俗的真心话大冒险。

陆祉年对这个游戏一向是持不掺和的态度，反正没人能让他干什么，或是从他嘴里套出话来。

所以真正的参与者是齐盛、李岩、李桥，还有云熹这个被忽悠着过来的路人玩家。

暖黄色的吊灯下，四个人坐在实木桌前，每人身前都摆着个形状奇特的玻璃杯，桌子中央则是齐盛不知道从哪里搜刮出来的饮品，口感和颜色都很像久酿出来的果酒，但其实不是酒。

游戏规则很简单，在真心话和大冒险中弃权的喝一杯就行。

"从我开始，从我开始。"齐盛嚷嚷道。

他第一个就抽中了大冒险，让李桥在他脸上画了只大王八，惹得众人全都忍俊不禁地笑了起来。

按顺序来，第二个抽卡的人是云熹，她运气很好，一连三轮，抽中的都是些无伤大雅的小事，做起来既不会觉得为难，又很衬今晚的气氛。

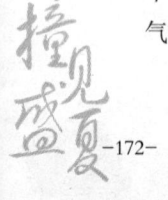

可惜好运气没能延续，在她稍稍放松下来后，随手抽了张，上面写着的居然是"跟你左边的人对视并告白"。

她完全没想到还有这种卡面，愣了好一会儿，朝左边看去的时候，又猝不及防对上陆祉年的视线。

他没参与游戏，但一直站在她身旁。

云熹慌忙别开眼，还在等她下文的几个人纷纷问道："抽到什么了呀，真心话还是大冒险？"

"不用怕，大家都是随便玩。"

听到这些，拿着卡片的云熹反而紧张了起来，下意识地抿了下唇："我弃权。"

说完，她就起身去拿桌子中央那瓶漾出橘红波纹的饮品，轻轻一倒，倒满了自己面前的玻璃杯。

正准备喝的时候，手里忽然一空，杯子被人半路夺走。

陆祉年半个身子隐在暗处，脸上也看不出什么别的情绪，他瞥了眼被云熹抓得紧紧的卡片，低声道："这轮算过吧。"

齐盛他们平时玩这个游戏的时候，陆祉年多是坐在旁边看，对于卡片上会出现的内容知道个七七八八。

也料想得到，云熹估计运气不好，抽到了一张夹带的"私货"。

平日里陆祉年对这种游戏多是睁一只眼闭一只眼的，但今天卡片落在云熹手里，多少有点不太合适了。

看了眼围坐在一起的齐盛三人，陆祉年手覆在装着橘红饮品的玻璃杯上，指节干净修长。没多犹豫，他不疾不徐地说了句："我替她喝。"说完，一饮而尽。

借着落地灯的亮度，云熹瞧见陆祉年干净利落地将玻璃杯里的液体喝完，影影绰绰的昏黄光线下，少年仰起脖颈，微微凸起的喉结滚动了下。

不过是一两秒的事情，云熹却觉得他动作被拉扯得格外漫长，像是裹挟着热烫的温度，要从此烙印在她心里。

她还没来得及开口说些什么，就被陆祉年摁着肩膀坐了下来，疏懒的男声自她侧响起，传到在场每个人的耳边："你们继续。

"不想说的不用勉强。"

最后一句则是单单对云熹说的。

平时就不用过分纠结于那些不想说的话，玩游戏更是这样。

继续方才的游戏后，云熹的好运气似乎回来了，没再抽到什么为难的问题。

反倒是齐盛和李岩，输得节节败退，她被逗得忍俊不禁，回头的时候，恰好看见陆祉年也在望着她笑。

这个时候他的注意力不应该在齐盛的大花脸，或是李岩被涂得黑黑的熊猫眼上吗，为什么朝着她笑？

心头"咻"地划过道电流，云熹睁大眼，不想引人注意，小心地以口型问他在笑什么。她黑白分明的眼里，清楚地流露着那么点怀疑。

殊不知她这样看人的时候，眉眼尽数舒展开，瓷白的脸上明明白白地写着"可爱"两个字。

"你脸上有东西。"陆祉年稍稍侧了下身，嘴角勾着的弧度果然更大了。

他动作自然地朝云熹伸出手去，用拇指揩拭掉了她下巴处的小块奶油渍，估计是刚刚边吃甜点边玩游戏的时候蹭到的。

云熹强撑着维持转身的角度，却仍感觉被触碰到的肌肤仿佛在骤然升温，烫得她意识都有些反应不过来："好、好了吗？"

"自己再去照下镜子。"

不经意间嗅到食指指尖沾染上的奶油香味，陆祉年挑了下眉，又递了两张干净的卫生纸过去："左边还有一点。"

说完，他撤回手，松松垮垮地靠回了后方座位，面上神情淡然，恍然无事发生般。

可他这举动在齐盛心里已经掀起了惊涛骇浪。

云熹起身离开后，陆祉年抬起头，淡淡地朝另外三个人瞥了眼："看我干什么，不玩了？"

他抬头望了眼，漫不经心地将在场每个人的表情都收进眼底，偏又不动声色，什么也没说。

这让齐盛想问，却又不敢问。

沉默了好半晌后，齐盛欲言又止道："那我们接着玩？"

就玩真心话，这多少能问出点什么吧。

-174-

陆祉年随意点了点头，算是应下。

云熹暂时没回来，他便在她的座位上坐下，替了她的位置。

游戏继续，这回齐盛、李岩还有李桥三个人仿佛站在了统一战线上。他们互不为难，不管是真心话还是大冒险，都过得很快。

轮了一圈回来，被抽到的人一下就成了陆祉年。

齐盛摆弄着手中的卡牌，目光隐隐约约透着点兴奋："陆哥，真心话还是大冒险，你选一个吧？"

对上齐刷刷望着他的三双眼睛，尤其是看见里边不约而同涌上的好奇时，陆祉年冷不丁地低哂了下。

他分明看得出他们在想什么，又想知道些什么，却像是懒得计较似的，头也不抬道："真心话。"

陆祉年从茶几下摸出瓶汽水，旋即单手拉开。在汽水"吱吱"冒泡的声响里，他勾着唇，扯出个笑容来："问。"

"那我就不客气了啊。"

齐盛以手掩唇低咳了下，还装模作样地翻了翻桌上的卡片，仿佛多等一秒都嫌烫嘴似的，语速飞快地说："陆哥你有喜欢的人吗？"

他这话一出，李岩和李桥也都跟着假咳了两下，转瞬间，光线幽暗的咖啡馆里充斥着此起彼伏的咳嗽声。

大家一致觉得这个问题有些过于……劲爆了。

包括刚刚从休息室里整理完衣服回来的云熹，蓦地听见这个问题，像被人施了定身的法术般，她停在转角，迈不开脚步。

她目光不由自主地往窗边的那一桌人望去，最后定格在最里面那个高高瘦瘦的人影身上。鬼使神差地，她很好奇陆祉年会说出个什么样的答案。

而好奇之余，她心跳如擂鼓，一下一下地响在这夜里的转角处。

不远处的卡座里，陆祉年晃了下汽水瓶，近乎透明的白色液体在瓶中晃荡。他喝了口，神情有些似笑非笑，却没急着说话。

齐盛见他这架势，迟疑着问了句："陆哥你这是不打算说，准备——"

但一句"是准备认输吗"还没说出口，他就看见陆祉年半合着的眼完全睁开，几乎是同一时间说道："没有。"

就这么简单的一个答案，如有回响般地绕在在场每个人的耳边。

角落处站着的云熹自然也听到了，明明这个问题该与她无关的，可说不清是遗憾还是落寞，恍若有什么东西猛地划过她的四肢百骸，短暂愣怔过后，是毫无缘由却又越发明显的钝感。

那边，作为提问的人，齐盛不知道是不是不相信，下意识问道："真没有啊？"

"我记得，真心话只能问一个问题。"陆祉年不置可否地笑了下。

他不想说，就没人能逼他说什么。

齐盛套不出更多的话，只好作罢，却在转头的瞬间忽然瞥见云熹的衣角："云——"

齐盛这边名字还没完全喊出口，就见陆祉年别过头去，原先云淡风轻的脸上蓦地有了情绪。他先众人一步朝云熹招手，语气熟稔地问："怎么不过来？"

涣散意识渐趋回笼，云熹慢吞吞地"哦"了声。她走过去，头却埋得有些低，像是不愿意让人瞧见自己脸上没来得及收回的异样。

"累了？"

可情绪非她所能阻止，耳畔不过是响起陆祉年简单两个字的问询，心上反倒像压了层浸了水的厚重棉花。

让她有些呼吸不过来。

在陆祉年察觉到什么，下一秒就要低头与她对视的时候，她别开眼，慌忙承认道："是有些累。"

看着余光里李岩他们散去的背影，她又编了句："我就是困了，想睡觉了……"

"困了？"陆祉年不再勉强看清她脸上神色，只是嘴里重复着她说的话，也不知道信没信。

陆祉年最后点了下头，附和道："好，既然想睡那我们就回去。"

回去？

这下云熹还没反应过来，齐盛突然顺着话头接话了。

"大晚上的陆哥你回哪儿去啊，这楼上有房间，要不将就着休息一晚算了。"

外边刮着风，又夹杂点雪，开车并不是那么安全，齐盛想不明白，

陆祉年为什么说要回去。

　　咖啡馆楼上是改造过的民宿，客房条件称得上一句不错，房间敞亮，相应用品也一应俱全，寻常来昭明山旅游的人多了，还会预订不上房间。

　　"不了。"可面对齐盛不解的目光，陆祉年还是边理着衣袖，边摇了摇头。

　　"这个点真没必要——"

　　"不用担心。"

　　陆祉年活动了下手指，说着就从卡座里站了起来："能开，车钥匙给我。"

　　"唉，那行吧。"齐盛妥协了，起身去给他拿车钥匙。

　　目光从齐盛离开的背影上挪开，陆祉年望向还站在原地没动的云熹，嘱咐了句："在这儿等我。"

　　话落，他就跟着齐盛出去取车。

　　等车发动后，他才把屋内的云熹给叫了出来。

　　车里开足了暖气，云熹一上去就能感受到融融暖意扑面而来。

　　她正兀自低着头系安全带，想克制住翻涌不停的黯然情绪，可恰是刻意，才显得不同寻常。

　　"真有这么累？"陆祉年抬眼，又问了一遍。

　　车内只有他们两人，她甚至可以清晰感受到有道目光落在自己身上，如有实质般地停留着。

　　"不累——"她话音戛然而止，几次呼吸平复后仍说不出口。

　　也不知道该说什么，她连自己为什么情绪低落了，都找不到缘由。

　　陆祉年狭长眼尾撩起，好看的眼睛形状，即便在夜里也难以忽略："不想说？"

　　云熹盯着他这双眼看，好半天才"嗯"了声，尾音听上去隐隐有几分难受的哭腔。

　　"那就不说。"见状，陆祉年赶忙说道，说话的语气就像是在哄小孩子。

　　"睡会儿，到家叫你。"

没人再说话，车内转瞬间安静了下来。

陆祉年专心开着车，只是开到一半的时候，齐盛打来了电话，蓝牙耳机里响起他带着探究意味的声音。

"陆哥，我还是感觉你没说实话。"

在找出车钥匙递给陆祉年的时候，齐盛才知道他坚持要回去，竟然是因为云熹睡觉有认床的习惯，在陌生的环境下容易睡不安稳。

就真离谱！

齐盛："我跟你认识得有十几年了吧，除了云熹妹妹，我可真的从来没见过你对谁这么上心过。"

"说过了，不准叫她妹妹。"车上，陆祉年瞥了眼陷入晕晕乎乎状态的云熹，压低声音说了句。

不叫就不叫。

齐盛打这通电话，也不是为了要争论这个称呼的问题。

他大着胆子试探，又问道："所以，有吗？"

齐盛实在是好奇，在他们离开后，开始左思右想甚至胡思乱想起来。虽然他觉得陆祉年没必要说谎，可他就是觉得不太对劲。

"没有。"陆祉年的回答和上次如出一辙，连语气都没变。

只是，现在没有，但以后未必没有。

陆祉年不着痕迹地看向旁边闭眼小憩的人，手搭在方向盘上，漆黑的眼睛分外清醒："没别的事，我先挂了。"

第十二章

养了猫…

云熹侧脸靠在副驾驶座上,双眼微微合着,车顶薄薄一层光打下来,衬得她眉眼越发安静柔和。

是那种罕见的漂亮却又没有攻击力的长相。

等红灯的间隙,陆祉年朝她这边望了眼,本意是想看齐盛方才那通电话有没有吵醒她,却反倒被吸引去了注意力。

暖黄的光线洒在云熹瓷白的脸上,从微微蹙起的眉心到下巴尖,无一处不是他熟悉的模样,可偏偏让人挪不开眼。

像是从未见过那样,他想瞧得更仔细些。

色令智昏?

毫无预兆地,他脑海中突然冒出这么个词来,且过了那么一两秒后,竟还真觉得眼下这么个情况和这个词没差。

陆祉年自嘲地笑笑,向来抿成直线的嘴角有了弧度。

恰在这时,云熹单薄的眼皮向上抬了抬,像是睡得不那么安稳,马上要醒来。

见此迹象,陆祉年索性将车停在了平梁街口,繁华热闹的中心城区,离陆家还有大概十分钟车程的距离。

他摸出颗糖,撕开包装纸外加丢进嘴里的动作一气呵成,而他自己都没意识到的是,自始至终,他眼神都没从她身上离开过。

云熹迷迷瞪瞪睁眼的时候,感受到的就是这么道存在感极强的视线,蓦地在近距离之下瞧见陆祉年的脸,让她下意识地又将眼闭上。

连她自己也说不清为什么要装睡,又为什么在看清眼前人的脸的时候,心脏会"怦怦怦怦"地胡乱跳动。

"醒了?"但她这么点动静显然是逃不过陆祉年的眼睛。

封闭空间里,云熹清楚听见他嘴里的糖被咬碎发出的"嘎嘣"脆响,还听见他好整以暇地轻笑了下:"真不打算睁眼?"

她下意识地屏住呼吸,闭眼装睡。

没承想某人压根儿不上当,混着笑意说了句:"也行。"

这些时间的相处,让陆祉年太熟悉云熹的心理,不愿意麻烦别人,又容易在小事上害羞,一逗就脸红,却还喜欢强撑着装镇定。

他懒洋洋地靠回椅背,搭在方向盘上的手拿开,玩笑着提议道:"要不你什么时候醒,我们就什么时候走。"

他稍抬眼就看见云熹颤动着的睫毛,小扇子似的抖着,将她无意中流露出的紧张暴露无遗。

见状,陆祉年忽然俯身凑近,扬眉笑道:"云熹,你在紧张什么?"

陆祉年说话时,云熹甚至能听清被他刻意压低的气音。

像是触电般,她飞快地睁开了眼,欲盖弥彰地答道:"没有,我没紧张。"

没紧张?

那结巴什么?那微微颤动的睫毛又算什么?

陆祉年单手撑着左侧脸颊,重复完云熹说的话后,又反问了句:"我怎么觉得,你口不对心?"

就像在咖啡馆的时候那样,明明脸上已经藏不住情绪,偏偏又什么都不肯说,宁愿拿"困了"这样简单得有些拙劣的借口来掩饰。

"口不对心?"望着这张近在咫尺的脸,云熹小幅度地偏移着脑袋,声音带着才从昏睡中醒来的茫然。

她头仰起来,与陆祉年久未移开的视线对上,可那双黑曜石般的眼睛里,实在是看不出什么有用的信息来。

就在云熹撑不住,想要结束这样的对视的时候,耳边倏然传来声无奈叹息:"算了。"

她不想说也没关系,不急在这一时。

他抬手理了下她翘起来的头发丝儿,指着街边店铺问了句:"要不要喝西米露?"

他记得她今晚吃得不多,睡了这么会儿,饿了也说不定。

南川同别的城市不一样的点在于夜晚很热闹,晚上十点的时候,

夜生活仿佛才刚刚拉开序幕，逛街吃夜宵的人才出来活动。

云熹顺着陆祉年手指的方向，抬眼往外看去。

果不其然，看见窗外车水马龙、人流如梭，烟火气藏在每家店铺亮起的招牌灯里，轻易就让人没有了拒绝的念头。

她小幅度地点了下头："喝。"

云熹跟在陆祉年后边下车，看着他往人潮里走去，再在排队等候的店门口站定。

个高腿长的优势被他展现得淋漓尽致，队伍里人头攒动，她却一眼就能看见他。

轮到陆祉年的时候，店员照例询问："您好，需要什么口味的呢？我们家的招牌是芒果西米露，没喝过的话，可以尝试一下。"

两个人异口同声："红豆。"

云熹就站在陆祉年身旁，本来是觉得他可能不太清楚自己喜欢什么，才想着小声提醒一句。

倒是没想到，压根儿用不着她提醒。

店员被他们这默契的同步动作给惊讶到了，愣了几秒才笑着将做好的饮品递到陆祉年手上："你们感情真好。"

言语中显然是误会他们的关系了。

云熹回过这话里的味来后，耳热脸红，想说点什么否认，却觉得连否认都师出无名，毕竟人家也没点破。

相反，正排着队的陆祉年就镇定多了，他从容地接过店员递来的饮品，最后还淡声说了句"谢谢"。

"你怎么知道我喜欢红豆味的？"云熹面色不自然地转移着话题，目光悄然落在陆祉年的手上。

陆祉年眼尾撩起，偏冷的声线一下有了起伏，带着止不住的调侃笑意："可能是因为感情好。"

和店员嘴里说出的又不一样些，这短短一句话落在云熹耳畔，跟夏天的焰火似的，炸个不停。

恰在这个时候，店门口走过来个穿着皮鞋、裙子的小女孩，四五岁的年纪，正眼巴巴地盯着陆祉年手上的西米露看。

刚刚排队点单的时候，陆祉年顺手就买了两份，但他自己其实兴趣不大，本来就是专门下车给云熹买的，于是在瞧清小女孩眼巴巴的表情时，没多想就将自己那份分了出去。

"哥哥你人真好。"小女孩仰起头，满脸开心，脆生生地答谢道，"谢谢哥哥。"

陆祉年低低"嗯"了声，在小女孩蹦跳着离开后，回过身看还站在原地的云熹。

见她没有动静，陆祉年稍俯下身，径直将给她点的红豆西米露放到她手里："你的。"

云熹抿着唇，低头望着手里的透明包装袋，正想道谢，却听见他嗓音懒洋洋地说了句："不过，谢谢哥哥就不必了。"

闻言，云熹下意识地抬起头，正好撞进陆祉年那双形状狭长的眼睛里，蓦地又听见他说："没拿你当妹妹。"

他没拿她当妹妹，什么意思？

明明休息了好一会儿，云熹却总觉得今晚过得有些令人眩晕，仿佛寻常人寻常事里多了点别的不一样的东西。

按下惴惴心跳，她直视着面前的人，目光从他冷白的手腕，一寸一寸往上挪，最后定格在他清冽干净的眉眼处。

她听见自己轻声反问了回去："那你把我当什么？"

问完，越来越快的心跳还是没有平息，反而在等待的一分一秒里，心脏"怦怦"作响，回声震耳欲聋。

"朋友，还是比陌生人多一点的关系？"

问出口，云熹才知道自己在意，知道自己也很想得到那么个答案来。

所以，哪怕结果不尽如人意，她也想亲口问一遍。

云熹仰起脸，任风吹乱额间碎发，望着陆祉年的视线却是一瞬不移。

半晌，陆祉年开了口。

他也在看她，眉眼间的浑不懔敛了个干净，嗓音褪去轻慢，低徐沉稳："想要保护的人。"

见云熹久久不喝手中的西米露，陆祉年替她拆了包裹在吸管外头的那层塑料，然后塞进她嘴里："不生气了？"

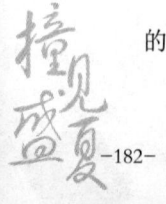

云熹被动地咬住吸管，味蕾感受到的滋味，是甜的。

因他一句话，那些乱七八糟的情绪一下散了个干净，她道："不生气了。"

临近期末，不管是一中还是附中，课业都紧了很多，更何况这学期过后，便只剩半年不到的时间就要高考。

因为从前落下的课业，云熹的基础比一般同学要薄弱些，虽然成绩上来了，但也不敢就此放松。

快考试的那几天，她几乎是天天待在教室里看书。

直到考试结束学校放假那天，云熹才松了口气。

上车后，瞧见半低着头把玩着手机的陆祉年，她想着择日不如撞日，要不就趁今天把欠了很久的那餐饭给他补上。

"你有什么想吃——"没承想话说到一半，云熹忽然没忍住咳了声。

陆祉年敏锐地抬起头来，幽微的眼神在云熹身上打量，在听她讲第二句染着鼻音的话时，倏然伸出手去碰了下她额头。

云熹不明所以地止住了话头，倒是陆祉年皱着眉头说了句："感冒了也不知道？"

没多犹豫，陆祉年直接将她送去了医院，检查开药后才准她回家。

这样还不够，他看着她吃饭吃药，连玩手机的时间也要管。

最后，云熹有些受不住了，弱弱地问了句："难道连我睡觉你也要管吗？"

今天去医院检查的时候，医生的原话是："没什么大毛病，病人就是喜欢晚上踢被子，加上现在冬天到了，自然就容易感冒。"

感冒这种小病不严重，就是折腾人。

想起医生嘱咐"但病人睡觉的时候还是要多多注意，别再着凉，着凉了谁都不好受"，陆祉年面无表情地吐出那么个字来："管。"

晚饭后，他还特意找了王阿姨说这件事，让王阿姨晚上多去云熹房间看看，照顾一下。

正准备上楼回房间，却突然发现陆云枫不知道什么时候回来了，且就站在他身后，他顿住脚步。

空旷的客厅里,陆云枫带着几分疑虑的声音响起:"我怎么觉得你最近对熹熹,有些过于关心了?"

书房里,陆祉年随手将门给关上,面色比之方才淡定了许多。他瞥了眼坐在沙发椅上的陆云枫,不紧不慢地开口:"你不是在出差,这么快回?"

"别转移话题。"陆云枫瞪了眼自己这个看起来就不太安分的儿子,"有什么话非得到书房来说,你平时不是最讨厌来这儿的吗?"

"难不成你想站人家房间门口说?"陆祉年低了低头,无所谓地笑笑,"大半夜吵人睡觉,不太好吧?"

他这话刚落下,陆云枫的眉头就皱了起来:"你什么时候变得这么体贴照顾人了?"

等了半晌,见陆祉年难得没有反驳他说的话,陆云枫又警惕地问了遍:"以前怎么没见你对熹熹这么关心过?"

"你不是说了吗,那是以前。"

陆祉年懒散地扯了下嘴角,慢悠悠地说道:"现在是现在,我关心她还不行?"

关心?陆云枫一脸的不相信,总觉得儿子没安好心。

以至于最后站在落地窗前,他郑重地对陆祉年说道:"你怎么想的我管不着,但你少去招惹熹熹。"

在陆云枫眼里,他这个儿子,不是个好相处的,浑身的冷淡尖锐都埋在骨子里,指不定哪一天就露出刺来,伤人又伤己。

没承想陆祉年蓦然出声:"已经招惹了。"

他半低着头,耀白的光线洒在身上,徒留个凌厉的轮廓,反叫人看不大清脸上情绪。

正准备推门出去的陆云枫,听了这话后猛地停住脚步,不可置信地发问:"你说什么?"

招惹,招惹了谁?怎么个招惹法?

陆云枫脑子里闪过无数个念头,他深吸了口气,按捺住教训陆祉年的想法,耐着性子继续追问:"你把话再说一遍。"

"我说,已经招惹了。"

从见面的第一天起,他们的联系就越来越深。

陆衹年抬起头,漆黑锐利的眼睛里竟浮现出几分与平时不相符的认真。他笑了下,散漫腔调里隐隐藏着真心的自嘲:"而且,没办法收手了。"

他势必会继续招惹下去,然后为之负责。

父子俩四目相对。

还算开阔的书房因陆衹年的话,气氛无声地收紧。

还是陆衹年率先打破沉默,抬腿往外走去:"要没事我先睡了,你也早点睡。"

多说无益的事,就不必多说。

寒假第二天,因为上学时候的作息还没能改过来,好不容易能睡个懒觉的云熹早早就起了床,一看时间才七点。

她认命地叹了口气,想起昨晚某人叮嘱的多喝热水,拿起放在床头的杯子往楼下客厅走去。

她原本以为这个点楼下会空荡无人,没承想路过客厅的时候,无意间瞥到了正坐在沙发上的陆叔叔。

讶异归讶异,她还是乖巧地走过去,打了声招呼:"陆叔叔早上好。"

陆云枫应了声,见是云熹,才放下的心又提了起来。

想到自己那个貌似铁了心要同人家"纠缠不清"的儿子,他重重叹了口气,话说得斟酌又谨慎:"熹熹,要不以后你尽量少和陆衹年来往?"

还有半年不到的时间就要高考,不管将来怎么样,他只希望这段时间里两人能相安无事。

闻言,云熹握着玻璃杯的手一下就加重了力道:"陆叔叔……"

沉浸在自己情绪里的陆云枫,却没注意到她这细小的呼喊,兀自说道:"他来找你,你也不用理他,专心学习就行。对,学习,快高考了,还是把心思放在学习上比较重要……"

后来陆云枫还说了些什么,云熹完全没听到,她只记得自己在陆云枫恳切又期待的目光里,再缓慢不过地点了下头。

云熹不愿意多想，可那些话会不时地在她耳边响起。

陆叔叔的话不难理解，无非是想让自己和陆祉年不要走得太近，其实，他们也没什么理由走太近。

暮色四合的时候，云熹独自站在阳台的窗边，一瞬不移地盯着天边洒下最后一抹霞光的夕阳。

看它光辉灿烂，看它摇摇欲坠，最后看它掩于黑夜。

光亮消失了。

云熹脸上没什么表情，但又莫名觉得难过。

接下来的几天时间里，云熹有意无意地同陆祉年避开，早上起得很早，带上书去附近的图书馆复习，连午饭也不在家吃，晚上九点半的时候才会从外面回来。

这样的安排下，即便住在同一个屋檐下，她和陆祉年遇到的机会也少之又少，而且就算见到了，她也总是匆匆错身离开，连讲句话的间隙也没留下。

于是，越来越多的次数，陆祉年见到的都是云熹"落荒而逃"的背影。

傻子才看不出她的不对劲。

在云熹又一次晚归的时候，陆祉年直接将人堵在了楼梯口。

他站在台阶上，模样姿势居高临下，说出口的话却不是那么一回事："在躲我？"

问这话时，他的目光定定地盯着云熹，仿佛一个不留神，她就会跑了一样。

云熹很难回答，她垂着头，鼻尖是熟悉又陌生的冷冽气息。

好半晌，她才仰起脸，斟酌着言辞，口不对心道："我觉得这样也挺好的。"

她撑着笑脸，故作轻松："其实也没有故意在躲你，可能、可能就是作息不太一样。"

但后边那句"既然不一样，那就不必强求"，她实在说不出口，只能装作若无其事地别过脸去。

"你真是这么想的？"对面站着的人忽然间开了口。

云熹能感受到陆祉年落在她身上的目光,在这样的眼神下,仿佛一切都无所遁形,以至于她一下都不敢多动。

在这熟悉嗓音的问询下,她匆忙地点了点头:"是。"

陆祉年的反应比云熹想象的要平静。

他没多说什么,略微点头后,就将上楼的路给让了出来,只是在云熹转身离去的瞬间,反手扣住了她手腕:"等下。"

少年声线淡漠又冷清,像是不夹杂哪怕一丝一毫的情绪:"以后晚上早点回来,既然不是在躲我的话。"

"太晚不安全。"

陆祉年这话说得太周全,半点拒绝的余地也没给人留。

云熹停在台阶上,背对着他,忍住回头的冲动,低低"嗯"了声。

就这么过了小半个月,云熹已经成为南川图书馆的常客,每天朝九晚九的,比图书馆每天开门的保安大爷还要准时。

她惯常喜欢坐在窗前,旁边的位置本来是没有人的,但后来不知道怎么多了个男生坐在那里,和她一起学习。

这点小事干扰不到云熹,干扰不到她自然就不会去管,甚至连想要了解的心思都没有,只是偶尔会恍神想起那个存在感强到她想忽视也难的人。

"同学你也是一中的吧?"某个下午,男生主动搭话,朝她展露出笑容。

解题思路被骤然打断,云熹皱着眉抬起了头,语气还算平静地答了个"是"。

"我也是,没想到在这儿碰见校友了。"男生又坐过来几寸,"太巧了吧。"

是挺巧的,除此之外,云熹没有任何想法。

思绪重新回到习题集上,她没有给人再说话的机会,礼貌又克制地说了句:"这里是图书馆,聊天什么的好像不太合适。"说完,重新低下头解着最后一道函数大题。

没承想,男生误会了,以为她说这话的意思是,图书馆不方便,出去时候再聊。

于是，男生硬生生地和云熹一起，待到了晚上九点闭馆的时候。

晚上九点一到，云熹收拾书包准备离开，刚踏出图书馆大门，就见男生从后边追了上来："同学！同学等一下可以吗？我有话要和你说。"

站在两米开外的云熹顿住脚步，脸上没有多余的表情："什么话？"

"谢谢你上次借我笔。"

男生往前走了几步，拉近同云熹的距离："在图书馆的时候没来得及感谢你。"

"还有别的事吗？"云熹并不觉得这值得拿出来单说，他要不提，她压根儿想不起来。

男生笑了下："还没问同学你叫什么名字呢，反正大家都是一个学校的，下次我请你吃饭吧。"

"不必。"男生话音才落下，就蓦然响起道疏懒嗓音，"你用不着知道她的名字，吃饭就更不用了。"

听到声音后，云熹几乎是瞬间抬头，然后就看见陆祉年在替她拒绝。

而她，生不出丝毫反驳的念头。

她没去细想陆祉年为什么出现在这里，只是看见他来，心头的云雾就像顷刻间散去了般，取而代之的是隐秘的欢喜。

简直毫无预兆，也不讲缘由。

在云熹怔住的时候，还没搞清楚状况的男生，对着陆祉年没好气地开口质问："我问她，关你什么事？"

陆祉年上前，看似不经意地将手搭在男生肩膀上，垂眼笑了句："关我什么事？"

他话说得慢条斯理，每说一个字，手上的劲就重一分："你问女生要电话的手段，会不会太低级了一点？"

"下、下次不会了。"男生受不住疼，还没怎么着脸就皱成了一团。

陆祉年无趣地松开了手，兴致缺缺地说了句："没有下次。"

男生逃跑般地离开了。

把人吓跑的某人轻松淡定地俯下身来,凑近道:"不是在认真学习,怎么刚才那种你也看得上?"

她看上什么了?

云熹皱着脸否认道:"我和他话都没说两句。"

"真没有?"

云熹语气有些无奈:"没有。"

陆祉年"嗯"了声,面色微不可察地缓和了许多。

回去的路上,云熹小心地觑了眼陆祉年,最终还是没忍住问道:"你今天怎么会出现在图书馆门口?"

"在附近打篮球,顺路。"陆祉年答得面不改色。

哪怕实际情况是为了顺路,才特意挑的图书馆附近的篮球场地。

而并不清楚内情的云熹低低"哦"了声。

她有很多话想说,可总觉得经过这些天,中间隔了点什么,她说不出口。

见云熹作势又要低头,而前方恰巧有障碍物,陆祉年没多想就伸出手去顶住了她的额头。

这一下不光是云熹愣住了,连陆祉年自己都有些讶异,肌肤触碰的瞬间,他轻笑了下。

趁着云熹还没完全反应过来,他干脆压低声音问了句:"其实你这些天就是在躲我对吧?"

云熹转过脸看他,猛然坠入他黑漆漆、仿若没有一丝杂质的眼睛里。

猎猎风声里,陆祉年继续开口道:"别躲了成吗,反正——"

"反正什么?"

"我拿你一点办法都没有。"他不疾不徐地将话补全,上扬的尾音里仿佛藏着小钩子,直往人心里钻去。

恍然间,云熹清晰地听见自己的心跳声。

因为心跳无处藏。

脸上不可置信的神色毫不掩饰,陆祉年那句"我拿你一点办法都没有",如海浪拍石般,一个字一个字地在云熹的耳膜敲击着,怎么也挥之不去。

好半天,她才找回自己的声音,轻声求证道:"你刚刚说什么?"

陆祉年直视云熹的眼睛,狭长的眼尾撩起,却没有要再重复一遍的意思。

他知道,她听到了的。

他低下头,宽阔的肩背将黑夹克撑出流畅好看的线条,继而问道:"别再躲我,也别再整天见不到人了成吗?"

家里忽然间少个人,怪空的,他不习惯了。

云熹闻言抬起头,她能感受到陆祉年漆黑眼眸射出的锐利视线,直直落在她肩头。

像是在尽力收敛着周身的冷淡气息,他薄削的唇抿着,紧接着吐出句与外表不太相符的话:"大眼和小眼也都很想你。"

大眼和小眼?

似是没料到陆祉年会这么说,云熹明显怔了下。

他指的是养在陆家客厅里的两条金鱼,这名字还是云熹取的,因为她总觉得两条鱼对视的样子就像是大眼瞪小眼,很可爱。

那时候她刚来陆家不久,对于一切人或事都很拘谨,每天最大的快乐就是坐在沙发前看大眼和小眼互相吐泡泡玩。

有回正好被陆祉年撞见了,彼时冷且拽的陆小少爷停住上楼的脚步,随口问了句:"你在干什么?"

"看大眼瞪小眼。"还沉浸在金鱼世界里的云熹不假思索地回道。

陆祉年:什么玩意儿?

知道她口中的大眼和小眼是两条金鱼后,陆祉年鬼使神差地走了过去,然后停在了玻璃鱼缸前,正好与站在鱼缸另一侧的云熹相望。

视线交汇的时候,陆祉年冷不丁瞧见她黑白分明的瞳孔,像他见过的小猫的眼睛,有种最剔透的干净在。

那时候两人关系还不太行,对于云熹,陆祉年刻意装作不在乎、刻意去忽略她的存在,这么装着装着连他自己都信了。

可在那猝不及防的对视瞬间,他生不出任何不好的念头,甚至矛盾地想要靠近。

当晚，察觉出云熹的无聊后，陆祉年故作冷淡地对人说了句："二楼有影音室，钥匙找王阿姨要。"

"谢谢。"反应过来的云熹匆忙说道。

话交代完后，陆祉年也没打算过多停留，利落地转身往回走，说："不用。"

她来之前，影音室从来都是陆祉年一个人的地盘。

连他自己也想不明白为什么他竟然也会愿意跟人分享，还是个他爸从外边带回来，没认识几天的人。

回房间后，陆祉年扯唇嗤笑了下，觉得自己大概是着了魔。

而他那时候更不会想到，有一天他还会借着两条金鱼的名义，叫人别再躲着他。

…………

夜色里，树影稀稀落落。

云熹垂着脑袋，视线落在自己脚尖，却又在不经意间瞧见地上分不出彼此的影子。她下意识地往后退了一步，想拉开些距离来。没承想，没过两秒，脚下的倒影又重新贴合在了一起。

陆祉年一脸云淡风轻地往前走了两步。

云熹也不明白他这到底是有意还是无意，忍不住出声道："你……"

然而，她的话还没说完，就听见陆祉年懒洋洋地"喂"了声。

她顿住，脸仰起的同时稍稍瞪大了眼睛，看起来真的同猫猫圆溜溜的眼如出一辙。只稍稍瞧一眼就能让人心情变得很好。

陆祉年低头轻笑了下，旋即对着云熹又问了遍："别躲了成吗？"

他为数不多的耐心仿佛全花在了今晚。

怕云熹不答应，他接着加码道："快过年了，熹熹老师——"

但陆祉年那句"大过年的，勉为其难答应下"还在嘴边，云熹就已经点了头。

动作幅度不大，但力道毋庸置疑，她答应了。

陆祉年意外地挑了下眉，颇不正经地调侃了句："你这么快就答应了，那我还说不说？"

"你别总是乱说话。"脸皮薄的人到底是云熹，瓷白的脸颊飞上抹不易察觉的浅红。

她赶忙错开视线，转身往前走，步伐有些快，还有些乱。

可她没走两步，手腕就被人抓住，因为陆祉年想跟上她太轻而易举。

少年个高腿长，一个跨步就跨到了她身侧，脸上挂着明晃晃的笑意："跑什么？"

见云熹不说话，他又兀自反省道："我不该得了便宜还卖乖？"

他的语气腔调带着种漫不经心的味道，好像从来都是游刃有余的，唯独看向云熹的眼睛时，难得地正经了起来："听你的。"

热意在肌肤贴合处翻滚，云熹低头就能看见落在自己手腕处的修长手指，心底的羞怯早就因陆祉年的插科打诨散了个干净。

她听见自己应了声"好"。

她就像风筝，能趁着风起的时候越飞越远，可线却留在了陆祉年的手里，他轻轻一拉，她就忍不住回头。

这是今晚，又或者说是逃避的这些天里，云熹渐渐琢磨出的道理。

不是她选择了回头，而是陆祉年拉住了她。

…………

年关将至，年味渐浓，连云熹这个不怎么关注这些的人都感受到了。

去年这个时间点，她还寄居在舅舅家，是再怎么降低自己存在感也还是多余的存在，最放松的时候就是等一家人都睡去了，一个人安安静静地坐在沙发上看春晚重播的时刻。

至于今年，云熹有些犹豫。

她从王阿姨口中得知，陆家往年的惯例都是年三十晚上去陆祉年的母亲家过年，也就是沈家。

今天早上，陆叔叔也特意来和她说了这件事，问她愿不愿意和他们一起去沈家过年。

云熹叹了口气，她其实并不那么喜欢陌生且人多的环境，特别还是在这么个阖家团圆的日子里，更显格格不入。

年三十下午，云熹看着正站在玄关处整理年礼的陆叔叔，走过去轻声道："陆叔叔，我就不去了，一个人待在家里也挺好的。"

"怎么了熹熹，是有什么事吗？"陆云枫抬起头，关心地说，"有什么事都可以和叔叔说的。"

云熹张了张嘴，正迟疑着要不要将自己心里那些微妙的情绪说出来，旁边忽然有人插了句："不想去就不去。"

陆祉年不知道什么时候走了过来，迎着陆云枫的视线，轻描淡写地将话头带过："你管这么多干什么？"

果不其然，注意力与火力全都被他一个人吸走。

顾不得云熹为什么不去，陆云枫摇着头就开始对陆祉年进行"恨铁不成钢"的说教。

只是说着说着，就变了味。

陆云枫扫了眼自己这个斜倚在墙边的儿子，呛声道："好歹是去做客，你身上这懒散劲能不能收一收，啊？"

"去吃饭又不是去相亲。"陆祉年扯了下嘴角，满不在乎。

"你这样的还想相亲？"陆云枫皱着眉，反驳道。

"我这样的确实犯不着相亲。"

站在旁边听了全程的云熹，没忍住笑出声来。

结果她抬头就看见陆祉年朝这边望了过来，看口型似乎是"不许笑"三个字。

可这怎么收得住，云熹刚想别过脸去，借此掩饰脸上笑意，头顶忽然间落下片阴影，陆祉年不知何时已经走了过来。

"你……"云熹才出了个声，下半张脸就被捂住，徒留一双瞪得圆圆的眼睛露在外面。

而少年身上好闻的薄荷气息袭来的时候，她心跳节奏一拍快过一拍。

半晌过后，陆祉年将手松开。

云熹终于得以将没说完的话说出口，就是有些语无伦次："你刚刚为什么，就是你捂我嘴干什么？"

这话听上去有些像控诉，偏偏被控诉的人脸不红心不跳的。视线对上的刹那，陆祉年不紧不慢地开口："我说了，不许笑。"

无人察觉的角落，陆祉年将手从她身上挪开，偏又在离开前，不着痕迹地替她理了下被风吹歪的衣领。

一切准备妥善后，云熹看着即将出门的陆祉年，想了想，上前小声说了句："新年快乐。"

她想着他今晚可能不会回了，与其到时候补，这句祝福不如提前说。

骤然听见这么句话，陆祉年转着钥匙的手不由得顿了下。他很快反应了过来，但他没回她，只是说："吃的什么都在冰箱里，要是饿了你就先吃。"

等他走后，家里顿时只剩下云熹一个人。

夜色全然笼罩下来的时候，听着外边时不时传来的喧闹，云熹打开了电视机，春晚直播已然开始，目光所及都是喜庆的红色。

好像全世界都在过年吃年夜饭。

她悄然叹了口气，忽然发现自己也没有那么耐得住冷清。

沈家客厅，璀璨的吊灯光线下，丰盛菜肴一道道上桌，众人围在一块儿吃着团圆饭。

吃得差不多了后，陆祉年的几个舅舅已经放下筷子开始高谈阔论，从公司今年的营收到最近新出台的政策，简直无所不谈。

话题转着转着，忽然转到他爸身上，有人吹捧道："还是陆总厉害，年前拿下的那个项目够吃一整年了。"

话音刚落，就有不少人跟着附和。

陆祉年对此并不感冒，有一搭没一搭地把玩着手上新换的机械腕表。

眼看话题就要转移到他身上，外加饭也吃得差不多了，陆祉年生出退场的心思。

他大步走到外婆身前，俯下身说道："外婆，提前祝您新年快乐，今晚我就先走了，改天再单独来看您。"

"水饺都还没吃怎么就要走？"沈外婆握住陆祉年的手，有些不舍。

陆祉年拿外套的手顿了下，像是想起什么似的，嘴角挑起个不明显的弧度。

他笑着解释了句:"家里养了'猫'要喂。"

年三十的晚上,人间处处热闹,没道理独独冷落一只"猫"。

"下一个节目是由平城歌舞团为我们带来的……在这个阖家团圆的日子,让我们……共同祝福祖国繁荣昌盛……"

云熹躺在沙发上,断断续续地听着电视里传出的声音,没多久就陷入到了意识不大清醒的昏睡中。

还是突然响起的手机铃声,让她恢复了些许精神,她没什么气力地"喂"了声。

"你在睡觉?"

听见电话那边传来熟悉的冷然嗓音,没看来电显示就接通电话的云熹,才反应过来那边是陆祉年。

可他不是在吃年夜饭吗?

云熹迷迷糊糊地想着,也没好意思说自己太无聊,看个电视把自己看睡着了的事。

好在陆祉年也没多问,在隐约传来的呼啸风声里,他喊了声"云熹"。

云熹不明所以地"嗯"了声,刚想问句"怎么了"的时候,耳畔又响起句:"来开个门。"

明明他说话时只是伴着微弱的电流声,却又好像真的能电到她,激起酥麻一片。

陆祉年回来了?

直到云熹推开门,瞥见门外站着的高瘦身影时,也仍然不敢置信。

他就这么抛下一群亲戚,一个人回来了?

"愣着干什么?"

陆祉年将怀里焐得好好的饺子塞到云熹手上,见她还是一脸震惊,不免低头哂笑了下:"才几个小时,就不认识我了?"

"没。"

云熹目光在他脸上徘徊,从眉骨再到下颌,每一处都看得仔细,好半晌后才说了句:"就是以为你不会回来了。"

为什么不回?

陆祉年蓦然停住脚步，逗她："你不希望我回来？"

云熹像是没想到他会这么问，毫无防备地抬起头，拿着手机的手慌乱地划拉了几下。

也不知道怎么，忽然就点开了某视频软件的热门推送，背景音乐随之倾泻而出："天都黑了你都没来过——"

空旷客厅甚至让这句歌词又回响了遍，清晰地落在两人耳边。

陆祉年不置可否地挑了下眉，忽然就反问了句："是吗？"

清冷干净的嗓音一下就勾出了云熹的耳热，正当她想阻止陆祉年继续说下去的时候，又毫无防备地听见陆祉年笑了下。

低低徐徐的笑声里，他吐出两个字："来了。"

天黑了。

他也回来了，回来陪她。

第十三章
辞旧岁...

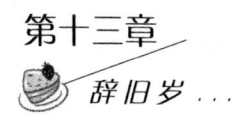

开着暖气的客厅里,云熹安安静静地吃着陆祉年带回来的饺子,偶尔抬起头来瞥他一眼。

其实她不是故意要看他,实在是这人的存在感太强,哪怕只是微微屈着腿,斜靠在沙发上,也叫人不容忽视。

特别是当屋顶吊灯耀白的光线轮转到他脸上的时候,本就突出的五官更显深邃,浓密的睫毛在眼睑处盖下小片阴影。

他长得还挺好看的。

然而就在云熹无意识抬头的下一秒,空气中突然冷不丁响起句:"再看收费了。"

话说得懒洋洋的,咬字腔调还是那股熟悉的散漫劲儿。

云熹闻声仰起脸,果不其然就看见陆祉年漫不经心地将手机锁了屏,漆黑眼眸望过来的时候,脸上神情似笑非笑。

不过,收不收费的问题,云熹并不关心。

她只是盯着碗里码得整整齐齐,甚至还冒着热气的饺子,忽然思考了起来。

陆祉年回来得匆忙,而且,就带了这么一碗饺子,那……他自己吃了吗?

思及此,云熹试探性地将盛着饺子的碗往前推了推,小声问了句:"还挺好吃的,你要不要尝尝看?"

陆祉年当然听出了她话中那份心虚,但饺子什么的其实他本来就不大爱吃,顺手带回来就是给她吃的。

他打量了下碗里的饺子,没动。

他懒懒地掀起眼皮,出声道:"你这是用我给你带回来的东西贿赂我?"随即轻"啧"了声,"太没诚意了吧。"

这声"啧"就很欠,成功打消了云熹的心虚之情,以及和陆祉年相处久了后越发淡薄的良知。

"那算了吧。"云熹又将碗挪了回来。

见她又吃了起来,陆祉年继续埋头玩起了单机小游戏。

然而十五分钟过去了,云熹还没吃完。

实在是外婆给装的饺子太多了,许是心疼久未谋面的外孙,这一碗饺子是常人两餐的分量。

饶是云熹将自己给吃撑了,碗里的饺子愣是还顽强地剩下了几个。

她真的吃不下了,可浪费粮食也不大好……

云熹面上现出些为难神色,巴掌大小的脸不自觉地皱成一团。她看向陆祉年,期期艾艾道:"你说,我要是把饺子放冰箱里明天还能吃吗?"

陆祉年:"嗯?"

碗里统共就剩三五个饺子,放冰箱?

"可是不放冰箱会浪费掉的。"

陆祉年还没说话,云熹就看出了他眼里的不赞成,她只好继续说道:"这好歹是你专门带回来的饺子。"

因为是他带回来的,所以不想浪费?

陆祉年挑了下眉,没说话。

沉默里,云熹的头越来越低,即将和茶几来个亲密接触的时候,眼前忽然晃过一只骨节分明的手。

——那只手连饺子带碗给端了过去。

云熹顿时抬起头,盯着已经摆在陆祉年面前的饺子,发出了个单音节:"你——"好半天才将话说完整,"你不是不吃吗?"

况且,饺子在空气中暴露了这么久,已经冷得差不多了,肯定是没那么好吃了。

陆祉年没多说,动作利落地拿起筷子,夹起吃了一个,不多时便将剩下的都解决了。

见云熹还在看着他,他不咸不淡地说了句:"还有事?"

云熹一时还真不知道该说什么了。

但当她目光转到陆祉年手上的筷子时,像是想到什么似的,脸上

神色一秒变得纠结起来:"这、这是我用过的筷子?"

陆祉年一脸云淡风轻,眼神坦荡得像是在说"不然呢"。

见云熹仍是不可置信的模样,他还好心提醒道:"不仅筷子是你用过的,碗也是你用过的,就连饺子——"

他顿了下,漆黑的瞳孔里隐约含着几分玩味笑意,不紧不慢地说道:"都是你吃剩下的。"

很好。

他这话成功地将云熹嘴里尚未来得及说出来的"你怎么不再去重新拿双筷子"给堵了回去。

事已至此,云熹"破罐子破摔"地闭上了眼,像是想借此逃避点什么。

谁料,有人不依不饶,气息明显地靠近,在她耳边说道:"还是,你觉得这意味着什么?"

云熹耳朵不着痕迹地热了起来,从白皙的耳垂一路往上,烧红了整个耳郭。她气恼地瞪了他一眼,一字一句道:"意味着饺子没有浪费。"

两人足足有半个小时没说上一句话。

或者说,云熹单方面地跟某人冷战了半个小时。

快午夜十二点的时候,窗外断断续续地传来了烟花爆竹声,原先还黑漆漆的夜空升腾起簇簇烟火。

陆祉年望着紧抿着唇的云熹,收了收脸上散漫的神色,正经地提议道:"不去看看?"

去看就去看。

没等他,云熹抬腿就往外走。

陆祉年也不在意,低头笑了下,插着兜就跟了上去。

外边"噼里啪啦"的声音越来越密集,闪烁在夜空的烟花也越来越多,璀璨的流光点亮了整个天际。

确实很漂亮,云熹不自觉地弯起了嘴角。

不远处有还没睡的小孩兴奋地放着烟花,欢呼声一声高过一声,好像过年就是应该这样热热闹闹的。

云熹正出神地望着小孩拿着蜡烛点燃烟花的时候,手上忽然被塞了什么东西,细细长长的。

她低头一望,才发现是仙女棒。

"你哪儿来的?"她问道。

陆祉年又从衣服里给她摸出个打火机来:"回来的路上买给小朋友的。"

小朋友,哪儿来的小朋友?

云熹不明所以:"那小朋友呢?"

这次陆祉年没再回答,眼中带着明晃晃的笑意直直看着她。

云熹后知后觉地在他这眼神里明白了过来。

离零点还差一分多钟,漫天的烟火下,陆祉年微微拢住打火机的火光,俯身偏头说了句:"该放烟花了,小朋友。"

小朋友,是她。

仙女棒很快发出炫目的光彩,再顾不上其他,云熹赶忙挥舞了起来,使其在空中留下耀眼的痕迹。

跑了圈回来后,她轻喘着气向陆祉年夸耀:"真的真的很漂亮。"

大概是零点钟声响起的那一刻,鞭炮声达到顶峰,他们所处的环境一下就嘈杂了起来,以至于云熹只听见陆祉年"嗯"了声,然后喊了她的名字。

后面的话她没能听清,看口型似乎是四个字,大概是新年快乐。

等杂声全都散去后,云熹也回了句:"新年快乐!"

"新年快乐。"陆祉年怔了下,旋即笑了笑,什么也没有多说。

快深夜两点的时候,云熹才回房间睡觉,她今晚实在过得太尽兴。

明明也就比她独自在家时多了一个人,可就是这么个人,让她觉得原来守岁并不难熬。

如果可以……

十二点放完烟花,陆祉年叫她许新年愿望的时候,她觉得没什么好许的。

现在却想要贪心一点,她想要,年年有今日,岁岁有今朝。

更好一点是,有人陪她一起。

最好是,他陪她一起辞旧岁、迎新朝。

大年初三那天，陆家迎来了齐盛和他爸妈。

齐盛估计是过年在家里憋坏了，一进陆家就忙不迭从他爸妈身边溜走，喜气洋洋地冲着正敲打着手机屏幕的陆祉年打了声招呼："陆哥，新年好！"

"喊这么大声干什么，我又不会给你发红包。"陆祉年视线从手机上挪开，轻声嗤笑了句。

"瞧你说的，我是那种人吗？"齐盛大义凛然，义正词严道，"这不是以后还得多仰仗你吗？"

齐盛指的是附中难度高得上网搜都没有答案的寒假作业。

陆祉年扯了下嘴角，继续低头玩他的单机游戏。

压根儿不用人招呼，齐盛对陆家可谓是轻车熟路。没一会儿，他就站在鱼缸前喊道："哟，这不是大眼和小眼吗？陆哥，这大过年的你给它们喂吃了的没有？"

"你怎么知道它们的名字？"重点偏移的某人皱着眉抬起了头。

"这不是上次在你家里看见云熹妹妹喂鱼，我多问了两句嘛。"

齐盛边说，边开始"啧啧"称赞："云熹妹妹确实照顾得用心，跟照顾自己孩子似的。"

陆祉年目光随着齐盛的话，一并落在了鱼缸里那两条金鱼身上。

然后他就看见齐盛抓了把鱼缸旁边放着的鱼食，去逗大眼和小眼："来，叫爸爸。叫爸爸就给你们吃。"

"齐盛。"陆祉年蓦然开口。

他很少这么连名带姓地喊，这一叫吓了齐盛一大跳，嘴瓢道："爸爸——"

"别乱喊，我可没你这个儿子。"陆祉年慢条斯理地说了句。

他略微一抬头，凌厉的下颌线在窗户漏进来的光线下暴露无遗，接着下巴冲鱼缸方向扬了扬："这才是我儿子。"

齐盛：……你的意思是我还比不上这两条鱼？

"什么儿子？"

恰在这时，端着两杯乌龙茶的云熹从厨房里走了出来，她只听见了最后两个字，所以一头雾水。

不等陆祉年开口，齐盛抢先寻找安慰，问道："云熹妹妹，你说！

是我重要还是这两条鱼比较重要？"

"大眼和小眼……"云熹不忍心伤害齐盛的感情，话说得委婉，"就像是我的家人和孩子。"

没想到这反而戳中了齐盛的心口，他目光狐疑地在陆祉年和云熹之间扫来扫去。

孩子？儿子？

齐盛的眼神越发古怪起来，仿佛下一秒就要说出"你俩什么时候背着我偷偷有了孩子"。

手机忽然振动了下，齐盛低头就看见了微信的红包提示，是他陆哥发的。

这算是封口费吗？

"你是有什么话说吗？"云熹问了句。

陆祉年随之瞥了齐盛一眼。

拿了封口费的齐盛觉悟很高："没，我就是想说祝你们新年快乐、恭喜发财、早生贵子——"

云熹、陆祉年两人头上顶着问号。

齐盛仍旧滔滔不绝地说着，半点没觉得自己好像说错了点什么，没心没肺地笑着："陆哥，你俩怎么都不说话了啊？"

当齐盛将视线转向云熹时，云熹不自然地别过脸去。

她不得不承认，每每听到自己的名字和陆祉年的一起被人提起的时候，心率总是快于平常，像被风吹起涟漪的湖面，说不清道不明的情绪自中心发散，又慢慢、慢慢地舒展开来。

"不是，我说错什么了吗？"齐盛纳罕道。

云熹抿了抿唇，没说话。

见状，陆祉年从茶几上拿起罐六个核桃朝齐盛丢了过去："多喝点，补补。"

"啊？"还在局外的齐盛接过牛奶，稀里糊涂地道了句谢，"谢谢陆哥。"

陆祉年冲他摇头，踢了下脚边那箱刚开封的牛奶盒，干脆说道："别客气，你都拿走。"

这话让云熹没能忍住，嘴角不自觉地勾了起来。

倒是齐盛浑然不觉,安静不过两分钟又开始撺掇着陆祉年和他一起去昭明山玩:"陆哥,我听说蒋林他们搞了场小型比赛,娱乐休闲性质的,你去不去?"

什么比赛会在昭明山举行?

云熹好奇地朝他们望了眼,只见齐盛满脸兴奋,与之形成鲜明对比的是,陆祉年却面色淡定,还是那副仿若对什么都提不起兴趣的样子。

"陆哥你要不去,蒋林那帮人又该得意了,你是没看见他们每回赢了之后那小人得志的嘴脸。"齐盛见他没反应,开始游说起来。

闻言,陆祉年轻笑了声。

云熹下意识就将视线定在他脸上,冬日里并不强烈的日光从他眉宇,一路延伸至他棱角分明的下颌骨。

再往下,他喉结动了动,腔调随意又散漫:"他们得不得意关我什么事?"

是这样,对于不关心的人,他总是连个眼神都懒得施与,连一丝一毫多余的情绪都不肯浪费。

云熹摇摇头,忽然觉得自己好像能理解那些视陆祉年为追逐目标,甚至对手的人内心的苦闷。

他们铆足了劲想超过他、战胜他,到头来,却发现自己好像连他的注意力都没能引起。

不管是在竞赛方面,还是齐盛刚刚提到的这个小型比赛上。

齐盛不死心,接着劝道:"别啊陆哥,我打听过了,那比赛就在下周一,咱成天待在家里多无聊啊,就当出去透口气行不行?"

齐盛这话说完,陆祉年出乎意料地抬起了头。像想起什么似的,他转头看向云熹,问:"你觉得在家里无聊吗?"

"还行吧。"

突然被点到的云熹反应慢了半拍,在齐盛如火如炬的目光下,她慢吞吞地说了句:"但我挺想去看看的。"

陆祉年这会儿倒开始好说话起来了,散漫的姿态稍稍收了收,扬眉道:"那就去。"

至于齐盛,顾不得他陆哥这"驰名双标"的行为,忙不迭地说道:"那可就说好了,下周一我来找你们一起去。"

云熹是在齐盛离开后才从陆祉年嘴里得知，那个娱乐性质的小型比赛是赛车，按照惯例，每年冬季都会在昭明山举行。

虽说是个业余比赛，但去的人不少。

周一那天，澄澈天空下，散落着或是来参赛或是来围观的人，比之圣诞那晚热闹不少。

云熹被陆祉年领到了休息区域，坐下的时候，她以为他会同外边那些选手一样，起身去换赛车服，没承想却看见他跟自己一道坐了下来。

"你不参加吗？"云熹迟疑着开口问道。

陆祉年双手环着胸，低头看了她一眼，面不改色地撒谎道："太菜了，就不上去献丑了，丢不起这个人。"

她怎么记得齐盛不是这么说的，不仅不是，齐盛还把他吹得天上有地上无，整个就一秋名山车神。

在云熹深度怀疑的目光之下，陆祉年也没动摇，他长腿支着，漫不经心地对上她的视线，补充道："这不是还得看着你。"

云熹怔了下，下意识说道："我有什么可看的？"

"人多，不看紧点怕丢。"陆祉年理所当然道。

怎么感觉像是把她当小孩。

云熹渐渐转过脸去，想以此遮掩脸颊上那抹可疑的薄红。

中场休息的时候，休息区的人一下就多了起来。

但云熹其实不怎么受影响，她坐在里面的位置，外面是陆祉年，少年挺拔的身姿有效阻挡了人群，以至于拥挤和喧闹都凑不到她跟前来。

"喝口水。"

云熹正有一搭没一搭地想着别的，眼前忽然递过来一瓶矿泉水，骨节修长的指节搭在上边，她都不用偏头就知道是谁。

云熹熟练地接过，果不其然就发现瓶盖已经被拧开过。

也是在这一瞬间，她忽地意识到她和陆祉年其实是有点默契在的，甚至不用再问"喝不喝水"，他开口就是肯定句。

"哎哟，陆哥！"

云熹正喝着水，耳边蓦然响起这么一声突兀刺耳的招呼，吓得差

点被水呛到，旋即小声咳了起来。

见状，陆祉年的眉心不着痕迹地皱了起来。

他边随手接过矿泉水瓶，边抬眼看向了那个出声喊他的人。

面生，没见过几次，估计是经常和蒋林混在一块儿玩的那帮人之一。

陆祉年对其没什么好感，面色冷淡地吐出两个字："有事？"

"也没什么大事。"那人烫了一头黄毛，手上还夹着根没吸完的烟，偏还半点自觉都没有地凑了过来。

"这不是上半场比赛没见到陆哥，我们老大叫我过来看看。"

陆祉年抬眼，脸上没有多余的表情，视线落在黄毛的手上："把烟熄了。"

他说话时，周身的低气压仿佛顷刻间聚在了一块儿，叫人连反驳的心思也生不出。

黄毛一句"凭什么听你的"还含在嘴里，手就不听使唤，乖乖按陆祉年的意思把烟给熄灭了。

陆祉年没理黄毛，转头去看云熹还咳不咳。

云熹早就没事了，于是冲他摇了摇头。

挺和谐的画面，偏又被黄毛给打破了。

许是方才经受的冷淡无视让黄毛觉得失了面子，这会儿他愣是要找些存在感。

黄毛的目光落在云熹脸上，他脸上现出一闪而过的惊艳，也不知道是哪根筋搭错了，竟然冲着陆祉年开起了云熹的玩笑："咱妹妹还挺漂亮，陆哥介绍下呗。"

"介绍下？"薄薄的眼皮掀起，陆祉年漆黑的瞳孔里像是蕴含着危险，一丝光也透不出，他沉沉笑了两声，继而面无表情地往人身上踹了下，"脑子清醒点了吗？"

黄毛被踹得往旁边倒的时候，仍旧没有反应过来，直到领口被人扯着拽起，耳边响起句嗤笑"做什么梦呢"，他才意识到自己好像惹到了陆祉年。

可他不就说了两句话，至于这么大动干戈吗？

如果他这话陆祉年能听到的话，他大概还能得到个明白答案。

——至于。

跟云熹有关的一切，都至于。

怕再纠缠下去会生出什么事端来，最开始的愣怔过后，云熹赶忙上前拉住了陆祉年的衣袖。

她仰起脸，冲他摇了摇头。

陆祉年手稍稍动了下，云熹紧张得赶紧握住："我没事的，你不要再理他。"

半晌过后，陆祉年才"嗯"了声："听你的。"

"还不走。"陆祉年回头扫了眼还没离开的黄毛。

得了"赦免"的黄毛飞也似的逃开了。

下半场快结束的时候，下来个穿着红色赛车服的选手，被一群人围着，想不让人注意都难。

云熹原本没太在意，没承想却看见他直接往这边走了过来。

陆祉年身形靠前，恰好挡在云熹前边，在那人说话前喊出了他的名字："蒋林。"

蒋林就是黄毛口中的"老大"，他会过来，陆祉年一点也不意外。

仗着家里资产丰厚且父母睁一只眼闭一只眼的态度，蒋林平日里最爱干的就是拉帮结派，奉行一些所谓的"兄弟义气"，不用猜都知道，他是来给黄毛找回面子的。

"陆哥你还记得我啊，记得怎么不下来玩一局，好歹大家相识一场。"

闻言，陆祉年坐着没动，无所谓地打量了蒋林几眼，才不急不缓道："为什么不记得，虽然输的人很多，但架不住你输得最多。"

他话说得慢，无端有种嘲讽在，而事实也确实如此。

蒋林脸一红，冷哼了声道："上次是你运气好，敢不敢再来一局？"

"可我没兴趣和你再玩一次。"这点激将法对陆祉年根本不起效用，他扯了下嘴角，没什么情绪道。

蒋林急了："不玩你来干什么？"

再想到刚刚黄毛和自己说的，陆祉年还带了个女生一起过来，蒋林又朝被陆祉年挡住了大半身体的云熹望去，嘴里不住嘀咕道："也就长得还行啊。"

"带过来也是当花瓶。"蒋林嗤之以鼻道,"这种女的要是懂什么赛车,我绕场三圈,边跑边大喊我是傻瓜。"

"赌什么?"恰在这时,陆祉年冷不丁开口。

像是没料到陆祉年会突然松口答应,蒋林慢了半拍才反应过来,然后迅速接口道:"要是我赢了,上次你开过来的那辆新款越野归我怎么样?"

一旁的齐盛听见他这么个要求,倒吸一口凉气道:"蒋林你这也太狮子大开口了吧。"

谁不知道他陆哥的越野摩托是重新组装过的,换的全是进口零件。

齐盛还想劝劝,结果被陆祉年一抬手给挡了回去:"行。"

连蒋林都没想到陆祉年会答应得这么干脆,见状问道:"那你要什么,钱还是别的?"

"不要钱。"

陆祉年把玩着手里的护目镜,忽而抬起头,神色松懒地说了句:"你输了绕场跑十圈,同时大喊你是傻瓜吧。"

"赌就赌。"蒋林咬咬牙答应了。

等比赛结束,人都散得差不多的时候,陆祉年换好赛车服从更衣室里走了出来。

这还是云熹第一次见他这样穿,黑白相间的贴身服装勾勒出流畅的身体线条,少年肩宽腿长的优势展现得淋漓尽致。

"在想什么?"陆祉年走了过来,轮廓明晰的一张脸由远及近地进入云熹的视野。

她还没来得及说什么,手上就被递过来个通体漆黑的头盔,与此同时,熟悉的淡漠嗓音在她耳畔响起:"帮我戴上。"

云熹轻轻"哦"了声,看着陆祉年在自己面前俯身低头,仿若小狗袒露肚皮,朝人露出颗毫不掩饰的赤诚真心。

她给他戴好,没提输或赢,只说了句:"你记得注意安全。"

陡然撞进云熹那双写满担忧的眼睛里,陆祉年无奈地失笑了声:"对我有点信心,嗯?"

"我会赢。"他摸了下云熹的头,低声说道。

怎么着也得赢给她看。

比赛即将开始。

云熹被陆祉年摁在观景台，他朝她扔下句"等我回来"，就往比赛场地走去。

她想追上去，可才跳下台阶，就清楚看见前边那人背对着她抬高手，微微举过头顶挥了挥，比了个告别的手势。

姿态散漫又随意，像是背后长了双眼睛，将她的心思摸得清清楚楚。

又像是在无声地告诉她用不着担心。

望着陆祉年的背影，云熹慢吞吞地又坐回了原地，耳畔没由来地回响起那句："我会赢。"

他这个人好像有某种魔力，说的话总能叫人一字不落地尽数相信。

选手们准备就绪，裁判吹响哨声。

云熹注意力全在赛道上，眼也不眨地盯着那道裹在9号赛车服里的身影看，连齐盛什么时候坐到自己身边来了也不知道。

视线里，绕着山谷地形特意回环修葺的柏油路上，平日里显得高瘦挺拔的少年，同红黑色车身彻底融为一体，像是要破开暮时垂落在天边的昏沉光景那样，利剑一般向前驶去。

她没观赏过类似的赛车竞技，速度与激情这种词离她循规蹈矩的生活相当远，以至于在看到陆祉年控制着车身如离弦之箭而去的瞬间，脑子里只有一个念头。

天地辽阔，而风和少年都是自由的。

时间一分一秒地过去，耳边仿佛有风呼啸而过，云熹却觉得每个瞬间都被拉得无限长，目光所及之处全是某个人。

…………

场上，前面五圈陆祉年都没有失误，操作看起来毫不费力，但就是将穷追不舍的蒋林甩在了后边，且两人差距随着圈数增加有越来越大的趋势。

蒋林技术的确不差，可惜他的对手是陆祉年。

还有最后一圈的时候，9号赛车手领先优势明显，齐盛撑着栏杆

远眺道:"我早就说我陆哥是秋名山车神——"

可话音刚落下,赛道上就陡然生出些变化。

落后一截的蒋林突然将车身向左倾斜,利用弯道的距离差,直直往陆祉年的车尾撞去。

云熹当即站了起来,接着就听见齐盛猛然骂了句脏话:"蒋林不是吧,就这么输不起,这种小比赛还玩脏的?"

对面以黄毛为首的那群人却开始欢呼叫嚣,在蒋林乘人之危超车的瞬间纷纷喊道:"老大牛!"

眼看只剩半圈的距离,终点近在咫尺。

"怎么办,不会真让蒋林那个浑蛋赢了吧。"齐盛按捺不住情绪,着急道。

"这还比什么啊,就剩半圈了被超过怎么可能追得回来?"

云熹抿了抿唇,忽然开口:"不会。"

她下巴生得尖,说话的时候无端有种倔强味道在:"不一定输。"

"不是,你就这么相信他?"

齐盛以为她不了解比赛规则,耐心解释道:"比赛就要结束,只剩最后半圈了,云熹妹妹,过了前边那条白线蒋林就赢了。我陆哥车尾还被他撞了,指不定就受到影响了。

"好吧,陆哥是厉害,但我们也不能盲目相信是不是……"

不然等下输了多尴尬啊。

云熹没再说话。

盲目也好,直觉也罢,她就是觉得陆祉年说会赢就是会赢。

目光回到赛道,一秒又或许是两秒后,原本稍显劣势的红黑色赛车奇迹般地驶出了个漂亮的漂移,旋即借力加速,重新将原本抢在前边的蒋林又甩回了身后。

巨大的轰鸣声里,陆祉年率先驶过了齐盛嘴里的那条白线,抵达了终点。

"齐盛,"云熹嘴角弯起,轻声说道,"你看,他赢了。"

比赛结束后,蒋林那伙人垂头丧气的,但再不情愿,他们也不敢违背事先说好的约定。

于是云熹亲眼看着蒋林脱下头盔，绕着赛场边跑边喊"我是傻瓜"。

喊声很小，大概是因为拉不下脸来。

跑了才两百米的距离，蒋林就硬着头皮凑到陆祉年跟前，央求道："换个别的行不行，陆哥你就说还有什么其他想要的，我一定满足。

"刚刚那个擦车尾也是我不对，不光技不如人还想着走歪门邪道，您大人有大量别跟我计较。"

陆祉年接过云熹递过来的水喝了口。

闻言，他脸上没什么表情地抬起了头，不疾不徐地重复道："别的？"

"对，别的什么都行。"蒋林还算识相，嗅到那么丝转机，立即点头如捣蒜。

"那行。"陆祉年轻哂，偏淡的瞳孔里显出点认真。

他下巴微抬，朝云熹所处的位置扬了扬："给她道歉，直到她满意为止。"

陆祉年之所以赌这么个毫无意义的约，为的无非是蒋林先前那番言语。

——"也就长得还行啊，这种女的能懂什么赛车啊？"

既然蒋林主动提出道歉，那就道歉。

以前他对人对事喜欢追究到底，但云熹在这里，他也就得饶人处且饶人。

随着陆祉年的点头，蒋林心下松了口气。

他动作很快，即刻向着云熹恳求道："我错了，之前那些话都是我胡言乱语胡说八道。

"我跟你道歉行不行，要不你打我两下怎么样，不，随便你怎么打，行吗？"

云熹没见过这样的阵仗，面前的人没有半点之前嚣张的气焰，仿佛所有威风在陆祉年的施压下尽数消失了。

她下意识地抬眼去看陆祉年。

"不用紧张，看你心情。"陆祉年就站在她身旁，明明没有抬眼，却如有所感般淡声说道。

-210-

他嗓音仿佛浸着凉风，刮蹭在她耳郭时，轻易就能激起点点麻意："你什么时候满意了，什么时候叫停。"

心绪神奇般地得到平复，云熹轻轻点了下头。

说实话，蒋林说过的那些云熹其实没怎么往心里去。

因为他说的对她造不成影响，况且她向来耳根软，心更软，放在平时别人要是愿意道歉，她估计当下就不会再计较。

她私心里更在意蒋林在赛车时的所作所为，因为蒋林擦撞到了陆祉年的车尾。

于是这次，她实打实地让蒋林将那长串表达愧疚懊悔的话全说完了。

说到最后，蒋林口干舌燥。

"我不该胡乱发表言论，我保证再没有下次。"

云熹点头，将这一页揭过去。

只是她最后补充了句："还要保证以后赛车的时候遵守规则，不要撞到以及误伤他人。"

大抵是她说这话的模样太过认真，站在一旁松着护腕的陆祉年看在眼里，蓦地轻笑出声。

而蒋林愣了下，赶忙答应。

接着他就看见陆祉年朝他挥手，示意他可以离开了。

休息场地瞬间只剩下云熹和陆祉年两个人。

云熹话都说完了，才后知后觉地对陆祉年刚刚的反应生出些许的心虚，小声问了句："你笑什么？"

陆祉年却没立刻回答，眼尾微微上挑，目光定在云熹脸上，瞧上去专注又执着，像是想看出些什么来。

良久过去，就在云熹以为陆祉年不会再说话的时候，他忽然开了口，不答反问道："你那话是在关心我？"

"哪句？"

云熹反应慢了半拍，回过神后，又赶忙躲开他视线，磕绊着答道："蒋林那个行为确实……有些危险和不妥，不光是他，你下次也要注意……"

"安全"两个字还停在她嘴里，话语就被陆祉年给打断了。

眼前的少年不知道什么时候俯下了身，比她高大半个头的身躯忽然凑得极近。

云熹愣愣看着近在咫尺的漆黑眉眼，一下忘了该说什么。

明明是冬天，前些日子还下过雪，可她只觉得周身温度在攀升，仿佛有热气从陆祉年的指尖，一路蔓延缭绕至她的心口，经久不散。

"你只要回答是或不是。"云熹听见他问。

他好像压根儿不在乎她方才所说的那些赘余语句，好像，从始至终要的只是她的一个答案。

因为隔得近，所以避无可避。

云熹忽然觉得眼前这张惯常散漫的脸，充斥着一种罕见的固执。

也因此，在对上陆祉年无声问询的眼神时，她心跳节拍一下快过一下，紧接着毫无理由地败下阵来。云熹动了动唇，眼看就要发出那个单音节字，一旁有人过来了。

"陆哥，蒋林晚上要请客，说是要赔罪。"

齐盛不知从哪儿冒出来的，找到他俩后兴奋大喊："他托我来问问你俩去不去。"

云熹将没说出口的话又咽了回去，余光里无意间瞥到陆祉年脸上现出难得一见的烦躁神色，听到他冷声回绝道："不去。"

"为什么不去呀？"齐盛摸不着头脑，自顾自地问道，"我还想趁这个机会狠狠宰他一顿呢。"

陆祉年："要去你自己去。"

接收到齐盛哀求眼神的云熹好心地替他拉扯了下陆祉年的衣袖。

果不其然，不过片刻，原先还冷着脸的某人脸上神色收了收，低下头来，挑眉问道："怎么，你想去？"

齐盛开始朝云熹拼命使眼色。

见齐盛脸上写满了"想去"两个大字，云熹好人做到底，慢慢点了点头。

"那就去。"

齐盛走在前面，云熹跟在陆祉年身后，想了想，她还是踮脚在他身侧将话补完，以仅他能听见的音量。

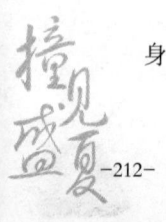

山顶的风里，传来女孩轻软的嗓音："是有点关心。"

闻言，陆祉年嘴角不着痕迹地勾了起来。

蒋林订的地方离他们现在所处的位置有段距离，于是齐盛走在前边带路，云熹和陆祉年一前一后地跟在他后边。

走路时，齐盛那张嘴也没停，一路走，一路说。

"陆哥，我早就想说了，你最近是不是有些偏心，怎么云熹妹妹说要去你就答应，我说你就不去，你这样会失去我的。"

"那就失去吧。"陆祉年无动于衷，语气毫无温度。

齐盛手捂胸口，做心痛状："陆哥你37℃的体温怎么说得出这么冰冷的话？"

见状，云熹忍俊不禁笑出声来，然后脚下一个没注意，被东西给绊住了，身体不由得朝左侧倒去。

意外发生得太突然，连陆祉年也只来得及在她身体彻底落地前，眼疾手快地拉她一把。

"有没有事？"陆祉年皱眉问道，整个人全然没有刚刚同齐盛说话时的放松状态。

他这么问，让云熹根本不敢隐瞒，只能如实说道："脚踝稍微有点痛……但应该没什么大事。"

陆祉年像是没听见她后边那句补充，先是检查了下她说的脚踝，旋即将她整个人抱了起来。

他说出的话语气很淡，却又带着毋庸置疑的味道："有没有事下山后让医生评定。"

陆祉年让齐盛找了辆下山的车，将云熹放进后座。

确认一切妥帖后，他出来和齐盛交代了句："我们先走了，你和蒋林说一声。"

得到答复后的陆祉年找车主拿车钥匙，路过山上店铺的时候，又顺手找店铺老板娘要了个冰敷袋。

没承想回来途中，正好听见齐盛在跟蒋林那边的人解释着什么："你们别开玩笑啊，陆哥确实对人好，但真没别的什么意思。"

"我对天发誓，他真就拿人当妹妹的。"齐盛强调道。

陆祉年上车的脚步顿了下，漆黑的瞳孔里晦暗难明。

"妹妹？"他低垂着头，蓦然抬了抬眼皮，轻笑道，"还真不是。"

第十四章
喜欢你...

陆祉年声音不大，却正好让那几个人听清楚。

短暂的愣怔过后，所有人的脸上都布满了震惊神色，特别是原先振振有词的齐盛。

有什么比背后议论被人当场抓获且否认打脸来得更为恐怖的吗？

等下，否认……

齐盛猛然记起陆祉年刚刚说过的话。

不是？不是妹妹是什么？

齐盛望着陆祉年的眼神逐渐震惊，可没等他问，陆祉年已经自顾自地转身上车了。

车内，云熹坐在后座试探性地碰了碰自己的脚踝。

"嘶——"

才碰到，她就倒吸了一口凉气，疼得巴掌大小的脸皱成了一团。

陆祉年才上车就看到了云熹这副模样，他眼神沉了沉，旋即将冰敷袋递了过去："下次还长不长记性？"

说这话时他的语气偏冷，加之他脸上一贯没有什么表情，总体看上去更加不好靠近。

以至于云熹边接过冰敷袋，边小心翼翼地觑他，连声音都有些微弱地答了个字："长……"

见陆祉年狭长眼尾挑起，似是又要说话，唯恐继续"挨训"的她又赶忙说道："我都记住了，你别生气，好不好？"

车里顿时响起声很轻的嗤笑："我生什么气？"

"那你没生气？"云熹越说声音越小，没什么底气的样子，"可、可你每回不笑、嘴角往下撇的时候，看着有点凶……"

陆祉年透过后视镜去瞧她低得快要埋在膝盖上的脑袋。

—215—

小小一只，莫名可爱。

且见他没搭腔，后边又传来瓮声瓮气的一句："你就别跟一个病号计较行吗？"

陆祉年收回目光，状似不经意地"嗯"了声。

而那在云熹口中总是"下撇"着的嘴角不知何时扬了起来。

期间，齐盛发过几条微信给陆祉年。

他当然没看，因为手机被他放在后座和云熹在一起待着。

不过，由于齐盛发微信的动静实在过于频繁，云熹很难不注意到。

最后，她看不过眼，好心帮忙问了句："你要看看吗？"

"不用管。"陆祉年回答得很快。

但在看见云熹已经替他将手机拿起后，他又补了句："你要想看可以看。"

"我看你手机会不会不太好？"云熹下意识说道。

"没什么不好。"陆祉年尾音散漫，拖长了语调道，"我你都能看，手机而已。"

陆祉年都这么说了，虽然这话听上去有那么点不对劲，但到底还是让云熹的好奇心战胜了犹豫。

他手机没设密码，是干干净净的出厂设置，所以云熹轻易就点开了齐盛的对话框，然后看到了齐盛的讨伐之词……

△你不是人！

△我以前怎么没看出你是这种人呢？

△兔子还不吃窝边草，你居然想近水楼台先得月？

△［痛心疾首.jpg］

好刺激的言语……

愣是使得云熹看完后半晌没说出话来，好半天才慢慢吐出句："陆祉年，你是干了什么对不起齐盛的事吗？"

陆祉年："嗯？"

陆祉年将车拐入下一个路口，不疾不徐地问道："他说什么了？"

由于开车不方便查看，他随口说了句："帮我念一下。"看样子并没将此事放在心上。

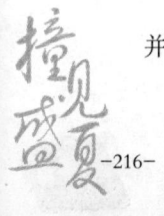

于是乎，云熹胆战心惊地将齐盛发的微信从第一句念到最后，每说一个字都觉得自己在刀尖上跳舞。

最后一个字落下的时候，她还忍不住怀疑地问道："你是不是抢了齐盛什么重要的东西？"

"那你这确实不太——"

然而"厚道"两个字没说完，驾驶座的方向就传来声很明显的轻笑。

陆祉年将车停在路边，好整以暇地回头看她："你的想象力是不是有些过于丰富了。"

"你真没有？"

"没有。"

云熹仍然不相信："那齐盛为什么骂你？"

回想了下离开昭明山时齐盛那个仿佛发现了什么惊天大秘密的眼神，陆祉年挑起嘴角，轻描淡写地猜测道："大概，他嫉妒我。"

十五分钟后，他们抵达医院，云熹打开车门往外走，可脚还没落地，就被人摁了回去。

"怎么了吗？"她不明所以，准备继续先前的动作。

头顶忽而响起一声叹息，听上去有些无奈。

"别逞强行不行？你打算单脚跳进医院？"

"那你给我找辆轮椅，推我上去吗？"云熹瞥见医院门口行动不便坐着轮椅的病人，小声建议道。

陆祉年扯了扯嘴角："不至于。"

"那怎么——""办"字还含在嘴里，云熹就看见陆祉年稍稍侧了个身，高瘦挺拔的身躯往下压，黑色夹克裹着的宽阔脊背一览无遗，他道："上来。"

稍显淡漠的嗓音就这么毫无预兆地在云熹心上划了一道。

她没想到陆祉年准备背她上去。

昭明山上，他将她抱上车的时候，云熹因为突如其来的疼痛意识有些恍惚，这一路上偶尔回想起来，她给自己的解释也是当时事发突然，陆祉年出于事急从权才这么做的。

可这次似乎又有点不太一样。

缓了这么会儿，她的脚已经没有开始那么痛了。

最最重要的是，她很清醒，这份清醒让她在反应过来他要背她的瞬间，不受控制地一点点耳热起来。

"你再站下去，天该黑了。"

见云熹久久没动作，陆祉年直截了当地抛出句："自己上来，还是要我动手？"

云熹轻轻"啊"了声，反应慢了半拍。

旋即整个人忽地离开地面，她再睁眼的时候已经被人背了起来。

"抓紧。"他淡声提醒。

"哦……"

经过一番检查后，医生提笔在病历单上"唰唰"写着，边写边说："病人的脚没有大碍，回去以后多注意休息，按时擦药，过段时间就能恢复。"

"谢谢医生。"

云熹道谢后，偏头看向身旁站着的陆祉年，用口型说了句"我能自己走"。

医生在场，她实在不好意思让他背了。

说完，她就站了起来，可没承想起太急了没站稳，踉跄着往一边倒去。

好在就要摔的瞬间，她的手肘被人稳稳扶住。她顺着手的方向往左看，果不其然瞥见了张熟悉的脸。

陆祉年"嗯"了声，旋即不咸不淡地说道："你能走，是我想扶你行吗？"

再拒绝就是她不知好歹了。

陆祉年过来扶她，两人之间的距离陡然拉近，这一次不再是看不清脸的背，云熹甚至能清楚瞧见他眼睑下方淡褐色的泪痣。

小小一点，丝毫不显女气，反倒透出劲劲的乖戾味道。

毫无缘由地，心口像是被烫了一下，以至于云熹飞快挪开视线，赶忙垂下眼，低声说了句"谢谢"。

只是她偶尔觉得奇怪，明明相处时间已经不短，为什么看到他那

张脸还是会心绪如潮涌。

回家后,云熹怎么也不敢再劳烦陆祉年了,主动提出擦药她自己来就行,绝对不会再出什么别的差错。

陆祉年随意点了下头,评价道:"我知道。"

"你伤的是脚,又不是手。"

是她自取其辱了。

云熹撩起裤管,默默给自己上药。她将白色的膏体厚厚涂了一层,但就是不敢揉。

因为,不碰还好,一碰就疼,更别说揉了。

于是她悄悄将裤管放下,开始像模像样地动手收拾药品,装作已经处理完毕的样子。

"今天的事谢谢你,我先上去了。"同沙发上坐着的陆祉年打过招呼后,云熹就想上楼回房间。

"等下。"

陆祉年抬抬眼,目光从手机上转移到云熹身上,一寸一寸往下挪,最后停留在她脚踝处:"揉匀再上去。"

"你怎么知道……哦好……"

原本就心虚的云熹没坚持两秒就改口,她认命般地重新坐回沙发,忍着痛开始按照医嘱揉匀,表情不可谓不痛苦。

然而,她揉着揉着,陆祉年忽然开口,客厅里响起少年清越的声线:"你想过以后做什么没有?"

这话题听着有些生硬。

云熹迟疑着回了句:"没有。"

"没有?"

被笑得有些不好意思,云熹边揉边反问了回去:"难道你有?"

"没有。"他这话答得比她更为坦荡。

浑不在意的样子甚至让云熹衷心地建议了句:"没关系,你要实在没想法,以后可以考虑下要不要当赛车手。"

她觉得他技术挺不错的,说不定可以试试走职业道路。

"赛车手?"陆祉年哑然失笑,"好主意,但以后要是养不起你怎么办？"

"什么？"后面几个字云熹没听清，又问了遍，"赛车手怎么了？"

见她揉得差不多了，陆祉年没再提起先前的话语，转而替她将医生开的药装好，腔调又恢复了一贯的散漫："没什么，早点休息。"

他漆黑眉眼在明晃晃的光线下更显锋利，唯独在同云熹说话的时候收敛了几分，让人觉得这个人好像并没有那么难以接近。

可真等别人接近了就会发现，只是好像而已。

直到他身影消失在客厅里头，云熹盯着自己脚踝，才后知后觉地意识到，他一开始显得有几分生硬的转移话题，貌似是在转移她对疼痛的注意力。

寒假的后半段云熹都没出过门，安心地待在家里过着养伤外加复习的日子。

快开学的时候，习题册被她做了一遍又一遍，扭伤正好也好得差不多了。

重回学校后，班级的氛围变得更紧张了些，特别是百日誓师之后，有高考这把"达摩克里斯之剑"悬在头上，人人自危，课间不是背书就是做题。

云熹倒没什么太大改变，按着自己节奏一步一步来，心态稳得不行，下课了更愿意站在走廊看看外边的操场。

她原以为这样的日子会持续到高考结束，可没想到生活总是横生波澜。

五月底，有同学找她："云熹，张老师叫你去趟办公室。"

她不明所以，去到办公室见到班主任后，开门见山地问："老师您找我有什么事吗？"

"没事，没事。"

张老师放下保温杯，指着一旁的中年男人道："你父亲今天到学校来看看你，老师叫你来父女俩正好见个面。"

父亲？

云熹转头望向自她进来后，一直不停打量着她的男人，语气平静却又罕见讥诮地说道："我怎么不知道我还有个父亲？"

她这话刚落,张老师就出来打圆场:"云同学,不要这么和家长说话,老师已经听说了。

"父母感情不和是父母之间的事情,你没必要因此迁怒于你的父亲。"

云熹不再说话,就这么静静望着这个自称是她父亲的男人。

"我今天来,是特意跟你解释的。"男人满脸诚恳,"熹熹,希望你能理解爸爸。"

男人西装革履,除了眼角的皱纹,年纪看起来并不大,五官轮廓也不难看出年轻时的风采。

甚至,她还能从他脸上找到与自己有几分相像的地方。

"别在这儿解释。"良久,云熹听见自己的声音。

闻言,男人像是松了口气:"好。"

男人带云熹出了学校。他准备自我介绍的时候,云熹给打断了:"不用,我知道你。"

周正彦。

一个许如烟女士过世前,云熹连提都不敢提的名字。

也是没想到,这个男人抛妻弃子这么多年,有朝一日居然也会回头。

不对,这么说也不准确,因为他压根儿就没给过许如烟女士名分。

"熹熹,你想去哪儿说?"见她上车后一言不发,周正彦忍不住打破了沉默。

"去你家吧。"她想看看他的家,想看看在她和妈妈四处奔波的日子里,这个男人过的是怎样一种美满的生活。

或许是出于愧疚,周正彦还真把车开回了家。

云熹坐在沙发上,听见周正彦开口:"想喝点什么,我让阿姨去给你准备。"

她环望了一圈客厅讲究的装修布局,心里大概有了数,哪怕以前就想过他这种人应该会过得很好,如今亲眼看见到底又是另一回事。

"今天找你,一来是想看看你,二来呢……"周正彦理了理衣襟,说话时那股生意人的派头特别明显,"二来你也长大了,如今你妈妈不在,我有义务也有责任照顾你。以前的事情是我这个做父亲的做得不够好,但以后我会尽力补偿你的。"

云熹觉得好笑,怎么她都要成年了,他忽然就想起身为父亲的责任了呢。

周正彦这心里丝毫悔改也没有的态度,让云熹这些年积攒的失望彻底决堤:"补偿吗?"

"可是,你真正应该补偿的人已经不在了。"

"云熹。"周正彦加重语气,试图说服她,"你妈妈已经不在了,过去的事就让它过去,你应该往前看。"

就因为你一个人在好好生活,所以别人连活在过去的权利也没有吗?

"周正彦,你真是虚伪至极。"

"云熹,这是你跟爸爸说话的态度吗?"周正彦的面子有些挂不住了,"我今天不是想和你翻旧账的,你总得分清什么才是对你最有利的。"

云熹笑容嘲讽,正想继续说话的时候,门口传来动静。

一个打扮得宜的女人走了进来,见到云熹时,她立刻皱起了眉头:"你怎么在我家?

"我告诉你,就算我和老周没有孩子,你也休想拿走我们家一分钱。"

云熹下意识就想要反驳,结果被周正彦拉到了一边:"熹熹你别同长辈计较,爷爷最近病重,我也是希望你过两天能同我去探望一下。"

"周正彦!"云熹还没来得及说什么,女人却气急败坏地跺脚道,"你休想为了分家产让这个野种进门。"

云熹忽然就明白了过来。

她这个父亲还真是步步不离算计。

"松手。"云熹边说边用力地甩开周正彦的手,在他的劝解声中,面无表情道,"我们从前没有关系,以后也不会有。"

云熹从周家跑了出来，望着周围陌生的街景，她忽然意识到其实自己举目无亲。

南川那么大，她通讯录里唯一能划拉出的名字却只有陆祉年。

可他也不在，上周就去了北城。

重新将手机塞回口袋，云熹眼神彻底涣散，只是徒步往前走，不停地走。

走着走着，她蓦然就想起她那没有父亲参与的童年，是许如烟女士一个人拉扯着她长大，母女俩有几年日子过得特别辛苦，以至于她以前特别不喜欢夏天。

褪了色的印象里，夏天仍然代表着闷热、暴晒，以及出租房里声音嘈杂的廉价电风扇。

漫长得让人一眼望不到尽头，黏热的感觉怎么也挥之不去。

天气炎热，空气中连丝风也没有，云熹也不知道自己到底走了多久，只是恍惚间觉得自己仿佛又回到了从前的那个夏天。

难受，却无能为力。

"云熹——"

恍惚间，她耳边传来声呼唤，熟悉得有些不真实。

云熹愣着神，没回头，可头顶却落下片阴影。

——有把伞撑在她头顶，将她人牢牢遮盖住，让毒辣的太阳光线也一下收敛了不少。

骨节分明的手握着伞柄，她视线顺着那只手往上移，有那么一瞬间的精神恍惚，她觉得自己仍停留在幻觉里。

陆祉年怎么会出现在这儿？

他明明应该在北城参加为期三天的招生面试的。

云熹怔怔望着，目光逐渐勾勒出眼前人的完整面容。

他肤色偏白的额头上密布着细汗，瞧着像是才运动过，冒着炎炎烈日跑向她的。

可饶是汗水沿着棱角锋利的面部线条往下落，陆祉年看上去还是丝毫不显狼狈。

他的眉、他的眼在灼热的阳光暴晒下，变得更黑更亮，乃至于少年朝气蓬勃的浓郁气息在夏天完全迸发了出来。

"怎么了这是？"见她久久不说话，他眉尾微挑，低声问询道。

这一声终于让云熹涣散的意识聚拢，让她真切意识到身前站着的这个人不是别人，是……除了许如烟女士最能理解她的人。

可她不知道该如何开口，又如何诉说自己从一开始对父亲的那份隐秘期待，在今天尽数破灭化为失望的破败。

她沉默地低下了头。

在她一句话也说不出来的时候，伞柄突然转交到了她的手上。

"拿着。"

闻言，云熹茫然地抬起眼，然后就看见陆祉年转身朝别处走去。

是……是嫌她烦了吗？

云熹抿了抿唇，往日里清亮透润的眼睛蓦然暗了下来。

她撑着伞，愈加沉默起来，仿佛被人抛弃了，脸上现出小动物一般楚楚可怜的神情。

陆祉年从便利店出来后，轻易就察觉到她这副比先前更加不对劲的模样。

他无奈地笑了笑："谁惹你了，告诉我，我去给你找补回来成吗？"边说着，边低下头去看云熹脸上的神情，"不高兴？"

还没从陆祉年去而复返的情形中回过神来，云熹就瞧见陆祉年的脸庞忽然凑近，少年沾染了热气却仍然干净好闻的气息扑面而来。

与此同时，她因日晒而显得有些红的脸侧，忽然多了瓶正往外冒着冷气的橘子汽水。

陆祉年单手提着汽水瓶，微抬了抬手，拿瓶身轻轻碰了碰她的脸。

于是，在这空气都险些要蒸发掉的烈日里，沁凉的温度却透过肌肤瞬间钻入云熹心底。

她定了好一会儿心神，才敢同陆祉年对视，可张口时，话翻涌至嘴边，反而不知道该先说哪句。

"不想说也没关系，那就不说。"

但他却像是清楚她所有想法，连这点为难也替她省掉了。

陆祉年没再问其他，除了将汽水瓶递到她手上没有别的多余动作。

刚从冰柜里拿出的橘子汽水触感冰凉，橙色液体在瓶口晃荡，仿佛能消解一整个夏天的暑气。

"不高兴了我们就回家。"

空荡荡的路上偶尔有车飞驰而过，但大多时候闷热而空寂，以至于陆祉年说话声音响起的瞬间格外清晰。

"熹熹，跟我回家。"云熹听见陆祉年说。

被人污蔑没有哭，和周正彦大吵了一架也没有哭，奇怪的是，听陆祉年说了这么句话，云熹鼻腔却莫名酸涩了起来。

在这夺目得让人连抬头都觉得困难的炽热光线下，她实在没能忍住，眼泪悄无声息地从脸上淌了下来。

好像所有的委屈在见到眼前这个人的时候，尽数冒了出来。

哭着哭着，云熹慌忙低头，偶然作祟的自尊心让她不想给陆祉年瞧见自己现在这副狼狈的模样。

可下一秒，有只手覆盖在她脸上，温热而有力，替她将眼角泪水擦拭干净。

动作不算熟练，甚至带着某种生涩，但云熹分明能感觉到少年指腹传来的力度是温柔的。

她泪眼蒙眬地抬起头，模糊间直直对上陆祉年的眼睛，想说些什么，但不知道为什么，一张嘴就又开始掉眼泪。

"陆……陆祉年……"云熹哽咽着喊道，哭腔特别明显。

他很快"嗯"了声："我在。"

他向来没什么情绪的声调罕见地泛起波澜，俯下身说话的时候像在哄小孩子："想说什么我们慢慢说，哭什么。"

没想到云熹哭得更厉害了，眼泪大滴大滴地往下落。

陆祉年面上罕见地现出些无措，赶忙伸出手去想将她的泪水尽数接住。

在听见云熹断断续续抽泣着说"我、我这样……是不是哭得……哭得很丑"的时候，陆祉年没再犹豫，将她按入怀中。

沉闷、静默的空气中，他低声说了句："不丑。"

而且也不会有人看见。

良久后，云熹的脸稍微抬起来了点。

隔着薄薄一层衣料，她感受着少年胸腔处传来的沉稳有力的心跳声，然后缓缓地点了点头。

她的确不喜欢夏天,因为记忆里的夏天闷热而冗长。

可面前的少年偏偏如夏天般热烈,轻易就能用他滚烫的体温将一切陈年旧事覆盖。

这一次,是夏天拥她入怀。

回家后,云熹独自缓了缓,她不想说,陆祉年也就没多问。

两人照旧过着陆祉年去北城参加面试之前的平淡生活,备考的日子丝毫没有改变。

除了,每晚云熹的书桌前,总是会被人放上一瓶刚从冰柜里取出来的橘子汽水,和那天他给的那瓶一模一样。

每每写完真题卷后,云熹的目光就会定在这盛着鲜亮橘色液体的玻璃瓶上,当手指触碰到瓶壁外侧附着的冰珠的时候,思绪渐渐放飞。

初夏的季节,天还不太热。

冰的橘子汽水对于别人而言或许凉了些,但她却觉得很舒服,也忽然觉得日子就这样过下去,就很好很好了。

但云熹这点小小愿望终究还是得不到满足,因为周正彦不可能善罢甘休。

由于陆祉年放学后总是被老师叫住,忙着准备保送事宜,最近云熹都是一个人回家,而星期五下午,熙攘人群中,她一眼看见专程在校门口守着她出来的周正彦。

云熹皱了下眉,装作没看见直接绕了条路走,却被另一道许久未闻的熟悉声音拦了下来:"熹熹,熹熹——

"哎,你这孩子走这么快干什么?"

云熹不得已停住,面无表情看着许丘山和钱慧琳两口子。她的确没想到,在上次要钱无果后,这两人还会来找她。

许丘山:"快考试了吧,都准备得怎么样……"

"舅舅,有话还是直说吧。"云熹打断了许丘山看似关心的寒暄,清凌凌的眼睛仿佛能看透一切。

许丘山讪笑着止住话头,舅妈钱慧琳则适时地往前走了一步:"这可是你让我们有话直说的啊。

"都是一家人，舅妈也不跟你绕弯子，毕竟，说来说去不还是钱的问题嘛。"

云熹了然地笑笑："我说了，没钱。"

钱慧琳说："你别来这一套，现在是你亲舅舅欠了人钱，你难道就打算坐视不理，看着你舅舅被追债的人打死？你要是不管，我们就在这儿给你跪下，让你同学都好好看看你有多冷血，连自己亲舅舅的死活也不顾！"

校门口人来人往，确实是个撒泼的好地方，钱慧琳越来越大的嗓门已经吸引了不少人的注意。

云熹藏在校服袖子里的手攥得发紧，气得连身体都隐隐有些发抖。她深吸口气后，吐出两个字："随便。"

然后转身抬腿就走。

钱慧琳见她要走，边大喊着她的名字，边追来要抓她的手。

这一喊，就把等在另一侧的周正彦给吸引了过来。

到底是体面的生意人，周正彦随口问了几句后，就引着人往附近的咖啡馆走。

听完许丘山两口子的讲述后，周正彦抬头看向云熹："是这么回事吗，熹熹？"

云熹完全不配合："你要帮忙的话那就是你们之间的事，跟我无关。"

说完，她将那两口子吵吵嚷嚷的声音抛之身后，不顾周正彦难看的脸色，冷着脸自顾自地往前走。

在经过分岔路口的时候，她的手腕被人捉住。

平日里稍显淡漠的嗓音此刻多了分波澜起伏："红绿灯你也敢闯？"

云熹抬头，果不其然看见了单手拎着校服外套的陆祉年。

他领口的扣子松了两三颗，露出小片肩颈皮肤，是她最熟悉的散漫模样。

没由来地松了口气，云熹道谢后小声问了句："你怎么来了？不是说好了最近不一起回家了吗？"

"忘了。"

陆祉年轻描淡写地扯了扯嘴角，旋即问起了她："倒是你——

"说说，为什么脸色这么难看？"

他在校门口没看见她，顺着一中附近的道路走，反而透过商场的落地玻璃窗瞧见了她。

云熹抿了抿唇，好半晌后才说道："没什么大事。"

"那就是有事。"

陆祉年挑了下漆黑眉尾，敏锐地捕捉到她话中的字眼。

云熹却仍是摇头："没事。"

她轻声道："陆祉年，你别问了。"

他对她已经足够好，说句仁至义尽也不为过，在他为保送忙碌的时间里，她实在没道理麻烦他，没道理误人前途。

两人一前一后往前走，她在前，陆祉年在后。

在云熹没能看见的地方，细碎的黑发遮挡住了少年锋利的眉眼，轮廓明晰的脸上看不出丝毫情绪来。

他伸出手顺着她手腕往下，掰开她自从见到许丘山两口子后，就一直紧攥着的掌心，淡声回了个"好"。

不问就不问。

那天过后，云熹过了几天安宁日子。

直到周正彦的来电再度响起，这次他一反常态地没有兜圈子，将话说得很明白。

"熹熹，你要做的不过是配合我在爷爷面前尽孝，然后你就可以从我这儿拿到一笔属于你的财产，甚至连你舅舅那边的钱我也可以替你给了。

"你还年轻，我希望你不要为了已经过去的事情逞一时之快。"

云熹收拾着桌面，轻声反问道："是吗？"

"可我不需要你的财产，至于舅舅欠的钱，他一个成年人有手有脚，轮不到我管。你要钱多愿意大发善心，那是你的事。"

她说了见到周正彦这个父亲后最长的一通话："别再来找我，不然我不介意到医院，在你的家人亲戚面前说说你当年是如何抛弃妻女的。"

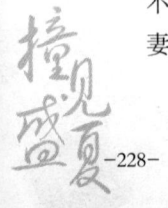

到时候别说是他所觊觎的大笔遗产得不到,就连他最在乎的颜面也都得扫地。

说完,云熹将电话挂断,也不管电话那边的周正彦是何反应。

只是……看着手里多出的贺卡明信片,云熹眉心倏而微微皱了起来。

明信片是刚才她在手机铃声响起,正准备接电话的时候,隔壁班女同学递给她的。

那女同学极会看眼色,在云熹拒绝之前,飞速开口撒娇道:"云同学麻烦你了,帮我把这个转交给陆祉年好吗?我知道你们放学经常一起回家,谢谢你了。"

在铃声又响了一遍的时候,女同学将包装好的信封塞在了云熹手上:"那我就不打扰你先走了,改天请你喝奶茶。"

淡粉色的信封,由不得她不多想。

云熹轻轻叹了口气。

放学时候,云熹比平常晚了些时间出教室,因为他们班长请她帮忙分发班上同学上次月考的成绩单。

走出教学楼的时候,班长拍了下自己的后脑勺:"我请你喝点东西吧,奶茶怎么样,总不能叫你白忙活。"

短时间之内两次听到有人要请奶茶,云熹赶忙摇头拒绝:"不用了,谢谢。"

"跟我客气什么?"班长却以为她是不好意思,一个劲拉着她往校外奶茶店走。

她挣脱不开,两个人的距离一下就拉得极近,看上去甚至有些亲密。

几步远的地方,站着等了有些时间的陆祉年。

这一幕毫不意外地落进他眼里,几乎是同一时刻,他走上前将云熹扯至自己的身后。

"同学你可能误会了,我就是想请她喝个奶茶。"见来人似乎面色不善,班长开口解释。

陆祉年眼皮掀起,在看见云熹点头后,不咸不淡地"嗯"了声,然后面无表情地说了句:"下次不要动手动脚。"

班长离开后,云熹跟在陆祉年后边往家的方向走。

谁都没有先说话,气氛一时有些凝滞。

云熹慢吞吞地从包里将那个淡粉色的信封拿了出来,给陆祉年递去,在他抬眼的时候,小声补充了句:"别人托我给你的。"

陆祉年低头辨认着明信片上的字迹,一言不发。

等待的瞬间,云熹总觉得他不大高兴,可她又说不上来为什么。

直到耳边响起声很轻的嗤笑:"别人让你给你就给?"

"以后这种事,少干。"

这天过后,云熹同陆祉年两天都没再说过话,往常好好的联系如绷开线的珠串,散落一地骤然断裂。

她唯一能确定的是,他确实不高兴。

但每晚的橘子汽水又不曾少,按时按点地放在桌上。

云熹忽然觉得自己有些看不明白他,都不高兴了为什么还要给她送。

时间一点一点地过去,离高考还剩不到半个月的时间,云熹将所有的注意力都转移到了这场即将到来的考试上,每天两点一线,比上了发条的时钟还要更为精准。

只是她没想到,去许丘山家追债的人找来了学校。

走在路上,云熹手中的书猛然被人抽走,一抬头就看见张凶神恶煞的脸。

"许丘山说你手上有他的一份钱,那就交出来吧,别让我难做。"男人恶声威胁,"我这拳头可不讲理。"

说不紧张、害怕是不可能的,云熹在心里估算着逃跑的可能性,指尖因为手攥得过于用力隐隐有些发白。

正当男人不怀好意地凑过来的时候,一只手拉开了云熹和男人之间的距离。

云熹转头就看见陆祉年拎着路边捡的长棍挡在她身前,她后知后觉地意识到,原来他每天放学后还陪在她身后。

"你从哪儿冒出来的,少多管闲事!"男人被挡了这么一下,不

满地厉声喊道。

陆祉年面色冷淡,没多废话,在看出男人想偷袭后,直接握住长棍回击。

他动作干净又利落,那股往常匿于淡漠气质下的狠戾全冒了出来,尽管那个男人膀大腰圆,体格远胜于他,也没讨着好。

这是云熹第一次见陆祉年动真格的,甚至最后脸上隐隐沾染上血迹。

在男人骂骂咧咧地跑远后,她赶忙上去扶住了陆祉年,神情慌张:"你怎么样,我们现在去医院?"

陆祉年随手擦了下破皮的嘴角,瞥了眼云熹,发现她一副快哭了的样子,轻扯了扯唇道:"人已经跑了,哭什么?"

知道他这句话的意思是让她不用担心,可云熹想也不想地反驳:"但你也受伤了。"

不知道是不是此时事关紧急的缘故,她往日里藏得很深的情绪一下就变得很外露,以至于陆祉年轻易就在她脸上看到了焦急和担忧的神色。

毫无理由地,他心情好了起来,明明身上伤口在痛,脸上却始终是那副毫不在意的样子:"那就听你的,去医院。"

之后的时间,陆祉年都待在医院里,好在他已通过保送,用不着参加高考。

除了陪他去医院那次,云熹隔三岔五就会去看他,但随着离高考日期越来越近,陆祉年也就不让她来了。

等到高考最后一门英语考完,云熹才又接到了某人的电话。

他这通电话准时得不行,几乎是卡着高考结束的时间打来的:"感觉怎么样?"

"还不错。"云熹微微弯起嘴角,有种如释重负的感觉。

电话那端传来声轻笑,她听见他说:"是吗,那是不是可以继续来探望病号了?"

她没理由不答应,再怎么说人家这伤都是因她而起。

云熹提着篮探病专用的果篮赶到医院,见到陆祉年第一眼后,特别体贴地说了句:"要不,我削个苹果给你吃吧?"

陆祉年摆弄着果篮自带的贺卡,比起苹果像是对贺卡更感兴趣些,他冷不丁问道:"上面怎么没写东西?"

"你需要吗?"云熹倏然间愣住了,那个淡粉色的信封一下晃至眼前,她不由自主地问道。

"你不是不喜欢这些吗?"她又问。

"不喜欢?"

陆祉年挑着眉重复道,他手指修长,正有一下没一下地弹着贺卡,硬纸壳旋即发出"嘭嘭"声响:"我什么时候说过我不喜欢?"

"就那次我帮人转交的明信片。"云熹小声回忆。

见她还不明白,陆祉年干脆挑明:"贺卡这东西要看是谁写的。

"我不是什么好脾气的人,愿意等你,陪你看烟花——"

陆祉年顿了下,注视着云熹的眼睛,心绪直白得近乎坦诚:"你说是为什么?"

有些不敢相信自己听到的,云熹削苹果的手突然不稳,停了下来。

陆祉年却浑不在意,连脸色都没变化一下,替她检查完右手并没有受伤后,视线挪回她的脸上,与之对视。

"我喜欢你。"

他咬字分明很轻,云熹却仍觉得这寥寥几个字平添了重量,在一下一下地敲击着她的耳膜,她四肢百骸像是有电流经过,甚至间接地扰乱了思绪。

"你是第一次,第一次……"云熹面上现出无措,连话都说得有些咬字不清。

陆祉年抬了抬眼皮:"第一次什么?"

"第一次跟人说这种话,第一次告白吗?"

那几个字仿佛烫嘴,云熹刻意避开不谈,旋即又不自觉低下头,评判起了别的细枝末节:"你说这话的时候,感觉好像很淡定。"

似乎还有些熟稔,听起来不太像第一次……

想到这里,云熹乱成麻的心头倏然涌上那么点不明不白的酸涩,仿佛早秋的橘子挤出汁淋了一层在上边。

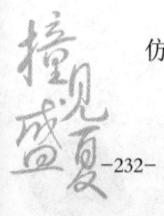

偏偏这个时候,她头顶响起句:"不是。"

"不是?"

云熹没想到他答得这么利落,更没想到自己随口所说的猜测竟然是真的。

她稍稍瞪大了眼,澄澈的眼底藏不住丝毫情绪,里头讶异与小小的失落失望混合在一起,一览无遗。

见状,陆祉年没急着解释,反而低声追问了句:"你这语气,怎么听起来有些失望?"

云熹别过脸去,抿着唇没说话。

陆祉年却开始不依不饶:"我说不是让你很失望?"

他狭长的眼尾撩起,唇边漾起丝不易察觉的笑容,以闲聊似的口吻说起:"确实不是第一次说这话,我记得我上次说的时候——"

"那人好像压根儿没听清。"他不急不缓地补充了句。

云熹疑惑地抬起头,一句"你跟我说这些干什么"还没来得及说出口,就被陆祉年堵了回去。

"不过,那天背景音太嘈杂,听不清好像也不能全怪她。"

陆祉年仰了下头,修长脖颈上喉结顿显,他轻笑道:"她以为我说的是新年快乐,但还真不是。

"我说的是,我喜欢你。"

他从始至终想说的,不过一句我喜欢你。

说这句话的瞬间,陆祉年忽然俯下身来,薄唇凑在云熹耳畔,像是生怕她这次也错过一样。

两人距离一下拉近,连彼此呼吸也听得清晰。

而感受着这突如其来的好闻气息,云熹不可避免地回想起那个只有他和她两个人的除夕夜,想起那漫天绽放的璀璨烟花和手中的仙女棒,还有那句她误以为的"新年快乐"。

记忆一点一点复原,轻易拼凑出少年的模样。

她甚至记得,她当时看着陆祉年不甚清楚的唇型,还傻乎乎地也回了句新年快乐。

"不好意思啊。"云熹红着脸慢吞吞地抬起头,为自己没有听清而感到抱歉。

"没关系。"陆祉年轻描淡写地将此揭过,他尾音微扬,问了句别的,"云熹——那这次,你听清了吗?"

听清了吗?

我说,我喜欢你。

第十五章
他的001…

听清了。

只是，每一个字云熹都听得很明白，可连在一起总觉得有些恍惚。

"你是认真的吗？"好半晌，她才慢慢开口问了句。

哪怕心动难挨，可她也否认不了自己其实并不那么相信感情的事实。

她记得许如烟女士最初也是因为喜欢，才不顾父母反对，毅然而然地和周正彦那个巧言令色的人在一起的。

可后来的结局并不好。

正因为轻信了周正彦的哄骗行径，许女士为"喜欢"两个字搭上了自己一生。

更何况，他们现在这个年纪，未来怎样谁也说不准。喜欢，真的有那么可靠吗？

云熹不由得闭上了眼，体内两种截然不同的声音叫嚣个不停，连她自己也摸不准，到底什么才是她该选择的。

倏然间，她头顶多了只手。

陆祉年轻轻揉了下她的头发，轻哂道："纠结什么？

"我喜欢你的意思，又不是说要成为你的负担。"

云熹一点一点睁开了眼，就看见因为距离的拉近，而在自己眼前放大的俊脸。

不得不承认，陆祉年的五官很耐看，在如此近的距离下，也仍是挑不出丝毫的毛病来。

她怔怔地回了句："那是什么意思？"

"意思是你用不着纠结。"

陆祉年轻挑了下眉，不咸不淡地开口补充道："你大可以慢慢想，不用急着给我答案。"

反正,他喜欢她这件事又不会变。

晚上,陆祉年的病房更为热闹了些,除了云熹,齐盛还带了一帮同学过来,美其名曰"探望病号"。

不过探望到最后,只剩下了齐盛一个人,其余的同学,陆祉年嫌吵就让他们回去了,但耐不住齐盛耍无赖,赶都赶不走。

至于云熹,则是到医院外边给他俩买饭去了。

"说吧,还有什么事?"陆祉年右手在手机屏幕上飞速移动,连头也没抬。

齐盛虚情假意地"啧"了声:"陆哥,你这个态度让我有些伤心啊。

"你摸着良心想想,除了我,还有谁会一考完就号召着同学们过来!"

"来看我被人打得怎么样?"

两人认识十来年,还不知道打架是什么概念的时候就交过手,陆祉年实在太了解他的德行。

齐盛不好意思地笑了声,赶忙转移话题道:"你这次是为了什么打架,都打到医院里来了。"

自他有印象以来,陆祉年从不轻易打架,很少会有这么冲动的时候。

"又不是为你打架,你操哪门子心?"陆祉年轻轻嗤笑道,"看完了就赶紧回去。"

而且也算不上打架,报警后警方那边定义的是正当防卫。

不过,齐盛不乐意了,非但不走,反而坐了下来,大着胆子拆穿道:"陆哥你这样很不厚道好吗,你不说就算了,你还装病!

"就这点伤,能让你住院住个十几天?"

齐盛忍不住怀疑道:"你什么时候这么喜欢待医院里了,满屋子消毒水味就这么好闻?"

陆祉年面无表情地扫了他一眼,正准备叫他闭嘴的时候,病房门忽然被人敲响,看时间估计是云熹回来了。

齐盛当然不能让陆祉年这个"病号"去开门,但他起身的瞬间,不知道想起了什么,忽然回头恍然大悟道:"你不会是为了让人照顾你,

所以拖着不肯出院的吧?"

闻言,陆祉年终于抬起了头。

他难得地没有反驳,只淡声说了句:"愣着干什么,开门。"

云熹拎着两个盒饭进入病房的时候,就感受到了这股奇奇怪怪的氛围。

她总觉得齐盛满脸的欲言又止,忍不住发问:"你俩是怎么了吗?"

"没怎么。"倒是陆祉年泰然自若地朝她招手,"都买了什么?"

"就医生说的,玉米炖排骨,还有一小碗粥。"

云熹坐了过去,给齐盛递了盒红烧排骨饭,然后将剩下的摆到了陆祉年面前:"我在外面吃过了,这是给你的。"

陆祉年拆了双筷子,故意逗她:"那医生有没有说,病号吃饭需要人喂?"

他这话说完,齐盛明显被他这不要脸的程度震惊了下,满脸满眼都写着"你又不是手断了,为什么需要人喂"。

倒是云熹,短暂的愣怔过后,迟疑着问了声:"你需要吗?"

齐盛不可置信地看向云熹,又痛心疾首地看向陆祉年,目光在他们之间不断扫视。

他忽然觉得自己多余起来,悲愤交加地抱着自己的那份饭走了出去,且出去时还不忘将门给带上。

"齐盛就这么走了吗?"

云熹仍然没有搞清楚状况,迟疑道:"他不是特意来看你的吗?"

陆祉年嘴角微微勾起,显而易见的心情不错:"不用管他。"

往门口望去,透过磨砂玻璃窗,还依稀可以看见齐盛离去的背影,也因此陆祉年不免想起齐盛所"指控"的那句"拖着不肯出院"。

陆祉年从前的确不喜欢医院,但现在……

他目光从汤碗里的吃食转移到云熹脸上,倏然觉得这样好像也没那么难以忍受。

不过,陆祉年还是隔天出了院。

他本来的打算和计划是利用暑假带云熹出去看看,连去哪儿他都想好了,可计划总是赶不上变化,哪能事事遂人愿。

云熹接到一个电话,来自她很久以前拍戏时候认识的演员老师:"熹熹,你和前经纪公司的经济合约已经解除得差不多了,除了一条,你在合约期间得拍一部公司里的戏。

"现在正好有个机会,韩导新筹备了一部电影,有个戏份不是很重的角色,如果你能试镜上的话,合约大概率就没什么问题。"

云熹点头道谢:"我会好好考虑的。"

她的确和从前的经纪公司签了个比较麻烦的长约,打电话给她的演员老师是许如烟女士的朋友,同样是带她入行的人,这次也是好心将这个机会告诉她。

于情于理,她都应该去试试。

不管以后还演不演戏,这个合约都得先解决掉。

考虑了两天后,在给出答复之前,云熹先将事情告诉了陆祉年,然后询问他的意见:"你觉得怎么样?"

陆祉年看着她,只说了句:"想去就去。"

他顿了下,又说:"不想去我也可以帮你解决。"

云熹露出个轻松笑容,她决定去。

从前觉得演戏是负担,甚至久而久之成为一种心病,但现在不一样了,她逐渐成长,该为自己的选择承担责任。

更何况,也已经有人陪在她身边。

意想不到的是,试戏很顺利,云熹拿到了那个戏份并不重的客串角色。

拍摄地点正好在南川郊区,因为隔得近,她隔三岔五还可以回趟家。

不过,比起之前她和陆祉年见面相处的时间还是大大减少了。

倒是手机聊天框里发来的信息明显增多了。

云熹每每下戏,都会看见那个熟悉的黑点微信名给她发来消息,有时候仅仅是一张图片,有时候是寥寥几个字,连表情都没有的那种……

但就是即便风吹雨打,也从不间断,准时得有些可怕——

按时吃饭没？

看见这条消息，云熹正想回个"吃了"过去的时候，忽然被剧组工作人员叫住："云熹，韩导找你。"

她赶忙放下手机，走了过去："韩导，您找我？"

导演手上正拿着台词本，见云熹来了，叹气道："叶颖佳想删改戏份，这一删改，你那部分就得重拍。"

叶颖佳是电影女一号，投资方钦点的那种，她比云熹大不了几岁，气焰上却要嚣张很多。

这种删改戏份的事情，云熹以前也不是没见过，好好一部电影，总会有人想插手，就算是导演，有时候也只能听之任之。

见导演为难，云熹应了下来。

改变别人显然不可能，那就做好自己分内的事。

和导演谈完后，云熹就回去准备傍晚要和叶颖佳一起合拍的戏份。

才坐回座位，她就发现自己手机响了，备注上是明晃晃的"陆祉年"三个大字。

云熹掩唇接听了电话："你怎么忽然给我打电话？"

"看你吃饭没？"那边响起松懒却又理直气壮的腔调。

作为演员，不能按时吃饭是件再正常不过的事情。

但好像，在陆祉年眼里，她能不能按时吃上饭，特别特别重要。

"吃了。"云熹小声回答道。

闻言，陆祉年放下心来，只是挂断电话之前，不免又嘱咐了句"有事一定要给我打电话"。

"没事就不能找你吗？"连云熹自己也没想到，她会接上这么句话。

想装作什么也没发生，她转移话题似的赶紧说了句："有人找我，我先——"

可"挂了"两个字尚还含在嘴里，电话那端就响起声极轻极淡的笑声。

"谁说没事的时候不能找我？"那话里高兴的意味很明显，偏偏话说得不疾不徐，仿佛每一个字都击打在云熹心上，"你什么时候找我，都行。"

云熹强装镇定地放下了电话,脸颊处的微红,过了好一会儿才平息下去。

她忽然发现,自己对陆祉年一点也不抗拒,不但不抗拒,甚至还很喜欢。

云熹深吸了口气,为入戏调整自己的状态。

傍晚的时候,她准时等在片场,准备等导演喊开拍。

但她迟迟没有听见导演的声音,疑惑地往监视器后头看去的时候,发现导演正在焦头烂额地打着电话。

"来不了?开什么玩笑?现在全剧组的人都在等她一个人,这浪费的财力和物力还需要我和你说吗!"

…………

云熹正皱眉听着,肩膀突然被人拍了下,是推荐她来试戏的前辈。

她回头笑了下,打招呼道:"林老师,您怎么来了?"

林珂在戏里演女主角的妈妈,但她和叶颖佳的关系实际并不好。没什么别的原因,就是单纯看不上叶颖佳不好好演戏,净爱给别人添麻烦的做派。

但林珂喜欢云熹,她觉得云熹跟叶颖佳正相反,演戏刻苦又有悟性,还从不给人添麻烦。

她摸了下云熹的头,好心说道:"别在这儿等了,叶颖佳今晚估计是不会来了,这场戏指不定什么时候才能拍。"

"发生什么了?"云熹好奇地问。

林珂掏出手机给她看:"她才爆出恋情,眼下正挂在热搜上,哪有心思来剧组拍戏,刚刚正在向导演请假呢。"

云熹点点头,表示自己知道了。

她并不关心别人的私事,顶多因为影响了拍戏进程,觉得不太好。

又和林珂聊了会儿,果然听见导演宣布今天提前收工,看今天时间还来得及,明天又没有早戏,云熹决定今天回家住。

但她没想到的是,剧组出口围了一大帮记者,都是为了来堵叶颖佳,拿到第一手新闻的。

他们不知道叶颖佳今天根本就没有来拍戏,而云熹这一出去刚好

撞在了枪口上。

她和叶颖佳身材相仿，外加她又戴着口罩，不少记者将她误认成了叶颖佳，见她一出来，一个劲地冲上来想要采访。

云熹见状，赶忙往里跑，好不容易躲进了一个半废弃的化妆间，锁门的时候却发现，那些记者根本就不打算走，一个个趴在窗口准备等她出来。

说实话，云熹确实没有见过这种阵仗。

外边天色越来越黑，为了拍戏她连晚饭也没顾得上吃，再这么熬下去，她肯定是熬不住的。

摁亮手机屏幕，云熹看见陆祉年照常发来的消息。

对着那个熟悉的头像，平日里根本不会去在意的细小委屈，转瞬间一点一点涌了上来。

忽然就想要倾诉，想要有人应答。

她一个字一个字地在和他的对话框中写道：你能来接我吗？

不过半分钟，手机就振动了下：等我。

大约半个小时后，躲在化妆间连灯都没敢开的云熹，听见了外边传来明显动静。

她透过门缝看见陆祉年穿过乌压压的人群朝这边走来，也不知道他和那些记者都说了什么，不过片刻，那些扛着长枪短炮守在外面的人，全都散了。

旋即，门外响起有力的敲门声："熹熹，你在里面吗？"

云熹原先埋在膝盖里的头抬了起来："在。"

然后，她就看见门骤然打开，光亮倾泻进来的同时，陆祉年也走了进来。

微弱光亮的夜里，他全身轮廓镀着光影，轻易就晃进云熹眼中。

见她仍蹲在地上，陆祉年朝她伸出手，轻声问道："我抱你回去，成吗？"

云熹点头，张开手，呈一个毫无防备的姿态。

这次过后，云熹每次到剧组来，抑或是回去，陆祉年都不容分说地接送她。

她还没说拒绝的话,他就掐着她脸颊,低声请求道:"就当给我个表现的机会?"

剧组里,今天是叶颖佳自绯闻风波以来,拍的第一场戏,正好和那晚的续上。

估计是被导演教训过了,叶颖佳这次难得地配合。

拍戏顺利,云熹也乐得轻松,比预计收工的时间早了大概半个小时。

想到可能会在外面等着的陆祉年,云熹动作迅速地收拾着自己的东西准备走。

这副着急的模样落在林珂眼里,她忍不住调侃道:"熹熹这是谈恋爱了,走这么快?"

云熹愣了下,旋即摇头道:"还没有男朋友。"

林珂听她这么说,正准备肯定,结果又听见她笑着补充道:"但确实有喜欢的人。"

很喜欢很喜欢的人。

上车后,陆祉年照旧替云熹系好安全带,却在松手的刹那貌似不经意地问了句:"听说某人还没有男朋友,嗯?"

电光石火间,云熹确定他听见了自己和林老师的对话。

"我给某人当司机,天天接送,还担心某人在剧组会不会受欺负,但我不是某人男朋友。"陆祉年故意说道。

闻言,云熹憋着笑,看向陆祉年,大大方方地承认:"但你是我喜欢的人啊。

"而且,我只是觉得还少了点什么。"

陆祉年像是完全没听见她后面那句,好像一句"喜欢"就足以哄好他。

"行,你说的,我是你喜欢的人。"

韩导这部戏拍了一整个暑假,还留了些剧情准备冬季补拍,于是云熹从剧组回来后,假期已经所剩无几了。

真正空闲在家里的时候,她慢慢回过神,问陆祉年:"再过两天

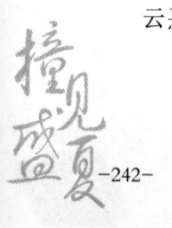

就要开学了,你说我是不是得准备些什么?"

"不用。"

为什么不用?云熹没说话,但黑白分明的瞳孔将她的心思暴露了个干净。

陆祉年淡声道:"早给你准备好了。

"你人去上学就行。"

云熹轻轻"哦"了声,后知后觉地有些不好意思起来,忽然就想起连志愿填报这么重要的事情其实也是他帮忙参考决定的。

高考分数出来当天晚上,陆祉年按着她的分数段位选学校,最后将圈画好重点的招生手册递给云熹,分析道:"北城的两所大学都不错,南川大学也可以,看你自己的选择。"

云熹最后选了南川大学。

事后陆祉年问她原因,她说:"我之前一直很想去北城,跟学校没有关系,就单纯地想逃离这儿,去更远的地方看看。"

"那为什么又没去?"

云熹附在陆祉年耳边,小声说道:"因为我后来明白了。

"所谓远方,是有你的地方。"

暑假结束后,两人顺利前往南川大学报到。

开学的当天,陆祉年是发言的新生代表。

陆祉年本身并不怎么热衷于这种发言,更何况云熹还因为有事没能到场。

于是,他一上台就说道:"不耽误大家时间,最多三分钟解决。"

但没想到,演讲完毕后,观众热情不减,提问者很多,主持人随机抽到了一个女生。

女生先是问了个中规中矩的问题:"我想问一下,你认为大学四年到底要如何过才算有意义呢?"

"套用一句话,人生的意义由你我赋予。"陆祉年抬了抬话筒,四两拨千斤道,"所以现实主义也好,浪漫主义也罢,你所选择的就是意义所在。"

他说完,台下即刻响起了掌声。

而提问的女生自他说第一个字起,目光就牢牢锁定在他脸上,等他说完,又鼓起勇气追问道:"那我还能再问一个问题吗?"

见状,主持人望了眼陆祉年,用眼神征询他的意见。

陆祉年无所谓,轻颔首算是答应了:"你说。"

云熹偷偷挤进会场的时候,流程正好就卡在了这个环节。

她听见站着的女生朝着台上的陆祉年问道:"那你大学四年里打算谈恋爱吗?"

不得不说,女生嗓门清亮,透过麦克风的扩音,一字不漏地落进站在会场最后一排的云熹耳朵里,甚至让她稍稍愣了下。

看来她还是低估了某人的受欢迎程度。

云熹轻摇了下头。

随便扫了眼座无虚席的会场,云熹干脆在后排找了个不起眼的位置停了下来。

和在场窃窃私语蠢蠢欲动的诸多现场观众一样,她也很想知道陆祉年会怎么回答这个问题。

没让他们等太久,很快,散漫的腔调传遍整个会场,带着"吱吱"电流声。

"为什么不?"

陆祉年轻笑了下,看起来像是对这个问题早有了答案。

而他简单随性的态度却像是颗石子,有力地投掷进了会场这片湖,激起层层音浪。

听见这句话,连原本还站着看热闹的云熹也不由自主地跟着笑出声来。

而后,不知道是谁带头喊了声"那帅哥留个联系方式吧",会场的气氛一下就达到了高峰,各种起哄的,层出不穷。

主持人使劲控场,喊了好几句后,会场才稍稍安静下来。

陆祉年见状,放下手中话筒,抬手比了个"嘘"的手势,也不知道为什么就那么有用,现场一下就收了声。

云熹忽然就觉得他好像真的很适合这种场面。

被众人所簇拥,是人群的焦点,仿佛浑身上下都有光芒在。

喧嚣声停止，主持人无奈地笑了下，随后趁机将活动拉回最后的流程，问陆祉年要结束前的赠语："陆同学有什么想对大家说的话吗，祝福或者感言都可以。"

陆祉年下巴微微扬起，似乎在思考。

过了两秒后，他不假思索道："那就祝大家学业与爱情两全。"

他说话总是习惯性地带着气音，仿佛一种欲罢不能的痒，在你尚未察觉的时候，就已经一路挠进了你心里。

云熹视线越过重重人头望向前方，她瞥见陆祉年倒映在正中央白色幕布上的剪影。

明明时机不太对，可她还是忍不住感慨一句，他下颌的形状确实很漂亮。

就这么直勾勾地望着，云熹猝不及防间同陆祉年对上了视线。

准确来说，是陆祉年看见了她。

他能找到她的存在，这是云熹没能想到的。

她明明就站得很偏，站在个丝毫不起眼的角落。

另一边，本来打算下台的陆祉年又拿起了话筒，他嘴角不明显地挑起，偏冷的嗓音透过扩音器徐徐传开："再耽误大家两分钟可以吗？"

"可以！"

台下反应热烈，就连主持人都忍不住调侃道："这怎么能叫耽误呢，大家都很想听陆同学再多说两句是不是？"

"是！"

陆祉年低头扶了下麦，礼貌性地回了句："那我就不客气了。"

不客气什么？

云熹眉心轻蹙，有些许的茫然。

当偌大的会场里，所有人的注意力都在他一个人身上的时候，陆祉年的目光却看似不经意地停留在最后排的位置上。

只有云熹知道，他在看着她。

目光交错的瞬间，她有种紧张的错觉，仿佛下一秒心脏就要跳出胸腔。

台上，陆祉年敛了敛面上的散漫，朝着所有人认真说道："刚刚发现，我喜欢的人也在场，想来我欠她场告白，希望我现在补为时还不算太晚。"

他话音刚落，就掀起一阵惊呼。

谁也没想到，他这两分钟是用来表白的。

至于云熹，在最初的震惊褪去后，耳边回响着的是一下快过一下的心跳与他的声音。

她就这么站在原地，愣愣回忆着他们前几天关于"名分"问题的讨论。

——"还不是男朋友。"

——"为什么不是？"

——"我只是觉得还少了点什么。"

云熹当时没有说出口的话是，还少了点真实感。

但她没有预料到，关于这个问题，陆祉年给出的答案是，少了场正式的告白，更没想到他会这么快付诸于行动。

可他就是这么做了。

大庭广众之下，在大家的目光与惊叹里，陆祉年不紧不慢地说道："方才的赠言里，我祝大家学业与爱情两全，但在我这里，话好像又不那么算数了。

"因为如果一定要排序的话，她会在我所有一切的前面，简单来说就是，她是我的001。"

在大家一阵高过一阵的掌声与欢呼声中，陆祉年顿了下，说话时喉结微微滚动着："说句不怎么有出息的话，那就是——

"喜欢她这件事，胜过我人生的所有。"

而从头到尾，他的目光都没有离开过云熹。

像是一束光，直直地打在她身上，也只打在她身上。

所以饶是早就听过从他口中说出的喜欢，饶是暑假两个月来两人相处很多，云熹也不得不承认，在这一刻，她的心跳最为强烈。

完完全全地，为眼前这个人所跳动。

在陆祉年从台上下来，俯身说出那句"我可以做你男朋友吗"的时候，她几乎是下意识地就答应了。

反应迅速到所有人都始料不及，连陆祉年都怔了下。

不过，他很快就反应了过来。

相隔几毫米的距离，云熹眼底是他沾染着笑意的漆黑眉眼，也听见他尾音微扬着说了句："荣幸之至。"

晚上回去后，云熹听别人说了陆祉年这次在开学典礼上的演讲很精彩，她一时起了好奇，就想知道自己没赶上的前半场他都说了什么，便问当事人演讲内容。

"想知道？"见她问，陆祉年随手将手机摁灭。

云熹点了点头，然后就发现某人没玩手机的手也没闲着，正有一搭没一搭地揉捏着她手心。

他手生得好看，指节分明，且干净又修长。

但这视觉上的赏心悦目并不足以让云熹忽视掉手心部位时轻时重的麻与痒。

那种前所未有的感觉，仿佛一不留神就会从指尖蔓延至心里。

可正当她想让陆祉年停下来的时候，他却先开口了："想知道你不来看我，嗯？"

他这一反问有效地转移了云熹的注意力，让她不由得有些心虚地解释道："我和你说过的，我被老师叫去帮忙，没能走开。"

"我知道。"

陆祉年随口应了声，旋即说道："但让我再单独说给你听，是不是得有点奖励？"

"你想要什么？"云熹微微睁大了眼，一时没反应过来。

而就在她愣神的瞬间，原先还松弛着的手心被另一只干燥而温热的手紧紧覆盖住，她觉得好看的修长手指沿着她手心纹路向下，直至两人十指相扣。

她手被人握住，脸也被固定住，陆祉年空余的那只手摁在她脸侧，稍微拨开她散落的碎发。

下一秒，他整个人靠了过来，温热的嘴角印在她脸上。

云熹下意识地闭了眼，而眼睛看不到的时刻，其他感官总是更为敏锐些，比如她切身感受到的滚烫体温，比如耳畔清晰可闻的低笑。

再比如某人取得奖励后，主动说起的演讲内容："你没来的时候，我讲到了人生要如何过才有意义。"

陆祉年脸贴着她，平日里淡漠得毫无感情的嗓音多了分沙哑。

他改词换句地重复道："现实主义也好，浪漫主义也罢，我人生的意义由你赋予。"

番外一

夏天不落幕...

高考后，云熹和陆祉年都没有再回过高中学校。

云熹是因为整个暑假都待在剧组忙着拍戏，至于陆祉年，他也忙，忙着陪她拍戏。

但云熹心里总记挂着这事，想着什么时候回去一趟，恰逢国庆将近，某天饭后，她顺势提出了这个想法。

"回去？"陆祉年声音散漫，懒洋洋的笑意缀在眼角眉梢，他拣了颗洗净的黑葡萄喂到云熹嘴边。

"你想回一中，还是跟我去附中看看？"

闻言，云熹的眼睛一下就亮了起来。她知道，他这是答应的意思。

将葡萄咽下去，云熹鼓着腮帮，问陆祉年意见："你想去哪个？"

"都可以。"对陆祉年来说，去哪儿都大差不差。

"那我们就都去？"

在自己都没意识到的瞬间，云熹眉眼弯弯，轻软嗓音仿若在撒娇："你怎么这么好啊。"

被发"好人卡"的陆祉年无奈地笑了下："你认真的？"

垂眼的时候，他的视线尽数落在云熹脸上，平日里连丝情绪也难看出的狭长眼睛里，这会儿却莫名多了点专注味道。

他半张脸落在阴影里，偏偏走势凌厉的眼尾在照明灯的映照下，瞧着深情又缱绻。

盯着人看的时候，那冷淡劲稍收的黑白瞳孔，无形间化作能将人溺毙其中的高山湖海。

骤然对上这么一双眼，饶是云熹，也有些受不住："你……"

可话还没来得及说完，他骨节分明的手指倏而落在她唇边。

这突如其来的触碰让云熹短暂愣了下，身体小幅度地朝后退了退。

—249—

但转瞬间，她后脑勺被一只有力的手抵住，陆祉年正替她擦去嘴边不小心染上的葡萄汁水。

"躲什么？"偏冷的嗓音质感明显，像那炎炎夏日里的冰镇薄荷叶。

短短三个字，止不住地挠人心弦。

顿时，云熹一动也不敢动。

明明只是他温热的指腹划过唇边，却好像"嗞嗞"电流游窜在她的四肢百骸，然后直击她灵魂最深处。

呼吸可闻的距离里，她听见他轻笑了声："如果这也算好，我应该还能对你更好一点。"

一秒，两秒，三秒。

云熹败下阵来，在陆祉年的注视下，脸颊不着痕迹地变热变烫。半晌过后，她佯装镇定地"哦"了声，别过脸，转而说起其他。

陆祉年也不戳破她这几近于无的伪装，嘴角轻勾，安静倾听着，他话不多，却会在关键处适时地给出自己的看法与意见。

接了个电话后，云熹和陆祉年分享自己最近的动态："制片人说最近在筹备新戏，想问我有没有时间过去试镜。"

上部电影的合作还算愉快，制片人包括导演对她的演技也比较认可。

但片方眼下筹备的是部非常典型的青春爱情片，而且……云熹一脸难言的表情："导演还问我是不是还没有谈过恋爱……"

"为什么这么问？"陆祉年挑眉，显出几分好奇。

"导演说我在演感情戏的时候不太看得见怦然心动的感觉。"

可惜懂的喜欢恰好是青春电影最吸引人的地方。

云熹翻出上部电影里，导演指出她演得还不够好的戏份。

——下雨天里，作为少年女二的她接过男主角递来的伞，然后两人肢体相触，四目相对。

好吧。

细看之下，云熹承认自己在镜头里的表现是太"淡定"了些。

演出来的喜欢有，但"怦然心动"确实没有。

也难怪导演会那么问。

云熹下意识地朝陆祉年瞥去,正好对上他含笑的眼睛,她问:"你笑什么?"

陆祉年不答反问:"怦然心动?"

低而轻的嗓音响在她耳畔,脖颈处仿若有温热气息若有似无地拂过:"我给你示范一下?"

怎么示范?

云熹话还没来得及问出口,就看见陆祉年又拣了颗葡萄递到她嘴边。

在她无意识地吞咽下去后,唇边再次沾染上的葡萄汁水,她没有等来熟悉的干净指节,等来的……

是俯身靠近的陆祉年。

在距离一点一点拉近的瞬间里,云熹离他仅几毫米。

近到足以看清他眼睑下方的黑色小痣,他的眉,他的眼,他浑不憭外表下惑人的一切。

"熹熹,闭眼。"

依言,云熹身体先于意识一步,乖乖地闭上了眼,脑海里闪过的最后画面是陆祉年低头时微微滚动的喉结。

下一秒,她清晰感受到滚烫呼吸随人影而至。

他亲了上来,从嘴角开始,然后逐渐加深,不一会儿,落针可闻的空间里只余他俩或轻或重的呼吸声。

与此同时,云熹才明白,原来人心动的时候,心跳的声音真的是"怦怦"的。

一下,一下,仿若心脏要从胸腔里跳出来。

…………

云熹睁眼的时候,陆祉年手就撑在她身后。

他染着笑的嗓音要比平时更为喑哑些:"抱歉,没忍住。

"但我其实,刚刚就想这么做了。"

比起用手擦拭,他更想直接亲上去。

只是,他话说得坦荡,神色也淡定,可眼底未曾散去的晦色骗不了人。

陆祉年替她整理好方才弄乱的头发时,力道还是不自觉加重了几分。

云熹抬头看他，忽而小声地问了句："那你也心动了吗？"

她几乎没有见过陆祉年失控的神态，也不知道他心动的时候是何种模样。

是否心跳节奏也会和她一样，快得不像话。

然而她话音刚落，手就被陆祉年捉住，旋即被带着放在他胸口处。

指尖触碰到的地方，热意迅速蔓延，那种温度浑然不似他这个人透出的生冷。

云熹抬头，骤然对上他似笑非笑的眼睛。

"你觉得呢？"陆祉年朝她偏了下头，不大正经地开起了玩笑，"要不下次跟导演说，怦然心动这种戏份，找我做你的对手戏演员？"

他贴在她耳边低声道，嗓音罕见的暧昧模糊。

连同放在她身后的手一起慢慢收紧，无形中透出种极浓的占有欲。

很少见到陆祉年这副模样，既凶狠又黏糊，像极了某种大型犬类。

云熹忍着笑摇头，轻声道："你不是对手戏演员，你是我喜欢的人。"

而如果心动可以具象化的话，那应该是她指尖所触及的心跳。

——声声如擂鼓，仿若一场万人空巷的告白，热烈又盛大。

结果某人不肯轻易结束，吊着漆黑眉梢，不依不饶道："不准移情别恋。"

云熹整个人被他圈在怀里，哪里有拒绝的余地。

她跟着重复："只喜欢你。"

陆祉年低低"嗯"了声，嘴角不经意地向上扬，散漫腔调里透着丝丝笃定："不喜欢了我也会把你抢回来。"

国庆假的第三天，两人踏上了回校探望的路，而齐盛知道后，死活要跟着一起过来，当大功率电灯泡。

云熹觉得无所谓，毕竟此行是回去探望老师，人多热闹。

陆祉年知道后，极轻地瞥了眼坐在车后座的齐盛，眼底笑意意味不明："非得跟着？"

虽然被陆祉年笑得心里有些发毛，但齐盛来都来了，说什么也不

会中途退缩。

他无畏地点了点头,并一本正经地开始瞎扯:"俗话说得好,三角关系才是最稳定的关系,我是来加入你们,让这段关系变得更加稳定的。"

但是没人听他说话。

上车前云熹就戴上了降噪耳机,至于陆祉年,旁若无人地替云熹拢了拢衣服,连半点注意力都没有要分给坐在后边的齐盛的意思。

论好好的三角关系轰然崩塌是什么感受。

"你们谁理、下、我?"

齐盛悲愤道:"姓陆的,你重色轻友?"

在他念叨了好一会儿后,陆祉年才淡然地回头,不疾不徐地补了句:"你现在走也还来得及。"

"我不!"

摘下耳机后,云熹对他俩发生的对话浑然不觉,直到进了附中校门后,才后知后觉地感受到齐盛对陆祉年若有似无的"怨念"。

她好奇道:"你俩刚刚吵架了吗?"

"没。"

陆祉年领着云熹在附中校园里逛,周遭路过的学妹视线或明目张胆或遮遮掩掩地落在陆祉年身上,他却丝毫不受影响,步伐刻意放慢,边走边给云熹介绍。

三人行里唯一还有那么一点点良心的云熹朝落在后边的齐盛看了眼,忍不住好奇道:"那为什么他不跟我们一起走?"

"体谅一下。"

陆祉年将人揽过来,轻描淡写地解释道:"他一个单身狗也挺不容易的,可能只是想一个人单独逛逛美丽校园,我们就不要强迫他了。"

只是忽然被人叫住才落在后边的齐盛,脑袋上缓缓冒出一个问号。

他怎么不知道,陆祉年原来这么贴心。

在陆祉年的刻意照顾下,这趟附中校园行对云熹来说,算得上非常顺利。

从班主任的办公室出来时,下课铃正好响起,有正在补课低一届

—253—

的学弟来约陆祉年和齐盛打球。

学弟说完,陆祉年没立即回答,先看向了等在一边的云熹。

云熹很快反应过来他的担心,他估计是怕他打球去了,她一个人会等得无聊。

于是,她不禁失笑道:"你跟他们去吧,我还想再转转。"

她真没他想的那么需要人看顾。

"我转完就来找你,真的没关系。"见他不说话,云熹又补了句。

听见她这仿佛着急把他往外推的语气,陆祉年轻扯了扯嘴角,笑容现出几分无奈:"是我想你。

"也是我离不开你行了吧。"

最后一行人往校篮球场走去时,陆祉年抱着球晃晃悠悠地跟在学弟后边,宽大的外套被风鼓起,显露出劲瘦腰身的形状。

云熹站在原地,目送陆祉年离开,能看见的落拓身影越来越少,耳畔却始终循环响着他走前留下的那句"别乱跑,有事直接来找我"。

他还真是把她当小朋友了。

将先前没逛完的校园逛了个遍后,云熹不紧不慢地往篮球场走去。

她过去的时候,他们正好中场休息,喝水的喝水,闲谈的闲谈。

除了齐盛和刚刚约球的那个学弟,还多了四五个云熹不认识的男生。他们聚在一起不知道在讨论些什么,远远看上去,热火朝天的。

云熹倒没有多好奇,她目光遥遥落在篮筐下的那个人身上。

许是打球太热,陆祉年早就将外套脱了下来,里边就穿了件无袖T恤,漆黑衣料下延伸出流畅的肌理线条,蓬勃又朝气。

明明他再随意不过地站在角落里,却还是能叫人一眼就看到。

"站那儿干什么,过来。"陆祉年抬头,看见是云熹,朝她招了招手。

随着他这一动作,刚才还讨论得热火朝天的几个学弟,一下就安静了下来,视线不住地在他们两个人身上扫视。

"这女生是……"

"长得好漂亮,怎么从来没在学校见过?"

"你们说,她和陆哥什么关系?"

没给他们再继续往下猜测的机会,陆祉年将云熹带到身前,撩起薄薄眼皮,难得正经道:"介绍一下,这是我女朋友。"

一时间篮球场上没人说话。

唯一一个什么都知道的齐盛,也被陆祉年这一手秀了个狠的,并在心中暗暗发誓,下次他再跟陆祉年和云熹一起出来,他就是狗!

事后云熹才知道,在她没去之前,那几个学弟八卦讨论的就是"陆学长这么帅,追他的女生一定很多,他有没有女朋友"之类的话题。

她确实没想到,男生也会这么八卦,更没想到,陆祉年会当面给出回应。

"你今天是因为他们的讨论,才那么说的吗?"从篮球场上的介绍画面回过神来,云熹睁着眼问道。

"算是。"陆祉年答得模棱两可。

"什么叫算是?"

陆祉年看了她一眼,冷淡眉眼里透出笑意:"他们说你漂亮,还有人想要你的联系方式,所以——"他俯身凑近,弯下腰跟云熹在同一水平线上对视,"我宣示个主权。

"可以吗,女朋友?"

"你女朋友允许你亲她一下。"云熹红着脸小声道。

陆祉年低笑出声,旋即亲了下来。

回家后,云熹缩在沙发里玩手机,刷到情侣调查问卷的时候,手指忽然停住了。

没谈恋爱之前,她真的对这种东西丝毫不感兴趣,可现在——

"陆祉年,你看看这个。"她轻松地将人喊了过来。

在这种事情上,陆祉年一向是随她高兴,配合程度非常之高。

填到第五题的时候,他随口问了句:"你喜欢什么季节?"

云熹想了想,停顿了足有半分钟之久才给出答案:"夏天。"

"为什么是夏天?"陆祉年轻轻挑着眉,有些意外。

"我以前不喜欢夏天的。"云熹觉得它闷热又冗长,带给她的总是伤痛与离别。

—255—

可她忽然记起，她其实就是在夏天遇见的陆祉年，也是在夏天被陆祉年用瓶橘子汽水接回了家。

他让她同过去的那些夏天告了别，然后走向了崭新的夏天。

云熹看着他，很认真地说道："遇见你之后，我忽然发现，原来好的事情也会发生在夏天。"

陆祉年"嗯"了声，然后在最喜欢的季节选项那里，也填了个夏天。

在听见云熹感慨"不过夏天已经结束了，现在是秋天"的时候，他低声哄道："但我们还有一个夏天、两个夏天，好多好多个夏天。"

哪怕夏天会结束，我爱你不会变。

番外二

想牵你的手...

关于游乐场，云熹的记忆很遥远，好像只在她五六岁的时候，许女士带她去过一趟。

记忆遥远又模糊，她也就想不起游乐场到底有什么好玩的，逐渐长大后，即使见到身旁的人乐此不疲地往那儿跑，她心里也毫无感想。

直到某天，云熹偶然发现，陆祉年没去过游乐场，一次也没有。

虽然她没觉得游乐场有多有趣，但倘若一次也没去过……

想了想后，云熹神色顿时有些许复杂，于是她看向陆祉年，抿着唇问道："是陆叔叔忘记带你去了吗？"

她问这话时，连声音都在不经意间放缓了。

陆祉年则花了那么一两秒才反应过来，他的小女朋友貌似在心疼他。

被人心疼，他还是头一次。

他忍着笑，从善如流地点头承认："对，他忘记了。"

"那我们明天……"云熹改口道，"不，我们现在去怎么样？"

陆祉年黑漆漆的眼睛里掠过一丝愣怔，他确实没想到云熹为了他一个"没去过"，如此迅速地做出决定并为之行动起来。

"去吗？"见他不说话，云熹不确定地再问了一遍。

当然要去。陆祉年嘴角轻提，带着不易察觉的笑意，显然心情极好。

他的手钩着车钥匙，下巴朝楼上房间抬了抬："去换衣服，我在外面等你。"

等待的间隙，陆祉年扫了两眼手机。

除了些无关紧要的消息，就是齐盛"好了伤疤忘了疼"的邀约。

齐狗：出来玩吗陆哥，李岩他们都在，就差你了。

陆祉年松散地倚靠在车旁,手指飞快地在手机屏幕上跳跃,毫不留情地拒绝了他。

齐狗:不是,你都多久没出来过了,今天也没空?

陆祉年轻扯了下唇,回了两个字过去。

.:有空。

有空你不出来玩?

齐盛满腔的困惑还没通过言语传达出来,那边又很快发过来一行消息:得去游乐场。

像是生怕齐盛看不明白,陆祉年又紧接着补了两条:

陪女朋友。

算了,你这种没女朋友的可能不懂。

齐盛内心只想将他痛骂个遍。

等下,游乐场?

他怎么记得某人从来不去游乐场,不光不去,还总对他小时候爱往游乐场跑的行为嗤之以鼻。

去一次嘲一次的那种。

饱受嘲讽的齐盛反应过来后,开始酸溜溜地打字,连发数条:

以前是谁觉得游乐场无聊的?

是谁说只有小孩子才会去游乐场?

又是谁说连游乐场的门往哪儿开都不知道?

是谁呀?

看着齐盛发的一连串控诉的消息,陆祉年神色淡定,旋即很轻地嗤笑了下。

.:是谁不重要。

哟,不重要。

齐盛不放过任何一个可能可以回击陆祉年的机会,飞快地打字道:那你说说,什么比较重要啊?

甚至在打字的瞬间,他觉得自己能扳回一城,看见陆祉年前所未有的吃瘪的样子。

结果,两秒后……

那边的人不紧不慢地回了句:我女朋友。

短短四个字，轻描淡写的，却无端让齐盛觉得自己又被嘲讽到了。

他到底是有多想不开，才会又上赶着去吃陆祉年撒的狗粮，啊？

稍远处传来声响，云熹正从门口走出来，瓷白的脸被午后的光线镀上层淡淡的金。

也因此，陆祉年没再多耽搁。

他低下头，匆匆瞥了眼齐盛那边不情不愿发来的游乐场攻略后，就将手机扔进了车里，视线完完全全地落在云熹身上。

见陆祉年望过来，云熹转了半圈，给他展示自己的新裙子。

随着她的动作，浅绿色的裙摆随风摇曳，层层叠叠的褶皱在光下舒展开。

"你觉得怎么样？"云熹问。

说这话时，有细碎的光落在她眼睛里，混着眼底隐隐的期待，一齐对上陆祉年探过来的视线。

陆祉年不假思索地评价道："很漂亮。"

"是裙子漂亮还是我漂亮？"云熹仰起脸，下意识地追问，想从他的嘴里听到更多关于自己的话。

这个问题其实很寻常，网上关于此问题流传出的标准答案是，既要夸裙子漂亮又要夸问话的人漂亮。

简而言之，就是都漂亮。

陆祉年视线在云熹身上停留许久，线条凌厉的侧脸轮廓隐没在阴影里，似是真的在认真思考。

半晌，他牵过她的手，发出个单音节："你。"

云熹以为自己没听清，疑惑地"嗯"了声。

旋即耳畔又响起他偏冷的嗓音，他不疾不徐地重复道："你比较漂亮。"

不是裙子不够好看，是她出现了，他就只看得见她。

闻言，云熹轻咳了声，压平悄然弯起的唇，佯装镇定道："那、那我们现在走吧。"

陆祉年无可无不可地点着头："行。"

连她这点若有似无的羞涩，在他眼里都熠熠生辉，再漂亮不过了。

因为是周日，游乐场里很热闹，来来往往的人流从他们身旁穿梭而过。

云熹刚想问陆祉年先玩什么，忽然发觉自己的手被他扣在了掌心里，姿态看着松散，其实扣得很牢。

察觉到她的目光，陆祉年似有所感地抬起头，淡声解释了句："人多，容易丢。"

"我又不是小朋友。"云熹轻声反驳。

陆祉年"嗯"了声，却没有要放开的意思，反而牵得更紧了。

他掌心的温度偏高，热意蔓延的指尖轻松挑开云熹的手，然后十指相扣。

"不只是人多——"陆祉年放缓了声调，勾着唇在她耳边一字一句道，"是我本来就想牵你的手。"

云熹轻轻"哦"了声，转瞬间，羞涩笑意从眼角眉梢蔓延至整张脸上。

两人一路往里走，遇见什么就玩什么，诸如海盗船、云霄飞车等项目，玩得很尽兴。

从云霄飞车上下来的时候，云熹瞥见左边支着的射击摊位，目光不由自主地就看了过去。

准确来说，是在看摊位后边那只足有半人高的玩具熊，毛茸茸的，又大又可爱。

"想要？"陆祉年显然是注意到了。

云熹期待地点了点头，转瞬就看见陆祉年过去和老板交涉那只玩具熊怎么获取。

老板摇头："这个不卖的，看见最高的那个靶子没有，这是射中的奖品。"

他口中最高的那个靶子离射击点五米远，是个拴着的红气球，小小一个，随风晃动着，想要击中确实有些难度。

"要不这样，你试试别的。"见陆祉年是真的要玩，老板劝他，"我就实话跟你说了吧，那只玩具熊是我特意挑来的噱头，轻易不会让人击中的。"

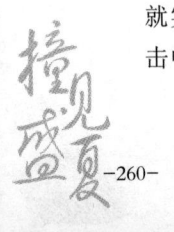

陆扯年摇头，拿起地上的枪："你这个多少钱一次？"

"普通的这种十块钱玩一次。"奖品就是地上摆着的那些颜色各异的小娃娃。

云熹扯了下陆扯年的袖子，正想说要不就算了，她也不是非得要那只熊的时候，就见他掂了两下枪，试了下手感。

陆扯年下巴微抬，朝玩具熊的方向扬了扬，跟老板商量："我出三百，你让我试三次。

"赢了，那个归我。"

许是陆扯年出手确实大方，又许是老板根本就不相信有人能击中气球，赢走玩具熊，总之老板答应了。

一切准备就绪，陆扯年站在白线外，脸上的散漫悄无声息地敛了个干净，在风势稍小的瞬间，他扣动扳机朝靶子开枪。

第一枪没中，第二枪也是。

最后一枪将要发出的时候，云熹的心无意识地随之绷紧，同他扣动扳机的手几度沉浮。

"砰！"

枪声划破凝滞的空气，子弹以迅雷不及掩耳之势击中气球。

这并不是偶然，别人或许看不出，但经营射击摊位好几年的老板却知道，眼前这个穿着黑色冲锋衣的年轻人，一枪比一枪稳。

手法上或许还不太熟练，但对射击精准度的把握却是极好的，特别是第三枪，下手快又准，带着前两枪的试探得来的诀窍，一下就击中了靶心。

很厉害。

老板心服口服地取下后方放着的玩具熊交到了陆扯年手上。

却见那个总是冷着张脸，没什么表情的年轻人毫不留恋地将玩具熊递给身后的女生。

云熹张开手才勉勉强强将玩具熊完全抱住，她仰起头，似是不可置信："你怎么连这个也这么厉害？"

"没玩过。"陆扯年瞥她一眼，如实说道。

云熹不禁回忆起他跟老板说出钱试试的时候，那种神色淡定仿佛胜券在握的模样，忍不住感叹："没玩过你怎么就……"

怎么就敢眼也不眨地跟老板说一百块钱一枪。

仿佛预料到了云熹想说什么,陆祉年轻笑一声,脸上挂着无所谓的神情:"你想要,试试怎么了。"

能给的、不能给的,他都想给她。

两人最后一同离开,云熹抱着玩具熊的一只手,熊身的大部分重量则挂在陆祉年身上。

从背后看,他俩身影高高低低,被夕阳拉得无限长,彼此交错在一起,分外和谐。

转了一大圈后,游乐场的娱乐设施大部分都被他们玩得差不多了。

云熹进了家装潢别致的饮品店,准备买杯喝的,陆祉年则在外边的长椅上等她。

领号排队的间隙云熹看见许多人都站在店内的装饰墙前,拿着马克笔像是在写着什么。

出于好奇,她向前走了两步,终于看清偌大的玻璃墙以及墙上五颜六色的便利贴,上边写着数不清的表白心愿,是她上中学时,在校外奶茶店看到过的那种。

不同的是,整块墙分为两个区域,一块用来给人告白,一块用来许愿。

比起情愫汹涌的告白区,许愿那块墙要冷清许多。

云熹在墙边站着看了会儿,目光在那些"喜欢""一辈子在一起"的字眼上游移,最后同样不能免俗地在草绿色的便利贴上写下了自己想说的话。

外边,陆祉年眉目松懒地倚靠在长椅上,有一搭没一搭地把玩着手机。

云熹进了饮品店没多久,就走过来个扎着羊角辫的小女孩,小女孩睁着圆溜溜的眼睛,乖乖坐在他旁边。

确认小女孩不是走丢的后,陆祉年也就随她坐在自己身边了。

她问什么,他也会答上一两句。

四五岁的孩子童言无忌,什么话都敢往外冒,她觉得陆祉年长得好看,比她在电视里看到的那些哥哥还要帅。

"哥哥,等我长大后可以当你女朋友吗?"

陆祉年敲打着手机的手顿住,嗓音散漫,偏又透出丝认真:"不行。哥哥有女朋友了。"

"哥哥只能有一个女朋友吗?"

望着小女孩因为疑惑而皱成一团的脸,陆祉年"嗯"了声,没多思考地说:"只会有她一个。"

小女孩故作成熟地叹了口气,仿佛在遗憾些什么:"哥哥你好爱她。"

陆祉年怔了下,旋即笑道:"是,很爱她。"

爱到觉得把自己所有都给她,还嫌不够。

最后小女孩的家长走了过来,对陆祉年说了感谢后,就要将人领走。小女孩则恋恋不舍地跟陆祉年告别:"哥哥再见。"

云熹拿着乌龙柠檬茶从饮品店里出来的时候,看见的就是这么一幕。

完全不知道之前发生了什么,她笑着调侃陆祉年道:"你好招人喜欢。"

陆祉年抬了下眉梢,语气恢复了惯常的漫不经心:"那你可得看紧点。"

结果话音刚落,就落进一双澄澈得几乎看不见任何杂质的眼睛里,那里边全是他,浑然不知地纯粹裹着他身影,一层又一层。

"这样看够不够?"云熹抿着唇,笑意一点一点地从形状好看的杏眼里蔓延而出。

陆祉年按捺住因她随意一眼而起的汹涌,叹气:"够了。"

他喜欢的样子她都有,也就移不开眼再去看别人。

云熹玩得有些累了,陆祉年就适时地接过她手上的东西:"累了我们就回家。"

他个高腿长,走起路来比别人快许多,此刻却慢慢走在她后边。

云熹一回头,就能看见他。

她歪头看着身旁这张轮廓明晰又立体的脸,忽然想到自己在饮品店里写下的东西,忍不住问道:"你要不要猜猜我写了什么?"

陆祉年耐着性子听她讲完,慢慢"哦"了声,似是不知地配合道:"都写了什么?"

忽然想起自己写的是愿望,云熹改口:"说出来就没意思了。"

毕竟,许愿这种东西说出来就不灵了。

她最终还是没有说,陆祉年也点到为止地没有追问。

只是在云熹上车的时候,他微不可察地低头笑了下。

他看见了。

刚刚那个小女孩跟他告别之前,特意跟他说过对面的饮品店里有面特别大的玻璃墙,很多人都会在那上面写东西。

云熹那么久没出来,他就隐约猜到她可能也写了些什么。

但他的确不知道她写的跟他有关。

从饮品店离开前,陆祉年进去过一次。

他站在便利贴的海洋里,下意识地寻找着些什么。

陆祉年很快地扫了眼后,发现写满了表白心意的玻璃墙上并没有出现云熹的名字。

反倒是对比之下显得有些空旷的许愿区,他瞥见了熟悉的字迹,是张没有署名的草绿色便利贴,上边油墨未干,写着:

希望他平安、健康、快乐
至于我,每天都会比前一天更喜欢他一点

陆祉年低下头,很轻很轻地笑了声。

接着他拿起笔筒里的马克笔,在后边添了三个字:

我也是

他庆幸他看见了。

爱意凭何尘封,也该被看见。

回家路上,等红灯的间隙,陆祉年手搭在方向盘上,他瞥了眼副驾驶座的云熹,忽然没由来地问了句:"游乐场好玩吗?"

云熹有些不明所以:"好玩。"

"下次我们还来。"

陆祉年笑了笑:"以后每次陪你来的都是我。"

云熹没应声,而是在绿灯亮起的前一秒侧身,飞快地亲了下陆祉年的右脸。

一辈子那么长,确实得跟喜欢的人在一起。

番外三
迟来的凭证...

大三寒假，云熹进组补拍电影之前剩下的戏份，陆祉年则在放假第一天就被学校指派，作为学生代表参加大学生经济贸易论坛。

以至于明明是假期，两人却小半个月没有见过面。

原先云熹并不觉得有什么，可当日子真的一天一天地过去，身边却始终不见那个熟悉人影的时候，她才发现自己真的，真的很想他。

就好像什么都没变，但无数人声鼎沸的瞬间，心底总觉空落落的。

拍戏间隙，云熹独自坐在角落，正点开手机上的日历图标，确定陆祉年到底还有几天回来的时候，背后忽然传来声呼唤。

"熹熹，过来吃蛋糕。"喊她的是平时一起对戏的林姐。

林姐今天在剧组过生日，眼下剧组所有的人都围在那个五层高的大蛋糕旁边。

云熹应了声，摁灭手机屏幕后跟着林姐过去。

"有什么愿望没有，说出来没准姐能帮你实现。"林姐平日里就很照顾她，切好蛋糕分给她后，笑着问道。

云熹插起一小块蛋糕尝了下，闻言慢慢摇了摇头。

"真没有？"

真的没有吗？

甜腻的蓝莓蛋糕在嘴里化开的时候，云熹脑海里悄然浮现出了陆祉年的脸，她不合时宜地想起他，下意识地轻声说道："希望想见的人都能相见。"

"看来是想男朋友了啊。"林姐面上现出些惊讶，惊讶过后了然地打趣道。

云熹没否认，她从来没有刻意地遮掩过陆祉年的存在，听了林姐的话，也只是不好意思地笑笑，然后大方承认："是有点。"

或者说，是有很多点。

今晚她的戏份就能正式杀青，如果没记错的话，陆祉年还有三天回来，可她已经等不及。

甚至不打算等到明天，云熹决定待会儿问了陆祉年的具体位置后，直接买张飞往北城的机票去找他。

她循规蹈矩，甚少出错的二十年，少有这么冲动的时候。

和陆祉年在一起后，却有很多东西都在悄然改变着。

收工后，云熹边浏览购票软件上的航班信息，边给陆祉年发消息询问他现在在干什么。

那边没回她。

云熹起先没在意，可等她订好机票后，陆祉年还是没回她。

云熹的指尖从对话框上移开，转而给陆祉年打了个电话过去，然而漫长的"嘟嘟"声过后，她也没听见那熟悉的冷淡嗓音。

他没有回消息，也没有接电话。

不可避免地，云熹心里生出些失望。

偶然划开的微信朋友圈里，看见有同学上传了今天的照片，按时间推测应该是下午论坛会议结束后拍摄的。照片上，陆祉年被簇拥在人群中间，身上罕见地穿着正装，旁边还站着同院的学姐，俊男美女的组合，很是养眼。

大概是活动进行得顺利，他向来锐利冷然的眉眼甚至隐隐透出丝笑意。

可云熹瞧着那丝笑意，却觉得轻微的灼眼，心脏就像失去水分的青苔，一点一点地蜷缩了起来。

仿佛进入了思维的死胡同，她有些想不明白，如果今天的行程已经结束的话，陆祉年为什么连个消息也不回。

天色渐渐暗沉下来，云熹独自站在昏暗的夜色里。

她身影显得单薄，仿佛冬天的冷风一吹，就能将其吹跑。

突然，手机屏幕上弹出机票成功预订的消息，云熹有些丧气地看了眼，垂着头慢慢往回走。

"云熹——"

走到一半，被人叫住。

那声音太过熟悉，熟悉到显然不可能出现在这里，甚至让她以为自己出现了幻觉。

所以云熹没理会，连脚步都没停，出于惯性径直往前走。

但下个瞬间，她却被人扣住了肩膀，右肩处传来的温热触感，那种不容拒绝的力道明晃晃地昭示着，这不是幻觉。

陆祉年将她整个人转了过来，原本扶着她肩膀的手，向上抬起她下巴，骨节分明的手指有一下没一下地挠着。

他脸往下压，离云熹的距离又近了一寸。

接着，他喉间溢出丝笑来，懒洋洋地开腔道："怎么，一个月不见，连男朋友都不认识了？"

"你怎么回来了，你不是……"

云熹脸上流露出显而易见的惊愕，慢半拍的意识还陷在别人朋友圈里发的，关于陆祉年的那张照片上。

她皱了下鼻，嗓音带着不易察觉的委屈："而且，你都不回我给你发的消息，电话也没接。"

陆祉年罕见地怔了下，低头从兜里掏出手机，刚要打开就发现它已经没电了。

"抱歉，急着回来忘记充电了。"他偏过脸，揉了揉她头发，哑声解释道。

也确实不难发现，他脸上轮廓虽锋利如初，却还是不可避免地沾染上了旅途劳顿后的疲惫。

就连衣服也没来得及换，看上去只比照片上的正装多套了件羽绒服。

所以……

他是赶着回来见她的。

距离经济论坛行程结束还有三天，陆祉年能提前回来，必然是赶着完成所有进度，兼之推掉了结束后一切关于宴请的邀约。

渐渐反应过来后，云熹的一颗心像被泡进了热水里，浮浮沉沉间，所有曾经有过的酸涩都尽数消失。

她反手抱住了陆祉年的腰，感受着头顶真实而又熟悉的触感。

那种温温热热的,像是能抚平一切的气息,轻易就叫她接受了陆祉年出现,并且此刻正站在她面前的事实。

可陆祉年却没有打算放过她。

察觉到云熹被风吹得冰凉的手和脸后,他脸上笑意顿时敛了个干净,冷着眉眼训道:"穿这么少就敢出来吹风,忘记我跟你说过什么了?"

云熹被陆祉年训得蔫蔫的,低着头像个犯错的小孩:"不敢了。"

她不自觉往后退的时候,又被他扯着手腕拉了回来。

"手给我。"他再一遍强调,"没有下次。"

云熹愣怔地抬起头,然后就看见陆祉年解开了身上的长款羽绒服,稍往前倾身,将她拥了进去。

于是,满世界的寂寂无声里,她只听得见他左胸口传来的心跳,一下又一下,沉稳而有力。

灼热体温覆上来的刹那,云熹后知后觉地发现,那些未能宣之于口的思念,仿若一下就有了归处。

她想见的那个人,已经回来了。

两人一道回家,云熹缩在陆祉年怀里,只露出颗圆溜溜的脑袋,外边寒风再刺骨,也同她半点关系都没有。

到家的时候,则很巧地下起了雪。

云熹抬头就看见,银灰色的天空不断有细细碎碎的雪花在往下落,沁凉的雪悄无声息地萦绕在她鼻尖。

她惊喜地回头望,朝陆祉年看去,眉眼弯起道:"这是今年的第一场雪,正好下在你回来的时候。"

如果她没记错的话,去年的初雪在元旦节,他们也是一起看的。

陆祉年明白她那没说出口的未尽之意,轻扯起嘴角,附和道:"那明年要不要一起看初雪?"

"要。"云熹点头。

她甚至贪心地渴求,每一年的初雪都能和他一起看。

陆祉年接着问:"要不要再去一次昭明山?"

"要。"

"那要不要放烟花？"

"要。"

无论他问什么，云熹的答案都是一个"要"字。

直到陆祉年挑着眉逗她："今晚要不要一起睡？"

"要——"

话说出口，云熹才反应过来。

她轻瞪了陆祉年一眼，捂着嘴控诉道："陆祉年你耍流氓。"

"这就是耍流氓？"

在云熹完全没有反应过来的瞬间，陆祉年将她拦腰抱起，抱着她整个人在半空中转了一圈，飞速旋转的过程中，他是她唯一的定点。

云熹下意识地攀住了陆祉年的脖颈。

她的惊呼声还未完全落下，就看见他的脸倏然凑近，声音极低地在她耳边说了句："你会不会太低估我了？"

什么意思？

云熹完全没来得及细想，夜空中雪一直在下，纷纷扬扬地落在她脸上、肩上。

正当她抬手想擦去的时候，陆祉年先一步捉住了她的手腕，片刻后，脸上传来温热触感。

他俯身亲了下来，或轻或重地舔舐着，冰凉的雪花转瞬间消弭于唇舌之间。

在这寂静无声的雪夜里，连月亮也没有，徒留白茫茫一片的雪色，以及云熹耳垂处热意蔓延的醺红。

不过，陆祉年最后还是放过了云熹。

也因此云熹得以在结束一天的拍戏后，好好睡个觉。只是第二天醒来的时候，她却不自觉地皱了下眉。

云熹昨晚做了个梦，梦里陆祉年并没有赶回来。

不仅如此，他身边还有别的女人，当她去找他的时候，他看她的眼神就像陌生人一般，就好像，他完全不爱她。

云熹迷茫地睁眼，在看见身旁的陆祉年时，心头忽然涌上层难以言喻的委屈。

她没说话,可好看的杏眼里所有情绪昭然若揭。

陆祉年轻易就注意到,他伸出手替云熹将散开的睡衣扣子一颗一颗扣好,然后轻轻捏了下她的脸,半是哄半是诱地问:"不高兴,嗯?"

他一说话,云熹心里那层委屈就稀释了大半。

她佯装着不在意,将梦里发生的,尽数告诉了他。

最后一个字音刚落下,就听见陆祉年低低笑了声,再说话的时候,他嗓音比起方才要认真不少:"宝贝,梦跟现实是反的。"

云熹仰起脸看他,旋即听他难得耐心地解释着:"是反的,所以我会回来,我身边也不会有别人。

"你来找我,我只会比你更高兴。"

陆祉年薄唇抵着她额头亲了亲,忍着更进一步的冲动,哑着声说道:"最重要的是,我不可能不爱你。"

正如后来云熹指着那张出现在别人朋友圈里的照片给陆祉年看的时候,望着她落在学姐身上的指尖,他的回应干脆又利落,毫不拖泥带水。

——"除了你,我还真没心思看什么别人。"

他将忠于她,人在她那儿,心也在她那儿。

临近开学的时候,云熹无意听见书房里陆叔叔对陆祉年的训话,大意就是让陆祉年把放在别处的心思收回来,今年开始正式学着该如何接手公司。

那个别处,指的是赛车。

在老一辈的观念里,这行过于刺激危险,玩玩可以,但要懂得适时收手。

透过门缝的间隙,云熹看见陆祉年正懒散地低垂着头,指节干净修长的手轻击桌角,也不知道到底听进去了几句。

正当云熹犹豫着要不要进去替陆祉年解围的时候,他蓦然抬眼朝门口看来。

目光对上的瞬间,她瞧见他狭长的眼睛里划过一丝笑。

里边落下句"知道了"后,陆祉年抓着外套起身。

从书房出来,他顺手牵过无意间出现在门口的云熹往楼下走去。

"站那儿干什么，专程堵我？"他扬眉问了句。

见陆祉年还有心情开玩笑，云熹稍稍松了口气，可还是不免担心地问了句："那下周的比赛你还参加吗？"

这比赛指的是由南川市举办的半职业性质的赛车比赛，比赛地点仍旧设置在昭明山上。

近些年随着互联网行业的发展与推广，赛车热度水涨船高，连不少在役的职业赛车手也会前来参加，给陆祉年的邀请函则通过齐盛送到了他手上。

闻言，陆祉年没多说，只点了点头。

他手撑在横栏上，轮廓凌厉的侧脸小半隐没在光线照不到的阴影里。

云熹知道，他这是有自己的考虑。

他没说话，她就不出声地陪在一边。

"不用替我操心，"陆祉年转身看她，话说得轻描淡写，"又不是什么大事。"

云熹摇头，目光里隐隐含着不赞成。

她抿着唇想了会儿，忽而认真地说了句："你低下头。"

虽然不明白她要干什么，但陆祉年还是照做了。

他俯下身，流畅的肩颈线条暴露无遗，干净好闻的气息瞬间压了下来。

云熹踮着脚，将两人距离继续拉近，然后她掏出口袋里的蓝牙耳机放进了陆祉年的左耳。

随着她小心调试的动作，音乐声即时响起，悠扬旋律之下，歌词倾泻而出——

"如果路会通往不知名的地方，你会跟我一起走吗？"

与此同时，对上陆祉年稍显惊讶的目光，云熹仰起脸，拉过他的手，在他掌心里一笔一画地写下了个"会"字。

"我没有操心什么，我只是想告诉你，你做什么我都会跟你一起。"

云熹当然能理解家里对陆祉年的期望，可她更在意他真正喜欢什么。

她知道他的无坚不摧，却还是想护住他唯一的软肋。

-272-

话音刚落,云熹就被一股不容拒绝的劲扯进怀里,陆祉年右手重重地环在她腰上,嗓音清冽得仿佛在薄荷叶装饰着的酒里浸过。

他低低"嗯"了声,顺势将下巴搁在云熹肩头,近乎贪婪地汲取着她身上的气息,漆黑眼眸里混着清楚笑意:"知道了,女朋友。"

陆祉年参加了比赛。

比赛当天,天气很好,碧蓝如洗的天空里飘着几朵云,云熹检了票后安静地坐在了观众席的位置上。

她朝选手准备区望去,轻易就看见了仍然穿着9号赛车服的陆祉年。他正仰头戴头盔,因距离的原因,看不大清五官,但利落的面部线条乃至于起伏的喉结是真的没得挑。

只一眼,就让人难以忘怀。

赛前,陆祉年和云熹遥遥打了个招呼。

他一个马上就要上场的人,脸上看不出半分紧张,说起话来云淡风轻的,也难怪导播后来点评到他的时候,直言"不难看出,我们9号选手是个心脏相当强大的选手"。

与陆祉年正好相反,云熹心里泛出些微紧张来,比赛开始后,眼一眨不眨地跟着他在场上飞驰的身影走。

甚至因为比赛进行得相当激烈,陆祉年两次被人反超,她一颗心差点从嗓子眼里跳出来。

但其实,赛车就是这样,反超与被反超,速度与激情的节奏里,任由心脏频率跳到最快才算有趣。

"9号!让我们恭喜9号选手!"

陆祉年将所有人甩在身后,成功过线拿下第一的时候,欢呼人群里,云熹是最最高兴的那一个。

她为自己能在汹涌人潮里,和那么多人一起喊出他的名字而高兴。

但云熹没想到的是,陆祉年给了她一个更大的惊喜。

全场注视着的颁奖时刻,他纵身翻上观众席,郑重地将奖牌给她戴上。

年轻男人的声音透过麦克风回响在整个场地里:"刚才裁判问我拿了第一想做什么,我说想求婚,他不信。"

"现在他估计信了。"低低徐徐的笑声混着微弱电流在云熹耳畔响起。

说话时，陆祉年眉眼张扬，恣意不改："我以前觉得婚姻不过是枷锁，但现在，我想亲手把锁交到你的手上。"

他半跪在地，仰头注视着云熹的眼睛，轻笑着出声道："熹熹，我很爱你。"

这场声势浩大的告白，很久以后仍然停留在到场的人心里。

而云熹，在陆祉年赤诚目光里窥见什么是喜欢，什么又是爱，在他一声比一声直白的"我爱你"里点头深陷。

后来，在某个风和日丽的上午，陆祉年照常揽着人出去散步，回来路上，纯白色萨摩耶欢快地摇着尾巴朝他们跑了过来。

这是他们从昭明山回来后一起养的狗——黏黏。

之所以叫这么个名字，云熹要负绝大部分责任。

黏黏来他们家的时候刚刚半岁，总爱黏着云熹，连睡觉也舍不得离开。以至于每晚陆祉年都会面无表情地将它从云熹床上拎开，然后不留情面地关上门。

等云熹提议给它取个名字的时候，一向对这种事情持一种不置可否态度的陆祉年，望着不停地在云熹身边撒娇的萨摩耶，不客气地评价了句"黏人精"。

"不用取名字了，就叫黏黏。"他冷着脸提议。

云熹当时笑得不可自抑，像是第一天认识陆祉年一样："你怎么连条狗的醋也吃？"

再度将黏黏扯开后，陆祉年惩罚般地揉着她头发，丝毫没有不好意思地承认："嗯，你男朋友会吃醋。"

这天，等黏黏跑近，云熹才得以看清它嘴中咬着个材质特别的宝蓝色盒子，小小的一个，盒底的暗纹无声地彰显着盒里装着的东西价值不菲。

她下意识地看向陆祉年，抿着唇无奈道："不用再给我送礼物了。"

实在是他送的已经足够多，仿佛见到什么好的东西都要给她买一份。

"不是礼物。"陆祉年伸手从黏黏口中拿过盒子，腔调散漫地说道。

说话间，他又牵起她的手，将盒子放在她手心里，偏冷的嗓音循循善诱："打开看看。"

云熹怀疑地看了他一眼，旋即打开了盒子，然后就看见天鹅绒布上躺着枚蓝宝石戒指，在自然光线的照射下，漂亮得过分。

"这是……"

"是迟来的凭证。"

陆祉年曾亲手将自己赢来的奖牌给她戴上，可他仍觉不够。

那次在昭明山上云熹答应求婚后，陆祉年就立即找人定做了这枚戒指。

此刻，他朝戒指盒扬了扬下巴，言简意赅道："收下。"

不仅是这枚戒指，还有他心甘情愿奉送上的真心。

云熹反应过来后，旋即笑着道："所以，你这是再求一遍婚的意思吗？"

"可以吗？"陆祉年挑眉问。

云熹踮着脚，亲上眼前人的右脸，附在他耳边轻轻说了句："可以，我同意了。"

再问一千遍一万遍，她的答案也会是同意，只会是同意。

番外四

遇良人

那场半职业比赛，陆祉年不出意外地拿了冠军，从赛场上下来，头盔还拿在手上，他就被记者层层围住。

至于原因，无非是守着比赛记录新闻素材的记者们都没想到，会在这么个大型赛事上撞见选手表白，还是个帅哥选手。

这样的新闻，配上陆祉年那张无死角的脸，足够引起大的轰动。

陆祉年倒也没拒绝记者的采访，只是特地让云熹在他采访的时候去里边的休息室等他。

没什么别的原因，纯粹是不想让人在他采访时被冷风吹到。

云熹应得好好的，但脱离他视线后又悄悄转了个弯走了回来。

她想看着他，连采访都不想错过。

目光所及之处，记者举着话筒热情地提问，话题多围绕着面前这位年轻的冠军得主展开。

除了得冠感想，他们显然也极为关心方才那场数万人见证下的告白。

其中有个记者不解地问："您好，据我所知您还很年轻，在二十岁出头的年纪就定下来会不会太轻率了？"

很多赛车手的感情史都很丰富，在名利和鲜花的追捧下，像陆祉年这种年纪轻轻就求婚的，他们还是第一次见。

甚至有记者跟着打趣道："是不是被女朋友逼得太紧，所以才急于求婚的？"

闻言，陆祉年抬了抬眼皮，嗓音冷淡地反驳道："不是。"

他平时不爱在人前说这些，但是看着眼前这几个好像误会很深的记者，一反常态地开了口："是我先动心，也是我先有了要跟她携手一生的心思。"

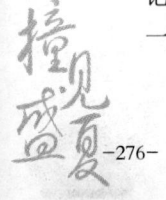

"烦请各位不要拿不好的心思揣测她。"

不远处的角落里,云熹听得一怔,恍然觉得这人好像比她想的还要爱她。

直到陆祉年结束采访,过来牵起云熹的时候,她仍有些回不过神。

见她不说话,陆祉年俯下身,拨弄了下她最近新剪的刘海,哄小孩子似的口吻:"等久了?"

那么多的记者,一个接一个地提问,他能在十五分钟内结束脱身,想必也是费了一番功夫,所以根本算不上久。

云熹摇了摇头,忽然主动抱住了他,脸埋进他还未来得及换下的赛车服里,闷声闷气地说了句:"不是,是想你了。"

"有多想?"陆祉年挑了下眉。

云熹抬起脸,装模作样地认真想了想:"一点点。"

顿时,头顶传来声哂笑,几乎在她话音刚落的瞬间,她就能察觉到回抱住她的那股力度倏然加大了。

陆祉年紧跟着重复道:"一点点?"

察觉到他这危险的语气,云熹忍着笑,理直气壮道:"当然是一点点。

"不过,虽然我刚刚只有一点点想你,但是我每和你多待一秒,就会多想你一点点。"

换而言之,想他这件事是没有止境的。

像小王子和狐狸一样,会为每一次的靠近而心动不已。

看着陆祉年重新舒展开,又带着那熟悉散漫劲儿的眉眼,云熹稳住心神,将话说完:"再说了,水满则溢,月满则亏,那当然得——"

可"节制"两个字还含在嘴里,就被人扣着后脑勺堵了回去,微凉的唇碾过她的,低笑声不轻不重地落在她耳畔,似有若无地追问道:"当然得什么?"

她飞快地瞥了眼四周,发现并没有人注意到他们后,她仍在"怦怦"直跳的心才稍微缓了缓。

她羞恼地瞪着他,尽管于事无补,还是压低嗓音道:"节制,陆祉年你节制一点！"

拢着她的头发替她将帽子戴上，陆祉年才往后退开了点距离，没几分可信度地轻笑道："行，听你的。"

晚上是庆功宴，陆祉年对这种宴请向来是持一个无可无不可的态度。

活动主办方派人来问的时候，见他兴致缺缺，不禁多说了句："您可以带上女朋友一起来，我们这个活动可带家属，而且晚宴设在海格花园，里边有不少年轻女孩感兴趣的地方。"

或许是负责人话中的哪个字眼打动了陆祉年，也或许是他今天心情显而易见的很好，陆祉年眼尾微挑，点着头应下了。

不过晚宴正式开始后，他有些后悔了。

诚然，如负责人所言，整个活动的气氛就很年轻人，现场无须过多应酬交际，恰到好处的灯光点缀下，连放的音乐都很嗨很摇滚。

可他就打个电话的工夫没看着云熹，回来就看见她面前的吧台上散落着几个空了的酒杯。

她今天换了件深绿色的丝绒长裙，方形领口露出小片白得晃人眼的肌肤，在头顶暗色调的灯光映射下，和裙子颜色简直相得益彰。

视角问题，陆祉年站在云熹身后，只看得见她纤细的腰身，以及那又要上前去拿酒杯的手……

他眉心猛地一跳，来不及再多想，大步走上前，抬手制住，气笑道："你这是要来个不醉不休？"

"我说过的话，你都忘了？"

等熟悉的气息扑面而来，云熹懵懵懂懂地抬眼，被陆祉年捉住的手想缩回却又缩不回来，旋即状似不满地看了面前的人一眼，先发制人道："你为什么不让我喝，我只是想尝一杯，一杯而已。"

可惜被酒意醺染的眼睛里半分力度都没有，迷迷瞪瞪的，连说话声音都软了几分。

一杯？

陆祉年略微扫视了一下吧台上歪七倒八的几个杯子，确切地相信她是以前没喝过酒，试着试着就把自己给灌醉了。

跟个小酒鬼能计较什么？

他轻叹了口气，准备拦腰将她从高脚凳上抱下来。

可他的手才触碰到她的腰身，就被云熹抿着唇拍了回来，她睁大眼似乎在努力辨别他的脸，口齿不清道："不、不能抱，你得先说、说你是谁。"

"为什么？"

罕见地看到她这副有些娇憨的模样，陆祉年勾着唇配合她："谁能抱？"

"我男朋友。"

"你男朋友是谁？"

被问到这个问题时，云熹眉眼间跳跃着些许得意，忽然倾身靠近，在他耳边小声又清晰地说："陆祉年。"

倒是没想到不准她乱喝酒的嘱咐被她忘到了九霄云外，醉得一塌糊涂的时候，她还能记得自己男朋友是谁。

像是被取悦到，陆祉年低笑出声，手再度扶住她腰身，也学着她的样子凑到她纤白脖颈处，低哑嗓音仿若电流，能流经人四肢百骸："那你男朋友带你回家。"

这件事情过后，陆祉年压根儿就不准云熹再喝酒，云熹问他要理由。

他似笑非笑地看着她："我不保证下次我还有这么好的耐性。"

哦。

云熹乖乖收回了想要再次尝试的心思，直到她的高中同桌刘晓曼结婚前的那晚。

知道刘晓曼将要结婚的那天，她表示非常惊讶，所以在听到刘晓曼发出的聚会邀请时，她很快答应了下来。

聚会地点是家环境幽静的清吧，见到刘晓曼后，云熹好奇地听着她和男朋友相识到相恋的点点滴滴。

而刘晓曼说完，忽然小声问了句："那你和那个谁怎么样了呀？现在在一起了吗？"

云熹和陆祉年的事情，刘晓曼是知道的，但刘晓曼不知道的是，他们现在是否还在一起。

"当然。"提起陆祉年，云熹的眉眼带着止不住的笑意。

"那他待会儿会来接你吗？"刘晓曼又问。

云熹点了点头，手机里陆祉年说要来接她的信息半个小时前就已经发过来了。

等待得差不多的时候，她给陆祉年发了条消息，示意他可以进来了。

聚会上的其他人见状，笑着问道："是男朋友来接吗？"

声音落下的一瞬间，陆祉年正穿过林立着的吧台和三三两两的人群朝这边走来，个高腿长的身影，分外显眼。

许是酒精再度发挥了作用，云熹嘴里那个"是"字忽然绕了个弯，又被咽了回去。她招了招手，好玩似的，朝人介绍道："是我哥哥。"

熟知他俩关系的刘晓曼猛然呛了下，然后见陆祉年面不改色地将身形有些摇摇晃晃的云熹抱走，临了，还替她跟众人告了下别。

出了清吧，被晚风吹得有几分清醒的云熹倏然睁开眼。

像是意识到自己刚才说了什么，她注视着身旁无可挑剔的脸，眨着眼凑近道："哥哥，你不会生气了吧？"

陆祉年斜睨她一眼，哼笑出声："不会，哥哥不会生气。"

他腔调散漫，整个人散发着漫不经心的味道，唯独语气让云熹觉出几分危险："哥哥只会回家收拾你。"

后来记起那晚，除了陆祉年言出必行的"收拾"，云熹还留下了一些片段性记忆。

她喝多了，回家后就开始抱着陆祉年委屈巴巴地嚷嚷："其实我这个人有很多缺点，听话懂事，还有那些在叔叔阿姨面前表现出来的热络都是假的。"

陆祉年不在意地"嗯"了声，只是圈住她的力道更大了些，缓着声音问了句："那爱我是假的吗？"

云熹剧烈地摇头，否定道："不是。"

遇见他和爱上他都称得上是她生命里最好的事情。

他唇抵上她额头，嗓音温柔到模糊："那就够了。"

今夕何夕，遇此良人。

后记
剩下的盛夏...

蝉鸣、橘子汽水以及傍晚绚丽温柔的晚霞似乎是夏天的固定意象，而我总觉得夏天属于少年人，属于十六七岁的年纪，青涩却又刚刚好。

某天在街角，看见穿着高中校服的学生从身边经过，忽然就生出种恍如隔世之感，想起昨日自己的同时，也特别明显地感受到高中生活真的已经离我远去，正在年轻的、过着热烈夏天的是另一批人。

时间是留不住的。

不光留不住，还会将记忆里的面目逐渐模糊，笼上层折旧的米黄色。

也正因为此，有了写校园故事的初衷与动力，还是想尽可能地留住点什么。

但我的高中生活和大多数人好像没什么不同，发不完的卷子、补不完的课，我做过的最离经叛道的事也不过是为了买碗校外的米粉，早上六点和同学偷偷溜出去。

唯一一个玛丽苏到像极了小说的瞬间，发生在高二假期补课。

百无聊赖地爬着冗长的楼梯，爬到差不多一半，惯性使然地抬头向上看了眼，余光里忽然出现一道高瘦人影。

貌似是位高三学长，以前从没见过，他单手拎着瓶水，黑T恤搭着宽松的校服裤，懒散地往这边走来，猝不及防抬眼时，清晨光辉正好斜落在他侧脸。

被考试拿捏命脉的高三，旁人都灰头土脸，他不。

事情已经过去两三年，那张脸具体如何好看，其实我已经记不大清楚，唯独记得视线对上的刹那，他无意间露出的笑容，少年干净朝气直接拉满。

我近乎迷恋的就是这种少年感，抽象到没有标准，但偏偏存在于篮球场上的纵身一跃，骑单车时被风吹得鼓起的校服外套，以及少年的眼睛里。

构思陆祉年的人物形象时，就是凭着这种感觉写的，写他聪明却又不会过于外露，写他对什么事都不太在意却偏又看不惯恃强凌弱，会冷着眉眼上前拦下来。

我觉得只有这样的人，才会成为云熹生命里最好的那个夏天。

这个故事写得有些磕磕绊绊，除去我本身的懒散问题，还有部分原因是写到后面，我不知道该如何处理笔下的人物情节，将十六七岁年纪那种敏感多思但又横冲直撞的情绪梳理清楚。

好像每种走向都可以，好像他们本来就可以拥有任何光辉灿烂的未来，只是在抵达未来之前，前路荆棘难免会有些曲折。

有时候我非常羞于去看自己从前写下的东西，随便翻翻就觉得难为情，但有时候又觉得还好还有文字可以传达某时某刻的情绪。

上大学后，摆脱了当一天和尚敲一天钟的苦学生涯，原本以为会很快乐，后来又发现过度的自由会让人对什么都提不起兴趣。

站在新年节点上回望过去一年时，居然捞不出一件觉得有意义的，可以作为人生刻度的事情。

直到今年，写下了陆祉年和云熹这个注定属于夏天的故事。我非常感谢它，也非常感谢坚持把它写完的自己，让我站在时间的坐标轴上，觉得二十岁并没有凭空溜走。

我十六七岁的夏天已经过去，但又亲手写下了个夏天以供回忆，实在是称得上幸运。

在此，希望所有人的夏天都不会结束。

何知河